Olivier Norek

Engagé dans l'humanitaire durant la guerre en ex-Yougoslavie, puis capitaine de police à la section Enquête et Recherche de la police judiciaire du 93 pendant dix-huit ans, Olivier Norek est l'auteur de la trilogie du capitaine Coste (*Code 93*, *Territoires et Surtensions*) et du bouleversant roman social *Entre deux mondes*, largement salués par la critique, lauréats de nombreux prix littéraires et traduits dans près de dix pays. Avec *Surface* (Prix Maison de la Presse, Prix Relay, Prix Babelio-Polar et Prix de l'Embouchure), il nous entraîne dans une enquête aussi déroutante que dangereuse. Un retour aux sources du polar, brutal, terriblement humain, et un suspense à couper le souffle. Son dernier roman, *Impact*, nous confronte aux conséquences tragiques du changement climatique.

Tous ses ouvrages ont paru chez Michel Lafon et sont repris chez Pocket.

IMPACT

ÉGALEMENT CHEZ POCKET

CODE 93
TERRITOIRES
SURTENSIONS
ENTRE DEUX MONDES
SURFACE
IMPACT

OLIVIER NOREK

IMPACT

Michel LAFON

MIXTE
Papier issu de sources responsables
FSC® C003309

L'éditeur de cet ouvrage s'engage dans une démarche de certification FSC® qui contribue à la préservation des forêts pour les générations futures.

Pour en savoir plus :
www.editis.com/engagement-rse/

ISBN : 978-2-266-31642-2

Dépôt légal : octobre 2021

Avertissement de l'éditeur.

Le livre que vous tenez entre les mains a été conçu de manière à limiter au maximum son empreinte carbone et son impact sur l'environnement.

Cet ouvrage a été imprimé en France, sur du papier certifié FSC® qui contribue à la préservation des forêts pour les générations futures.

La couverture a été imprimée avec des encres végétales et un vernis acrylique à l'eau dont l'effet polluant est limité et maîtrisé.

Les imprimeurs, Brodard pour l'intérieur, et Normandie Roto pour la couverture, ont tous deux la certification Imprim'Vert®.

Leur proximité géographique et leur complémentarité technique ont été des éléments décisifs.

Nous vous souhaitons un bon moment de lecture.

À ceux qui n'ont jamais connu cette planète…
autrement qu'en danger.

Face à la réalité, je n'ai pas eu besoin d'inventer.
Virgil Solal, lui, n'existe pas encore.
Mais à ne pas entendre les cris d'alarme,
certains le façonnent déjà.
Dans ce roman, les propos de l'assassin
n'engagent que lui.

Première Partie

Greenwar

– 1 –

2020. Delta du Niger. Nigeria.
Routes des oléoducs. Ogoniland.

À chaque virage, la voiture de tête, un pick-up militaire, soulevait des nuages de terre fine qui s'insinuaient partout où ils le pouvaient. Derrière elle, les dix camions à la file créaient une traîne trois fois plus imposante. De loin, on aurait pu penser qu'un brouillard vivant et menaçant avançait à toute vitesse vers les prochains villages, prêt à les dévorer.

Solal ne supportait plus cette seconde peau de poussière. De la poussière dans chaque poche de son gilet d'intervention, dans chaque interstice métallique de son revolver, contre ses joues, dans ses oreilles, sous ses paupières, craquant sous les dents. À en devenir fou. Le regard dur et les cheveux courts, Solal était l'archétype du gradé militaire. La quarantaine, peut-être dix de moins ou dix de plus, impossible à dire. Il y a des hommes, comme ça, sans âge.

Il tapota deux fois sur le thermomètre du tableau de bord. Au-dessus de cinquante degrés constants, le corps ne fonctionne plus correctement et à moins de le refroidir, l'organisme cède rapidement. Il faisait aujourd'hui quarante-six degrés, une température inédite, même pour ce coin de l'Afrique, et le commandant Solal était donc à quatre degrés de crever de chaud. Littéralement. Dans les camions derrière, les trente hommes de la NPMF[1] qui l'accompagnaient supportaient un peu mieux la situation sans toutefois être complètement à l'aise.

Depuis cent kilomètres, le décor n'avait pas changé. À contre-jour, une magnifique ligne de palmiers semblait ciseler le ciel bleu aveuglant, comme si la nature n'avait jamais été inquiétée, telle qu'elle devait être il y a un million d'années. Mais lorsque le soleil passait brièvement derrière cette ligne, les palmiers révélaient leur nature actuelle, rachitiques et épuisés.

Si l'on osait baisser le regard, il n'y avait là que de la terre noire et boueuse imbibée de pétrole brut échappé des oléoducs vieillissants, rongeant la base des arbres baignés par de petites rivières à la surface desquelles le liquide poisseux iridescent diffusait un million de couleurs. Du poison que le sol avait déjà tellement bu, jusqu'au plus profond de ses nappes phréatiques, qu'il ne pouvait plus en absorber davantage. Malgré l'inutile foulard plaqué sur le nez et la bouche, l'odeur pestilentielle des vapeurs d'hydrocarbures se logeait jusque dans la moindre alvéole des poumons. Une odeur, presque un goût sur la langue et le palais, comme si l'on avait léché le sol d'une station essence.

Des deux côtés de la route, d'immenses flammes sortaient de terre et s'élevaient dans le ciel, entourées

1. NPMF : Nigerian Police Mobile Force.

de fumées noires, compactes, presque palpables. L'extraction du pétrole provoquait des échappements de gaz que l'on brûlait ici en grandes torches, bien que la méthode fût depuis longtemps interdite, et Solal devait retenir sa respiration pour ne pas suffoquer.

— Dix minutes avant destination, cracha la radio.

Ce délai passé, la colonne de véhicules freina à l'entrée du village de Goï et il fallut attendre un instant pour que la poussière, en arabesques lourdes, se dépose et cesse de dissimuler l'endroit.

Là, comme sur le quai d'une gare invisible perdue en pleine brousse, sous un large toit de tôle perforé de toutes parts, s'étaient groupées près de trois cents personnes, femmes, hommes et enfants, avec, à leurs pieds, leur vie en quelques valises, sacs de toile ou sacs-poubelle. Devant eux se trouvaient les quatre missionnaires d'Amnesty International, dont l'expatriée française qui avait obligé Solal à faire ce trajet, à contrecœur. Il mit un pied à terre, déjà de mauvaise humeur.

— Merci, capitaine, d'être venu jusque-là, l'accueillit-elle en tee-shirt transpirant.

— Commandant, pas capitaine. Et on ne dit pas merci à quelqu'un à qui on a forcé la main.

D'un geste de Solal, la trentaine de policiers nigérians, veste et pantalon noirs, béret vert, lunettes de soleil et kalachnikov en bandoulière, sautèrent des camions. Abayé, le superintendant[1] de la NPMF qui les commandait, fut le dernier à descendre. Il resta en retrait et s'alluma tranquillement une cigarette malgré

1. Superintendant : équivalent nigérian du commissaire de police.

la chaleur et l'odeur insoutenable, indiquant à Solal, s'il ne l'avait pas déjà compris, qu'il n'en ferait pas plus que ça. Lui aussi avait été forcé d'accepter cette mission. Dans l'ordre des obligations, le ministère des Affaires étrangères avait chargé Solal du baby-sitting et du rapatriement de la jeune humanitaire française, et le directeur de la police d'Abuja avait chargé le superintendant Abayé de la sécurité du commandant français.

— Je pensais que le village de Goï avait été évacué après la marée noire, observa Solal. Alors ils font quoi, encore, ici ?

La missionnaire d'Amnesty garda son sourire malgré l'agacement visible de son interlocuteur.

— La marée noire ? Vous parlez de laquelle ? Il y en a eu plus de quatre mille dans ce delta. Le peuple ogoni ne sait plus où aller. Entre les exploitants pétroliers locaux, Shell ou ENI qui déversent leur saloperie, les Niger Delta Avengers qui sabotent les infrastructures, la police et l'armée corrompues, ils n'ont plus personne vers qui se tourner. Même vous, vous n'êtes là que parce que je suis française et que ça la foutrait assez mal pour l'ambassade si je faisais une mauvaise rencontre, si je disparaissais sans laisser de traces, enterrée quelque part.

— Chacun ses responsabilités. Je suis pas venu pour sauver le Nigeria, je suis là pour ramener votre cul en zone sûre à l'ambassade d'Abuja.

La jeune femme se tourna vers le groupe de villageois, corps fatigués et inquiets, leur sort confié à ces inconnus.

— Mais d'abord, on s'occupe d'eux ? se fit-elle confirmer.

— C'est la mission. J'imagine de toute façon que vous ne partirez pas sans. Alors, on les emmène où ?

— Port Harcourt, à soixante kilomètres.

— Le bidonville ?

— Ce sera toujours mieux qu'ici. Les poissons crèvent, ce qui sort de la terre est déjà presque mort et l'eau des puits est empoisonnée par les métaux lourds. L'air est tellement pollué qu'il provoque des pluies acides qui trouent les toits en tôle et transforment la roche en poussière. Vous pouvez imaginer ce qu'elles font sur leur peau. Le delta est un des premiers endroits au monde où la vie a tout simplement disparu. Donc un bidonville, pour eux, c'est presque bien.

Solal, qui n'avait pas l'autorité sur les policiers de la NPMF, demanda au superintendant Abayé de lancer le début de l'opération.

Rudoyés, les trois cents habitants de Goï furent chargés comme du bétail, poussés à la crosse de fusil, bousculés aux poings.

Solal les regarda faire sans vraiment regarder, pour que les images n'aillent pas de ses yeux à son cerveau, et de son cerveau à son âme. Ne pas réfléchir. Ne pas se souvenir. Laisser toute cette merde ici, dans cette partie de l'Afrique qu'il espérait bientôt quitter et dont il ne voulait rien garder. Pourtant…

Il remarqua d'abord cet enfant aveugle, porté par sa mère, et dont les yeux blanchis ressortaient plus ardemment sur sa peau noire. Un autre tenta de monter les marches métalliques au cul du camion, mais ses jambes et ses bras, pris de tremblements incessants, semblaient ne pas vouloir l'écouter, et il fallut enfin l'exaspération d'un soldat pour qu'il soit balancé au fond. Un dernier, dont la peau partait en larges lambeaux secs sur tout son dos, son torse et ses bras maigres, ne fut même pas touché, tant il suscitait le dégoût. Les vieux avaient l'air déjà morts, les adultes fanés, les gosses presque tous malades.

Et quand la place vint à manquer dans les camions, leurs sacs furent jetés par-dessus bord. Aucun d'eux ne se rebella tant ils doutaient que la présence d'Amnesty International puisse leur éviter un mauvais coup, ou pire.

— J'ai encore autre chose à vous demander, commandant, osa la Française, presque sûre de se faire rembarrer.

— Je vous assure que non, trancha Solal, impatient de partir au plus vite.

— C'est à moins de cent mètres. Et c'est important.

Il se trouva obligé de suivre la jeune femme, puisqu'elle faisait déjà chemin, suivi lui-même par Abayé, contraint, et deux de ses hommes, obéissants. Au bout d'une piste de terre sombre et sèche qui s'enfonçait dans un massif de branches sans feuilles, Solal découvrit, creusé dans le sol, un cratère profond, rempli à ras bord de cadavres à des stades différents de décomposition. Peut-être deux cents, peut-être le double. L'odeur de putréfaction, sans la couvrir, ne fit que se mélanger à celle du pétrole. Là aussi, parmi les corps, beaucoup d'enfants, bien plus que d'adultes.

— En cinq ans, annonça la missionnaire, plus de trente millions de litres de pétrole brut sont venus encrasser l'embouchure de l'océan Atlantique. Vos pieds sont posés sur l'un des endroits les plus toxiques du monde et voilà une partie du résultat. Des dizaines de décès par semaine et par village, ils meurent trop vite pour qu'on ait le temps de les enterrer.

— Vous vous foutez de moi, grogna Solal. Voulez que je fasse quoi ?

— En plus de Goï, il y a une vingtaine de hameaux autour de ce charnier. Avec le soleil, les corps macèrent, les microbes pullulent et transforment le tout en foyer infectieux. Il faudrait revenir avec une pelleteuse, faire un trou plus grand, recouvrir de chaux et de trois bons mètres de terre. Dieu seul sait quelles maladies pourraient s'échapper d'ici.

Insidieusement, la réalité crue rongeait Solal. Il posa une question qu'il se maudit d'entendre et dont il ne voulait déjà plus écouter la réponse.

— Pourquoi autant de gosses ?

— Choisissez. Mort prématurée, saturnisme, cancer, troubles cardio-vasculaires, respiratoires, neurologiques. Ici, un gamin sur deux est malade. L'espérance de vie au Nigeria est de cinquante-cinq ans, mais elle tombe à quarante ans dans le delta. L'activité pétrolière à elle seule leur prend donc quinze ans de vie à chacun. Ils sont un million et demi, et comme c'est la deuxième génération qui subit cette pollution, ce sont en tout quarante-cinq millions d'années qui leur ont été volées.

L'image d'un vampire géant, insatiable, courbé au-dessus de ce point de l'Afrique, aspirant d'un coup quarante-cinq millions d'années à une seule et même population alimenta l'écœurement de Solal. La jeune Française le regarda s'éloigner et s'entretenir avec le commandant Abayé. Ce dernier jeta un œil au cratère de cadavres, puis sembla donner son accord.

Lorsque la missionnaire rejoignit la cohorte de militaires et les autres membres d'Amnesty International, la file de camions prête à emporter les derniers survivants du village de Goï put enfin prendre la route, laissant derrière elle un endroit qu'aucun enfer n'égalait. Solal, Abayé et ses deux policiers restèrent sur place, après avoir siphonné les trois quarts du réservoir d'essence d'un des véhicules. Pas d'enterrement digne. Pas question de revenir plus tard.

Des corps qui brûlaient, la colonne noire qui s'éleva dans le ciel s'apercevait à des kilomètres de distance.

Nés dans le pétrole, nourris au pétrole, morts à cause du pétrole, brûlés par le pétrole.

À la vue de l'épais nuage noir, la jeune femme comprit immédiatement la décision prise par Abayé et le commandant français. Elle ferma les paupières. Comme la terre gorgée d'eau, qui ne peut plus rien boire, elle ne pouvait en supporter davantage.

Solal remonta dans le pick-up et ni lui ni Abayé n'échangèrent un mot sur le reste du trajet. Aux portes de la ville d'Abuja, son portable l'avertit d'un message. Jamais il n'aurait cru sourire aujourd'hui.

« Départ avancé. Tu rentres en France, Virgil ! »

– 2 –

Paris.
Maternité Port-Royal.

Son premier enfant. Une fille. Et Virgil Solal avait déjà peur pour elle avant même qu'elle naisse. Il s'était fait une raison, à partir d'aujourd'hui, il aurait peur tout le temps.

Il trouverait un poste plus calme pour ne plus quitter la France et abandonnerait ses missions sur les cinq continents. Il ne resterait plus qu'un continent, plus qu'un pays, plus qu'une ville, plus qu'un quartier, plus qu'une maison, plus qu'une chambre d'enfant… Et ce serait un territoire bien assez grand à protéger.

Bientôt, ils seraient trois.

De sa fille, il ne connaissait que les quelques pixels agglutinés de l'échographie, comme une première carte postale. Un petit être à venir, encore en apesanteur dans le liquide nourrissant. Il était si curieux de la découvrir enfin.

Pour la quatrième fois, la sage-femme ordonna à Laura de pousser et pour la quatrième fois, les cris de

Laura se répercutèrent sur les murs des couloirs de la maternité, décorés de dessins d'enfants et de photos de nourrissons grimaçants. Laura enfonça ses ongles dans le dos de la main de Virgil et jamais aucune torture ne lui fut plus délicieuse. Il se persuada même qu'il avait le pouvoir, par le simple contact de leurs peaux, de lui voler un peu de sa souffrance.

Enfant, Virgil était tombé gravement malade et il avait entendu sa mère se plaindre de son impuissance et prier : « Si je pouvais prendre ta douleur. »

— Si je pouvais prendre ta douleur, murmura-t-il alors à Laura.

Comme dans les avions pris dans les turbulences, lorsque le voyageur inquiet fixe l'hôtesse de l'air pour connaître la gravité de la situation, Virgil ne lâchait pas la sage-femme du regard, interprétant chacune des expressions de son visage, chacun de ses mots et l'intonation avec laquelle ils étaient dits.

Il entendit que l'on voyait la tête, il entendit que l'on voyait une épaule, il entendit les encouragements, et la respiration haletante de Laura. Il entendit son propre cœur cogner bien plus que battre, vouloir s'échapper et partir à la rencontre de sa fille. Puis, aux infirmières qui s'apaisaient, il comprit que l'enfant était né. Une seconde, il entraperçut sa fille, rose, mouillée, potelée et souillée, avant qu'elle disparaisse entre des mains bienveillantes, derrière un froufrou de blouses et de gestes mille fois répétés.

Puis les gestes devinrent incertains, et plus saccadés.

Puis il n'entendit plus rien.

Excepté le bruit assourdissant d'un silence qui n'avait pas sa place.

Dans le couloir, à travers la porte ouverte, on appelait en hurlant le pédiatre. Même les cris affolés de Laura ne firent pas se retourner Virgil. Il en était incapable, hypnotisé par la peur et l'angoisse mêlées. La sage-femme tapa deux fois entre les petites omoplates. Le pédiatre arrivé la bouscula sans égard, aspira la bouche et le nez avec une sonde pour dégager les voies respiratoires. L'enfant fut intubé pendant qu'on demandait à Virgil de quitter la salle. Mais son regard déterminé ne les invita pas à se répéter. La sonde passée, on appuya à plusieurs reprises sur le ballon de ventilation sans parvenir à gonfler les minuscules poumons.

Le bébé rose était maintenant bleu. Inerte.

— Massage cardiaque ? demanda la sage-femme.

— Ça sert à rien, l'air ne passe pas, comme si les poumons étaient collés, je comprends pas, bafouilla le pédiatre. Je comprends pas.

Virgil fixa, sur le bord de la table de réanimation, cette petite main ridée dont les doigts fragiles restaient immobiles. Ces doigts dont il avait rêvé, perdu dans l'enfer nigérian, qu'ils enserreraient un jour les siens.

Les gestes du pédiatre cessèrent. Ses bras revinrent le long de son corps, ballants et inutiles. Puis on abandonna.

Le cœur s'arrêta. Le cerveau s'endormit en quelques secondes, un million de cellules après l'autre.

Virgil se retourna enfin vers Laura. Deux enveloppes vides, à jamais maudites, et ils moururent au même instant.

– 3 –

Paris.
Deux ans plus tard.
Trois heures avant le premier contact.

Le réveil, pourtant silencieux, reçut une injuste série de coups rageurs avant que Diane réalise que la sonnerie venait de son portable. 5 h 30.

Tirée d'un sommeil profond, dans un noir absolu, elle se brûla les yeux à l'écran bleu, cherchant à savoir, avant de décrocher, avec qui elle allait se fâcher. L'identité affichée la priva de ce plaisir.

— Commissaire ?

— Désolé, Diane.

— C'est très tôt. Ou très tard. Une affaire ?

— J'aimerais le savoir moi-même. J'ai été réveillé, comme vous, et j'en sais autant que vous. Allez à votre fenêtre.

Elle glissa ses deux pieds froids dans une paire de chaussettes éponge, se frotta le visage énergiquement et, en deux pas, observa la rue que seuls les lampadaires révélaient.

— Vous voyez la berline noire ?
— Oui. Juste en bas. Moteur tournant.
— C'est votre chauffeur. Mettez-vous une pile, on vous demande au Bastion du 36.
— C'est pas mon service. Ils n'ont pas déjà une psy, là-bas ?
— Vous posez des questions à quelqu'un qui n'a aucune réponse et qui va se recoucher. Je sais juste que c'est l'ordre d'un procureur.
— Stups ? Mineurs ? Crime ? tenta de se faire préciser Diane.
— Je vous répète que je ne connais ni le cadeau, ni celui qui vous l'offre. Mais tenez-moi au courant quand vous en saurez plus. C'est quand même vexant d'être laissé au secret.
Et avant de lui raccrocher au nez, il préféra l'avertir :
— On s'est habitués à vous, au service. Et vous savez à quel point on vous estime. Mais le 36 ne vous connaît pas encore. Ni vous, ni vos manies. Alors essayez de pas nous mettre la honte.
Diane garda encore un instant son portable en main, cherchant à vérifier si les somnifères lui jouaient un tour et si tout cela ne faisait pas partie d'un rêve stupide qu'elle devrait décortiquer au réveil. La berline cligna des yeux d'un rapide appel de phares et elle réalisa que si elle voyait la silhouette du chauffeur à travers le pare-brise, il la voyait aussi.

Diane évitait toute charge quotidienne superflue, cherchant à aménager sa vie de la manière la plus simple. Face au bordel constant qui se jouait dans sa tête, ça faisait comme un équilibre. Un tee-shirt, toujours blanc, sous un pull, toujours large, avec un jean, toujours serré, et des baskets, toujours confortables. Une coupe garçonne de cheveux noir corbeau qu'un simple coup d'eau permettait d'agencer en bataille. Elle s'accorda une toilette de chat avant d'enfiler une doudoune criarde et de claquer la porte de son minuscule studio.

Dehors, le chauffeur était sorti et la portière côté passager, ouverte. Tout à fait réveillé et avenant, presque énervant, il ne semblait pas souffrir de cette excursion nocturne.

— Diane Meyer ?

Elle opina et s'engouffra dans la voiture.

— Vous savez ce qui se passe ? l'interrogea-t-elle alors qu'il accélérait déjà.

— Oui, lui sourit-il.

Et puisque rien ne venait ensuite, la route se fit en silence.

Arrivés au Bastion, siège de la DRPJ[1], le chauffeur se gara en se glissant entre deux véhicules d'intervention rapide. Alors qu'ils sortaient de la berline, ils entendirent le bruit rond et puissant d'un moteur que l'on poussait à ses limites : une voiture aux vitres fumées remonta la voie d'accès au parking du 36 et en sortit à une vitesse exagérée, faisant frotter le bas de caisse contre le sol. Il y avait urgence, et Diane se demanda s'il y avait un rapport avec sa venue.

Elle leva les yeux pour prendre la mesure du Bastion. Un bâtiment intimidant qui ressemblait plus à un hôpital neuf qu'à un service de police.

1. DRPJ : Direction régionale de la police judiciaire de Paris.

— Vous n'étiez jamais venue ?

— Pas eu l'occasion, non.

— Dix étages, trente-trois mille mètres carrés remplis de flics.

À imaginer cette fourmilière, un étourdissement la gagna et elle chercha dans sa poche le petit tube d'anxiolytiques dont elle laissa tomber dans le creux de sa main un demi-cachet qu'elle croqua comme un bonbon. Elle suivit son guide, passa sous le détecteur de métaux qu'elle fit sonner, se vit dispensée de vider son sac devant le vigile, et franchit la porte. Là encore, face au hall d'entrée, trop grand, trop vide à cette heure, le bout de ses doigts se mit à picoter et elle sentit sa bouche s'assécher. Ce n'est que dans l'espace exigu de l'ascenseur qu'elle retrouva un peu d'apaisement.

Mettant de côté l'attitude étrange de Diane Meyer, son guide appuya sur le dernier bouton. Elle imagina que si l'endroit était construit selon l'habituel concept du « plus c'est haut, plus c'est important », il devait s'agir de l'étage de la direction.

— Désolé pour le cinéma, s'excusa-t-il. On se retrouve face à une situation compliquée et on a besoin de votre point de vue. Vous pourrez bientôt poser toutes les questions que vous voudrez.

Les portes s'ouvrirent, mais rien n'aurait pu préparer Diane à l'agitation frénétique qui semblait avoir saisi tout le dernier niveau de l'édifice, alors que le jour hésitait encore à se lever. Des hommes et des femmes entraient et sortaient des bureaux comme dans un vaudeville survitaminé, certains avec des documents en main, d'autres le téléphone collé à l'oreille dans des conversations visiblement assez importantes pour justifier leurs mines graves. Elle resta, hésitante, dans la cage d'ascenseur.

— Agoraphobe ? devina son escorte.

— Entre autres.

— Mettez vos pas dans les miens, c'est au bout du couloir.

Ils franchirent ainsi la pagaille organisée de flics affairés pour atteindre le bureau du directeur de la PJ. Et c'est lui en personne qui accueillit Diane et se chargea de la suite des opérations. Son manteau sur le dos et son regard fuyant vers l'horloge murale laissaient deviner qu'il n'avait pas beaucoup de temps, ou plus important à faire. Il fit l'économie de beaucoup de choses, à commencer par un minimum de politesse.

— Meyer, lui dit-il comme s'il la connaissait déjà, à partir de maintenant, vous bossez pour le 36 et vous êtes tenue au secret. Rien de ce que vous verrez ou entendrez ici ne doit fuiter.

Diane sortit de son sac un calepin et un feutre noir, prête à prendre des notes.

— Rangez-moi ça. On n'écrit rien, on n'enregistre rien, on ne filme rien, ce qui devrait être facile puisque, de toute façon, on ne sait pas grand-chose.

D'un coup de télécommande, il réveilla l'écran plat posé sur la table de réunion, lui-même relié à son ordinateur. Il cliqua deux fois sur le fichier vidéo et mit sur pause pour se laisser le temps de quelques précisions utiles.

— Voilà ce que nous avons reçu cette nuit, directement adressé à notre service par courriel. Pour l'instant, personne n'est au courant, excepté le Premier ministre, le président, quelques procureurs et les flics de cet étage. Autant vous dire que la notion de secret ne va pas résister longtemps.

Puis d'un clic, il libéra la vidéo.

À l'écran, des parasites, puis une image floue. La caméra opéra un focus automatique et une cage en verre de trois mètres sur trois, environ, se dessina nettement. À l'intérieur, un homme en costume fripé, prostré dans un coin, immobile. À côté de la cage, un assemblage de métal attirait l'attention. Posée à terre, une cuve cuivrée était reliée à un moteur, lui-même relié à un long pot d'échappement dont l'extrémité rentrait dans un trou circulaire percé dans le verre épais de la cage. Autour, aucune indication sur les murs, le sol ou le plafond. Une cave parisienne ou une grange aménagée dans le Kentucky, on aurait pu être n'importe où.

Puis écran noir.

— C'est tordu votre truc. Qu'est-ce que j'ai regardé ?

— Pour l'aspect technique, c'est une prison en verre dans laquelle entre un tuyau relié à un moteur de voiture.

— Et pour l'aspect humain ?

— On a mis un peu de temps à l'identifier, mais le logiciel de reconnaissance faciale a été efficace. Dans la cage, c'est le nouveau P-DG de Total.

Quel que soit le public et depuis qu'il la faisait, cette annonce provoquait toujours un silence estomaqué.

— Un kidnapping avec demande de rançon ? finit par demander Diane Meyer.

— C'est ce que nous pensons. En tout cas, on part sur ce scénario. La vidéo était accompagnée d'un message. Ou plutôt d'un rendez-vous. Dans trois heures.

Un coup d'œil à l'horloge murale…

— Un peu moins maintenant. Les instructions nous dirigent vers « Cupidon », un site de rencontres en ligne. Nous devrons ensuite nous connecter sur un profil en particulier.

— Vous avez un nom ? Un pseudo ? Une photo ?

— Rien d'utile à ce stade. Le profil s'appelle « Total » et la photo est celle de son P-DG. Mais le plus intéressant, c'est la possibilité, lorsque deux profils se séduisent, de se donner rendez-vous pour une conversation privée en vidéo. Nous nous attendons donc logiquement à entrer en contact visuel avec le, la ou les ravisseurs.

Diane nota l'effort de tenter l'inclusif, même dans cette situation.

— « Le ou les », c'est suffisant, corrigea-t-elle. Le kidnapping avec demande de rançon est exclusivement masculin. Et vous attendez quoi de moi ?

— Vous travaillerez avec le capitaine Nathan Modis. Il se chargera de négocier avec celui qui apparaîtra à l'écran. Vous, vous écouterez.

— Vous voulez que je le profile ?

— C'est bien votre job, non ?

— Oui, mais le profilage est loin d'être une science exacte.

— Pour l'instant, on est moins dans l'exactitude que dans l'urgence. Je ne vous demande rien de plus que ce que vous faites déjà à l'OCRVP[1].

— Mais… Vous n'avez pas déjà une psychocriminologue au 36 ?

1. OCRVP : Office central de la répression des violences faites aux personnes. Situé à Nanterre.

— Si, et malgré tout ce qu'on en dit, c'est quelqu'un de très bien.

Diane n'avait jamais entendu de critique aussi courtoise, ou de compliment aussi hypocrite. Le commissaire poursuivit :

— Elle est un peu fatiguée ces temps-ci. J'ai besoin de quelqu'un H24 et en pleine forme. Donc, Modis est aux commandes, et vous, à l'observation. Vous serez les deux seuls interlocuteurs du ravisseur jusqu'à la résolution de cette affaire. Plusieurs équipes en parallèle se chargent du terrain et des autres aspects de l'enquête. Modis vous expliquera au fur et à mesure.

— Et je le rencontre quand ?

— Vous le connaissez déjà.

Dans le coin opposé de la pièce, celui qu'elle avait considéré jusque-là comme son chauffeur lui fit un salut amusé de la main. Alors qu'elle le détaillait pour la première fois, elle le trouva fidèle à l'image que l'on se fait d'un joli garçon de bonne société, discipliné, bien poli et bien trop lisse. Le savoir capitaine au 36, savoir aussi que le choix de la hiérarchie s'était porté sur lui pour assurer la négociation dans une affaire hautement explosive, ne correspondait en aucun cas à son apparence. Elle en déduisit avec un certain plaisir qu'il était plus complexe que l'image sage qu'il renvoyait.

— Ce n'est pas moi que vous devez profiler, s'amusa Modis, perspicace. Venez, il nous reste deux heures et demie.

– 4 –

Dans la salle aménagée, tout avait été prévu pour tenir un siège. Une dizaine de bouteilles d'eau en plastique, une machine à café à capsules et des sandwichs triangles sous blister avaient été disposés en ordre sur une longue table collée contre un mur. Au centre de la pièce, quinze mètres carrés pas plus, un bureau ovale couvert des documents et procès-verbaux résumant l'avancée de l'enquête, pour autant qu'en cinq heures on ait pu avancer.

— Ça vous convient. Pas trop grand ? vérifia Modis, qui n'ignorait pas que l'agoraphobie concernait autant la foule que les grands espaces vides.

— C'est parfait. Je n'aime que les lieux dont je peux à peu près toucher les contours. Ça explique pourquoi j'ai opté pour psy et pas guide de haute montagne.

— C'est-à-dire ?

— Le profilage se fait en bureau, comme la psychanalyse. Dans l'intimité d'un face-à-face ou d'un dossier, à perquisitionner dans un esprit les raisons qui l'ont poussé au crime.

Modis ôta sa veste de costume et la déposa avec délicatesse sur le dossier d'un des fauteuils placés à deux mètres d'un écran mural.

— Histoire de pas commettre d'impairs, je dois savoir autre chose sur vous ?

Que pouvait-elle lui répondre sans l'inquiéter ? Haptophobie, peur du contact physique. Entomophobie, peur des insectes. Germaphobie, peur des microbes. Et un soupçon d'hypocondrie, si elle voulait être parfaitement honnête.

— Non. Rien de particulier. Enfin si, plein de trucs, mais rien qui puisse gêner notre mission.

— Diane ou Meyer ? l'interrogea Modis, encore en phase d'adaptation.

— Diane, de préférence.

— Alors moi ce sera Nathan. Approchez, Diane, que je vous montre où on en est.

Comme on étale les cartes lors d'un tour de magie, il espaça d'un geste tous les documents d'enquête sur la table centrale.

— Vous l'avez vu, la vidéo n'apporte aucune information de lieu. Mais la cible est française et la vidéo a été envoyée à la police judiciaire française, je pars donc de la probabilité que notre cible est détenue en France.

— Cible ? Vous ne le nommez pas. C'est une distanciation volontaire ?

— On peut l'appeler « Total » ou « P-DG » si vous voulez, mais j'évite toute forme d'empathie. C'est un parasite qui déforme le jugement.

Il mit de côté une série de photos pour s'intéresser à un tableau complexe de suites de lettres et de numéros, indéchiffrable pour Diane.

— L'unité Enquêtes informatiques a bien avancé. Pour résumer simplement, chaque ordinateur a une adresse IP, et chaque adresse, un propriétaire. Nous avons essayé de remonter l'IP de notre suspect via le mail qu'il nous a envoyé. Malheureusement, on s'est heurtés à un mur. Son IP passe par un VPN, un logiciel qui change son adresse toutes les minutes. En fait, c'est comme si vous déménagiez sans cesse. Impossible de vous retrouver. Et pour clore l'aspect informatique, le site de rencontres sur lequel nous avons rendez-vous est hébergé sur un serveur russe, et par expérience, je sais qu'ils ne sont pas très réactifs à nos réquisitions.

Nathan s'intéressa ensuite à une capture d'écran sur laquelle on avait procédé à un zoom au niveau du montage mécanique raccordé à la cage de verre.

— En gros, vous avez là une voiture. Sans la carrosserie, ni les sièges. La cellule dans laquelle se trouve P-DG fait trois mètres sur trois, donc vingt-sept mètres cubes ou vingt-sept mille litres d'air. Il est quasiment impossible de calculer précisément le temps qu'il faudrait pour que les gaz d'échappement remplissent l'espace à un niveau létal. Vu tous les paramètres incertains, comme l'étanchéité de la cage, l'essence utilisée, l'encrassage du moteur ou le débit de sortie, je reste sur des estimations. Pour que le piège fonctionne, le CO_2 doit remplacer l'air, il faut donc faire une ouverture en hauteur pour permettre à l'oxygène de s'échapper. Malheureusement, la vidéo ne nous montre pas le dessus de la cage, donc j'ignore la taille du trou d'aération.

— Alors ? Selon votre estimation, P-DG a combien de temps de survic si on démarre le moteur ?

— Trente minutes, maximum. Mais je commencerai à m'inquiéter à partir de quinze.

— Et sa famille ? Ils peuvent nous être utiles. Souvent, l'assassin, le violeur, l'escroc ou le kidnappeur connaît ses victimes.

— La famille est gérée par une autre équipe. S'ils apprennent quelque chose, ils nous le feront savoir. De toute façon, nous sommes l'épicentre, nous saurons tout sans délai. Ne pensez pas au reste de l'enquête. Nous n'avons qu'une seule chose à faire, garder en vie P-DG, savoir combien sa libération va coûter et de quelle manière nous ferons l'échange. L'interpellation du ravisseur suivra.

— Vous avez l'air sûr de vous.

— En général, ils se font toujours choper. Surtout si l'on s'en prend au patron d'une des sociétés les plus importantes du pays. Nos moyens seront illimités.

— Toutes les victimes n'ont pas le droit à la même police ? le taquina Diane.

— Ni à la même justice, ni aux mêmes vacances ni aux mêmes écoles. Maintenant qu'on a bien fait le point sur l'injustice sociale, je vous propose de poursuivre.

Efficace, tranchant, pragmatique, minutieux, Diane commençait à avoir une idée plus claire de son nouvel équipier. Et il lui plaisait davantage.

— Je vais être beaucoup moins précise, s'excusa-t-elle par avance. Ma matière est moins technique, plus humaine, donc aléatoire. Très aléatoire.

Intérieurement, elle commença par hiérarchiser les informations, puis elle structura son discours.

— D'abord une évidente organisation. Une opération planifiée depuis un certain temps. Des sécurités informatiques. Un homme réfléchi et particulièrement motivé. Vu la victime, j'y vois aussi du courage. En choisissant P-DG, il savait qu'il aurait toutes les polices de France sur le dos. Ensuite une notion de jeu. Il nous invite à participer, à regarder, comme si à nous aussi, il voulait dire quelque chose. Mais c'est la suite logique de mon raisonnement qui m'inquiète.

— Je vous en prie, vous êtes là pour ça, l'invita Nathan.

— Si j'appelle « séquence » le temps qu'il y a entre maintenant et la libération de la victime, alors je considère que notre séquence va se jouer en deux temps principaux. Un temps calme pour qu'il nous explique ce qu'il attend de nous, son plan si vous préférez. Puis une accélération que vous avez estimée à trente minutes maximum, lorsqu'il démarrera le moteur. Et la complexité de son dispositif me laisse penser qu'il ira jusqu'au bout.

— Tuer n'est pas évident. Aucun flic ne sait s'il est capable d'appuyer sur la détente avant d'être dans la situation de le faire.

— D'accord. Mais si l'on peut, sur un coup de tête, vouloir empoisonner son conjoint et se raviser après une bonne nuit de sommeil, en revanche, monter une cage en verre, installer une bagnole pour l'y relier, kidnapper une des personnes les plus influentes du pays et venir nous taquiner à coups de serveur russe et d'adresses qui déménagent… ça ne ressemble pas à quelqu'un qui va faire demi-tour.

— J'espère que nous n'aurons pas à le vérifier.

— Justement, cela m'amène à la suite. Là où je m'inquiète. Il y a une certaine cohérence, comme un message. Quand on kidnappe, c'est essentiellement pour en tirer de l'argent. Une victime, un ravisseur, un échange, point. Là, nous avons le P-DG de Total, menacé d'être asphyxié par sa propre essence. Cohérence, je disais. C'est un tableau. Les choses sont à leur place.

Elle laissa un temps pour que sa conclusion à venir s'installe confortablement dans l'esprit de Nathan. Puis elle poursuivit :

— Depuis le début, vous ne parlez que d'enlèvement avec demande de rançon. Mais si justement le ravisseur ne demandait pas d'argent ?

— C'est beaucoup d'efforts pour passer un simple message.

— Exact. À moins que ce soit une exécution.

— Vous pensez que nous allons assister à ça ? À une exécution en direct ?

— Non. Pas cette fois-ci. On construit un monument pour qu'il soit vu. Et on érige une église pour avoir des fidèles. Il n'aurait pas fait tout ce cirque pour n'avoir que quelques flics comme spectateurs. Je pense qu'il n'a pas encore assez de public.

Diane regarda sa montre, presque impatiente.

— Là, on va juste se dire bonjour.

NOUVELLES DU MONDE

France

Montbrison. Sud de la Loire.
Clinique du Forez.
Début de l'été.

Inamical, le soleil faisait du zèle et brûlait tout sans distinction, des toits des maisons jusqu'à l'asphalte des routes. Sur le parterre de pelouse face à la clinique, les fleurs penchaient de fatigue et les arbres n'étaient vêtus que de feuilles au vert épuisé.

À quelques mètres de là, vitres ouvertes dans sa voiture, Tom, le dos collant à son siège, se projetait à Dubaï, dans des rêveries de ville entièrement climatisée, jusque dans ses rues. À la radio locale, même l'animateur semblait avoir été victime d'une insolation.

— Attention, chers auditeurs. Les réseaux s'affolent, mais c'est à prendre avec des pincettes. On nous annonce une violente chute de grêle dans le Roannais, à une cinquantaine de kilomètres de chez nous. Vu le soleil qui nous tape dessus, je pense qu'on est à l'abri. Mais, peut-être pourrions-nous profiter de notre monsieur Météo pour nous rassurer ?

— Vous avez raison, pas grand-chose à craindre, même s'il ne faut jamais sous-estimer les retournements de situation climatique. Les intempéries ont fait déjà plusieurs milliards d'euros de dégâts sur toute la France cette année. Avec le réchauffement, les orages, les inondations et tous les autres caprices du ciel se multiplient et redoublent d'intensité. Et ce ne sont pas nos voisins de Romans-sur-Isère qui vont nous contredire puisqu'il y a moins d'un mois, les exploitations agricoles ont été dévastées par un orage supercellulaire historique qui a détruit aussi une bonne partie de la ville et transformé les rues en rivières.

— L'Apocalypse arrive, mes chers auditeurs, l'Apocalypse arrive, mes chères auditrices, mais je vous le promets, ce n'est pas pour aujourd'hui…

Absorbé par ces nouvelles improbables, Tom n'aperçut même pas Ines sortir de la clinique, dans sa jupe courte et son chemisier léger déjà trop lourds par cette température. Elle fut à son niveau en quelques enjambées et s'installa par à-coups prudents, tant le siège était brûlant. Ses premiers mots furent des reproches.

— Sérieux, ça fait combien de temps que tu m'attends moteur tournant ?

— Je sais pas, moins d'un quart d'heure.

— Tellement 1980.

— Ma période préférée, fit-il mine de ne pas comprendre. Bon, on va se trouver de l'ombre au parc ou on bout ici ?

Ines plissa les yeux en direction de la clinique comme si cela lui permettait de voir plus loin.

— Attends, dit-elle, je veux savoir si ma nouvelle patiente me mène en bateau.

Dix secondes plus tard, une ado en blouse d'hôpital pointa le bout de ses chaussons dehors, un tube reliant son bras à son déambulateur sur roulettes. Elle trottina jusqu'au carré de pelouse puis, après avoir regardé à gauche et à droite, elle sortit de sa poche un paquet de cigarettes dont l'une atterrit entre ses lèvres avant d'être allumée.

— Je l'avais senti sur ses fringues ! triompha Ines avec l'intonation d'un Hercule Poirot résolvant un crime crapuleux.

À la deuxième bouffée de nicotine, le ciel bleu azur vira précipitamment au gris. Un éclair, très haut, lança sa première griffe électrique qui se scinda en bout de course en deux nouvelles griffes, qui se scindèrent chacune en d'autres griffes dont l'une atteignit le paratonnerre de la clinique dans un bruit de tonnerre immédiat. Cet éclair serait le premier des 73 700 répertoriés au cours des prochaines quarante-huit heures. La pluie l'accompagna sans délai, forte, lourde, avec son odeur d'ozone. Un choc énorme sur le toit de sa voiture fit d'abord penser à Tom qu'un coup de vent avait fait tomber une jardinière dessus. Il s'apprêtait à descendre de son véhicule quand son pare-brise s'étoila d'un coup. Devant eux, sur le capot, gisait un bloc de glace de la taille d'une boule de pétanque. Ines se tourna alors vers son ado rebelle.

Quatorze kilomètres au-dessus d'eux, un grêlon traversa les nuages et fondit sur la Terre à une vitesse de cent quatre-vingt-dix kilomètres à l'heure.

L'ado ne bougea pas. Sonnée peut-être. Seule sa cigarette tomba de ses doigts. Un filet de sang parcourut son visage, contournant un œil, glissant sur l'arête du nez. Elle porta sa main à sa tête, puis la regarda, maculée de rouge.

Ce fut ensuite un martèlement assourdissant venant de toutes parts. Les vitrines des magasins se fissurèrent puis explosèrent les unes après les autres et les voitures garées se mirent à hurler de toutes leurs alarmes. En percutant le sol, les obus de glace se désintégraient en éclats givrés et le pare-brise se lézarda dangereusement.

Ines, sans réfléchir, ouvrit la portière et mit une jambe à l'extérieur avant de se faire violemment tirer en arrière.

— Je t'interdis de sortir ! hurla Tom.

— Laisse-moi ! Je peux pas la laisser là, supplia-t-elle.

Ines se débattit autant que Tom resserrait sa prise, la forçant à l'immobilité. Elle hurla le prénom de sa petite protégée qui, perdue et choquée, chercha l'origine des appels. Au lieu d'aller trouver abri dans la clinique, plus proche, elle suivit la trajectoire de cette voix à laquelle elle avait appris à faire confiance et la remonta comme un fil d'Ariane.

À mi-chemin, un énorme grêlon atteignit son épaule, un autre, son dos. Sous les chocs, elle mit un genou à terre, trouva encore la force de se relever, s'approcha de la voiture en titubant avant d'être frappée de plein fouet sur la nuque par un nouveau projectile de la taille d'une orange qui la fit s'effondrer sur le capot, le corps en convulsion, secoué par des dizaines de poings rageurs. Dans un dernier effort elle leva les yeux vers Ines puis abandonna.

La furie dura moins d'une minute. Ines pleurait quand le soleil reprit sa place. Tom desserra son étreinte pour la laisser aller. Le pare-brise ne tenait plus que par le joint plastique et tomba sur le tableau de bord en une pluie de verre. Ines allongea la jeune fille sur la couche de glace qui recouvrait désormais la ville et hurla à l'aide.

— Aussitôt arrivé, aussitôt reparti, claironna la voix agaçante de l'animateur radio. J'espère que tout va bien pour vous. Alors, monsieur Météo, on s'est encore planté ?

— La nature nous surprendra toujours, surtout cette année. On a mesuré des grêlons de la taille de ballons de football au Nebraska et dans le Dakota. La ville de Guadalajara s'est retrouvée sous deux mètres de glace en moins de deux heures et plus de onze mille oiseaux se sont fait dégommer en plein vol dans le Montana. Il y a des jours où les parapluies ne suffisent plus, il faut carrément sortir avec des plaques d'égout sur la tête !

— Allez, c'est déjà oublié ! s'égaya l'animateur. On ressort les lunettes de soleil et les parasols et pour vous changer les idées, on se laisse emporter par les Beach Boys et leur tube increvable, *California Girls*.

D'abord la guitare aérienne, des cymbales frôlées, quelques cuivres langoureux et le piano électrique entêtant… Les cinq musiciens attaquaient le premier couplet quand, à un mètre de la voiture cabossée, les infirmiers et aides-soignants soulevèrent le corps inerte d'une jeune adolescente, recouvert d'un simple drap.

– 5 –

Une heure avant le premier contact.

Quand le geôlier entra dans la pièce, il surprit son prisonnier en train de se retourner les ongles sur les rebords de la porte de verre, presque invisible au fond de la cage. Dans ces situations de désespoir, même l'impossible nécessite d'être vérifié, comme de gratter jusqu'au sang une issue fermée à double tour.

Sans porter attention à cette tentative d'évasion vouée à l'échec, le ravisseur déplia un trépied sur lequel il installa une caméra. Il en vérifia l'angle, puis le champ qu'elle couvrait. Là, il avait tout. La cage et sa proie.

— J'ai soif, maugréa P-DG.

— Comme un tiers de la population mondiale, s'entendit-il répondre, sèchement.

Il était évident qu'ils avaient déjà fait le tour des premières questions qui se résumaient à une série banale de « Qui êtes-vous ? », de « Pourquoi moi ? » et de « Que me voulez-vous ? ». Questions qui n'avaient reçu jusque-là aucune réponse satisfaisante.

L'un fit lentement racler les pieds d'une chaise pour s'installer devant la vitre. L'autre fit l'effort de s'approcher en se traînant sur le sol. Ils se firent ainsi face, sans que la conversation commence pour autant. À bout de nerfs, c'est la victime qui brisa le silence.

— Si vous savez qui je suis, vous vous doutez bien que vous ne vous en sortirez pas. Balancez les clés par une ouverture du plafond, partez et on en restera là. Je vous le jure.

— Quelle idée, s'étonna le geôlier. Même dans les films, ça ne marche jamais.

Suppliant, le prisonnier se colla à la vitre et sa respiration créa de petits nuages de buée éphémères à la surface.

— Je n'ai qu'une parole. Je ne déposerai pas plainte.

— Vous n'avez aucune parole, et bien sûr que vous irez réveiller tous les flics de France.

Acculée, résignée, la proie redevint ce qu'elle était, sans plus de comédie.

— Allez vous faire foutre.

— J'y réfléchirai, promis. Mais d'abord, je voudrais que l'on regarde une vidéo, si vous le permettez.

Il sortit un smartphone dont il augmenta le volume au maximum.

— Ça va ? Vous êtes correctement installé ? Juste pour vous situer, si vous avez oublié la séquence, on est en 2015.

D'une pression du doigt sur l'écran, la vidéo fut lancée.

Un hémicycle, comme une salle de fac. Un public face à une estrade. Sur la scène, en costume repassé et visage reposé, on reconnaît l'ancien P-DG de Total. Un embonpoint rougeaud et le bouton du haut de la chemise défait, il consulte un document qu'il compte résumer devant l'assistance. Pour celui qui écoute attentivement, on lui entend une voix presque amusée, un ton jovial qui laisserait présager d'une bonne nouvelle ou d'un engagement sincère pour l'avenir. C'est aussi pour cela que les mots qui suivent frappent aussi fort que des insultes.

« J'ai sous les yeux, je ne sais pas si on le publiera, notre scénario à nous. Il ne fait pas six degrés. Il ne fait pas deux degrés non plus parce qu'on ne peut pas être trop pragmatiques. Il doit plutôt faire trois degrés, trois degrés et demi[1]. »

2015. C'était il y a sept ans, déjà.

La vidéo s'arrêta sur le visage satisfait d'un homme qui venait d'annoncer, avec le plus bluffant des naturels, un business plan qui consistait en une participation active à la destruction du monde.

Le ravisseur reprit alors la conversation, d'un ton désolé.

— Votre prédécesseur assenait sa conclusion d'un climat plus chaud de trois degrés et demi comme une fatalité. Comme s'il ne pouvait pas faire autrement, comme s'il était lui-même victime de cette course à l'énergie, alors que votre entreprise la court encore en tête. Il y a sept ans, au moment de cette conférence, une augmentation de seulement un degré et demi était encore envisageable, mais il aurait fallu pour cela accepter d'aller contre votre nature. Il aurait fallu

1. Extrait d'une conférence Total tenue par son P-DG en 2015. Plus d'informations en fin de roman, dans « Références ».

accepter de laisser dans nos sols un tiers des réserves de pétrole, la moitié des réserves de gaz et plus de 80 % de nos réserves de charbon. Comment vous faire comprendre cela ? Aujourd'hui, nouveau P-DG mais même politique, et cet espoir n'est plus qu'un mirage. La question que je me pose, c'est de savoir à combien, vous, qui avez repris les rênes, imaginez la suite. Cinq degrés ? Six degrés ?

— Renseignez-vous, se défendit P-DG, encore combatif. Nous faisons des efforts d'énergies vertes qui…

— Ta gueule.

Le ravisseur se reprit, mécontent de ce juron échappé, de cette agressivité inutile, presque une faiblesse. Il jeta un œil dans la direction de la caméra, comme si elle aussi pouvait le juger.

— Pardon, se tempéra-t-il. C'est juste que je ne supporte plus les mensonges. 90 % de votre chiffre d'affaires provient des combustibles fossiles et vos émissions carbone sont toujours à la hausse malgré les accords sur le climat. Allez-vous prétendre à votre tour que le réchauffement est dû aux consommateurs de votre pétrole et non pas à vous, qui ne faites que le produire ? Vous semblez vous moquer des conséquences, comme si vous saviez que quelque part, cachés sur la Terre, vous attendaient un dôme d'air pur pour vous et votre descendance, une ville souterraine privée ou un vaisseau prêt à vous emporter vers une planète B.

Il fouilla dans la poche de son jean et en sortit un papier froissé.

— Du pétrole, du schiste, du gaz fossile, plus c'est sale, plus vous gagnez d'argent. Une liste de vos chantiers, même incomplète, donnerait le vertige au plus féroce des climatosceptiques. Vous gangrenez la planète dans plus de cent trente pays différents, bien installés dans votre indifférence, à observer votre système de destruction durable. Cela aurait pu vous satisfaire, mais rien ne paraît vous repaître. Vous prospectez pour les cinquante années à venir alors que voilà cinquante années que tous les scientifiques vous alertent et vous supplient.

— Nous ne sommes pas les pires, tempéra l'accusé.

— Dans le monde ? Non. Mais parmi les entreprises françaises, certainement. Pour extraire vos 500 millions de litres de pétrole brut par jour, vous prospectez agressivement et sans retenue, comme si la Terre était un malade inanimé que vous vidiez de son sang. Et vous êtes prêts à prendre tous les risques, surtout lorsque, protégés, vous ne risquez justement rien. En Afrique, berceau du monde, vous faites déplacer par l'armée des populations entières qui viennent grossir les bidonvilles, vous construisez des oléoducs géants en pleines zones sismiques en espérant naïvement que la Terre ne grondera pas, vous défigurez de gigantesques parcs nationaux et menacez des centaines de milliers d'espèces animales. Au lieu de freiner, au lieu de vous modérer et d'inventer un avenir meilleur, vous accélérez vers la catastrophe, pied au plancher, bandeau sur les yeux.

Le geôlier attendit une réaction de son prisonnier, mais ce dernier se contenta à son tour de fixer la caméra :

— Ce n'est pas à moi que vous parlez, je me trompe ?

— Vous avez raison. Quel intérêt de vous dire ce que vous savez déjà. Mais si vous le souhaitez, j'ai bien une question pour vous. Je peux ?

P-DG se retourna et s'adossa à la paroi. Il ne participerait plus à ce procès au verdict déjà annoncé.

— Je me demande si vous les voyez, dans votre miroir, à chacun de vos matins, les cadavres des neuf millions de morts annuels par pollution. Pollution de l'eau, de l'air, des sols. Vingt-cinq mille morts par jour qui hurlent dans votre reflet. Mais surtout, comment ne vous vient pas l'envie de vous tirer une balle dans la tête, à chacun de ces matins, quand vous réalisez quel sera votre héritage ? Qui peuvent bien être vos amis ? Comment votre femme ou vos enfants réussissent-ils à distinguer l'assassin du mari ou du père ? Comment quelqu'un de sensé peut-il vous aimer ?

P-DG ferma les yeux alors qu'il imaginait la meute de policiers, installés chez lui, tentant de rassurer sa famille.

— Je ne sortirai pas d'ici, c'est ça ?

— Détrompez-vous. Il existe bien un scénario dans lequel vous rentrez chez vous.

P-DG tourna la tête, incrédule.

— Et je dois faire quoi ?

— Changer. Radicalement. Mais rassurez-vous, je vais vous aider.

– 6 –

Quelques minutes avant le premier contact.

Diane Meyer lissa ses mains moites contre le textile rêche de son jean, puis elle les nettoya au gel hydroalcoolique sous le regard amusé de son nouveau partenaire.

— Anxieuse ? demanda Nathan.

— Pourquoi ? Pas vous ?

— Pas vraiment. Je suis en effet tunnel. Je focalise sur la mission et je mets de côté les sentiments parasites.

— Comme la possibilité d'un échec ?

— J'étais pas allé jusque-là, mais oui, par exemple.

Nathan bascula son portable en mode avion, aussitôt imité par Diane. Derrière eux, la porte fut entrebâillée, laissant apparaître la moitié du visage d'un des spécialistes de l'unité Enquêtes informatiques.

— On vous connecte au site avec une minute d'avance, prévint-il. Vous pouvez allumer l'écran. Il y aura l'image et le son, mais on a baissé le micro de votre côté, vous devriez pouvoir chuchoter sans être entendus. Comme d'habitude, essayez de tenir l'interlocuteur le plus longtemps possible en ligne.

— Je croyais qu'il était impossible de le localiser ? s'étonna Diane, une fois le technicien reparti.

— Impossible n'est pas police, crâna Modis en appuyant sur le bouton de la télécommande.

La page d'accueil du site de rencontres s'afficha à l'écran. Un Cupidon à l'arc tendu visait un cœur et proposait de s'inscrire pour de folles aventures amoureuses, ou des cinq à sept moins romantiques.

— Les informaticiens sont dans le bureau voisin. C'est eux qui vont prendre le contrôle.

Parmi les célibataires et les infidèles sous anonymat, le curseur de la souris pointa le profil nommé « Total » et cliqua sur « coup de cœur ». Cupidon banda son arc, décocha une flèche et, quelques secondes plus tard, une invitation en vidéo privée fut reçue et immédiatement acceptée. À l'écran s'afficha alors un décor déjà connu.

Une cage en verre avec un homme dedans.

La caméra changea d'angle sans à-coups et une silhouette portant un masque d'animal remplit l'espace. Immobile. Le choix du masque laissa le flic et la psy perplexes.

— Un panda ? chuchota Nathan.

— Qu'il dissimule son visage, c'était prévu, mais moi non plus, je ne m'attendais pas à ça.

— J'imagine que sa voix aussi sera modulée. Il fera tout pour retarder le moment de son identification.

Une main se posa sur l'épaule du panda, dont le masque, au niveau de la joue, était balafré d'un trait rouge sang, lui enlevant d'un coup son aspect de peluche sympathique. Une voix s'éleva derrière lui, presque amicale : « Merci, je vais prendre la suite. »

Obéissant à l'ordre, la silhouette se leva, bouscula par mégarde le trépied de la caméra qui, à la faveur de la secousse, filma un instant un autre angle de la pièce. Trois autres pandas balafrés apparurent une fraction de seconde dans un coin, avant que la caméra soit de nouveau mise à la place souhaitée.

Sur son carnet de notes, Modis nota : « 4 masques. Qui commande ? »

Et comme s'il répondait à cette question, le ravisseur prit place, sans masque aucun.

— Bonjour, les accueillit-il sur le ton d'une conversation anodine. Qu'avons-nous là ? Un policier pour la négociation, j'imagine ?

— Capitaine Nathan Modis, confirma le flic.

— Mes respects, capitaine. Et une psychiatre, probablement, pour comprendre à qui vous avez affaire.

— Diane Meyer, et je suis psychocriminologue, corrigea-t-elle sans agressivité ni prétention.

— Vous allez vite vous ennuyer, je ne suis pas très compliqué à lire.

— Vous êtes surtout à visage découvert, fit-elle remarquer.

Cheveux courts poivre et sel, mâchoires volontaires, avec un regard qui, s'il était pourtant calme, n'arrivait pas à cacher une détermination glaçante. La politesse de son ton, si incongrue dans cette situation, le rendait encore plus déstabilisant.

— À visage découvert parce que je ne suis pas important. Je n'agis pas pour mon intérêt, donc mon devenir m'importe peu. Vous devriez m'identifier en quelques heures, ce qui nous permettra de rester concentrés sur le plus important.

— Le prisonnier ?

— Mon invité.

— Comment se porte-t-il ? s'informa Modis.

— Il voudrait être ailleurs, mais il tient le coup.

La négociation est une danse, une cour, avec un rythme précis qu'il faut respecter, et comme deux amoureux certains de terminer enlacés craignent toutefois de brûler les étapes, il y eut un léger flottement que Nathan ne laissa pas s'éterniser.

— Vous détenez le P-DG de Total. Nous voudrions le voir retrouver sa famille sain et sauf. Vous avez la main. Quelles sont vos règles ?

— Que j'aime cet esprit ordonné, apprécia le geôlier. Je vais tenter de m'y conformer. D'abord, il y aura une petite histoire, ensuite un peu de mathématiques et enfin, une série d'instructions. Vous verrez, rien de très compliqué.

Nathan referma son carnet, Diane croisa les jambes et le ravisseur s'installa plus confortablement sur sa chaise.

— Connaissez-vous l'histoire de la grenouille et de l'eau chaude ? Quoi qu'il en soit, même si vous la connaissiez, vous ne me le diriez pas. C'est autant de temps offert pour me localiser, non ?

— Vous agissez comme un criminel, vous comprendrez que nous agissions comme des flics. Et honnêtement, j'ai beau chercher, une histoire de grenouille, j'ai pas, alors nous vous écoutons.

— C'est, à dire vrai, plus une expérience qu'une comptine, précisa l'homme sans masque. L'idée est de plonger une grenouille dans un bocal rempli d'eau chaude à quarante degrés. À cette température, elle fera tout son possible pour s'enfuir. Recommencez l'expérience dans une eau à quinze degrés, réchauffée doucement d'un demi-degré par minute. La grenouille aura tout le temps de s'habituer, jusqu'à mourir de chaleur, sans même avoir essayé une seule fois de se sortir de là. La seule différence entre ces deux expériences porte sur l'accoutumance. On s'habitue à tout, même à ce qui pourrait nous tuer.

— Nous serions les grenouilles ? demanda la psy.

— Exact. Et le bocal, notre planète. Imaginez que nous ayons découvert ce matin, sans avertissement aucun, l'extinction massive des espèces animales, l'explosion de la mortalité infantile, l'anéantissement des grandes forêts, la fonte des glaciers, la raréfaction de l'eau potable, les tempêtes, les inondations et les étés qui se transforment en mortelles canicules. N'aurions-nous pas été assez terrorisés pour décider d'agir vite, sans aucun délai ? Malheureusement, tout cela a pris des générations, nous permettant de panser les blessures précédentes avant de subir les nouvelles. De nous accoutumer, comme des grenouilles dans de l'eau qui se réchauffe doucement. De nous accoutumer jusqu'à en crever. J'ai donc décidé de provoquer un choc. D'ébouillanter les consciences, en quelque sorte. D'obliger ceux qui ne voient rien, ou ceux qui refusent de voir, à quitter le bocal. Quitte à leur forcer la main.

Le ravisseur souleva le trépied et la caméra puis installa le tout face à la prison en verre. Fatigué mais intact, le visage aux traits tirés de P-DG apparut. Dans son regard, une rage patiente, de celles que l'on voit chez les félins des zoos, lorsque les mouflets les narguent devant la vitre blindée de leur cage. Bien sûr, au corps-à-corps, P-DG n'aurait pas fait long feu, mais ce n'est pas à ce genre d'affrontement auquel il pensait. Il imaginait le moment où toute cette opération allait s'écrouler et savait qu'alors, son pouvoir, ses accointances et son argent feraient de la vie de son geôlier un enfer.

— Vous devriez garder cette énergie pour convaincre votre entreprise, lui conseilla ce dernier.

Puis il leva une main, paume ouverte, et l'un des hommes pandas, servile et silencieux, y déposa une fiche manuscrite.

— Je vous préviens, je vais faire un peu dans le solennel, mais la situation m'y oblige, et c'est pour la bonne cause.

Il toussota deux fois pour s'éclaircir la voix et se lança. Le ton était théâtral, comme s'il parlait à une salle comble et non simplement à trois personnes, prisonnier compris.

— Nous connaissons l'histoire à venir d'un monde à quatre degrés supplémentaires. Depuis cinquante ans, tous les scientifiques nous alertent. Même des enfants nous alertent et s'époumonent en vain. Ce que nous semblons ignorer, c'est le conflit planétaire qui arrive. Qu'adviendra-t-il lorsque la moitié de la planète sera exsangue, privée d'eau, de nourriture, de lieux habitables ? Que feront ces populations quand nous leur aurons tout pris ? Lorsque nous aurons épuisé et souillé leurs terres ? Lorsque notre activité aura transformé leurs villes en fours à micro-ondes ou aura inondé leur pays sous les océans ? Elles feront ce que nous ferions. Elles viendront chercher asile. D'ici une trentaine d'années, ce sont entre 200 et 500 millions d'hommes, de femmes et d'enfants qui arriveront à nos portes pour que nous les sauvions. Mais vous savez que nous n'en ferons rien. Au contraire. Nous les repousserons. L'Europe se contractera comme un organisme se défend et ne resteront que les partis politiques de la peur et du rejet. Nous construirons des murs qui ne tiendront pas. Nous posterons nos armées aux frontières et nous engagerons des milices privées pour nous protéger de l'intérieur. Mais ni les unes ni les autres ne résisteront, car aucun pays ne possède une armée de cinq cents millions d'hommes et aucun de nos soldats n'a la rage et le courage de ceux qui n'ont plus rien à perdre. L'eau et l'air seront en vente, et ils auront le prix du sang. Voilà les certitudes d'un monde à quatre degrés de plus. Les certitudes du monde que vous nous proposez.

Il jeta un œil à ses notes qui jusque-là lui avaient été inutiles.

— Nous sommes le groupe Greenwar et nous voulons un changement radical que seuls les plus grands profiteurs peuvent engager. La rançon demandée est de vingt milliards d'euros.

Il laissa alors le temps à son audience de considérer cette somme sans précédent. Même P-DG, stupéfait, sortit de sa torpeur.

— Avant que vous vous étrangliez, poursuivit le ravisseur, je vous précise que nous ne voulons pas garder un seul centime. Mieux, nous ne demandons qu'à vous rendre cet argent le plus vite possible.

Diane et Nathan se regardèrent, déstabilisés. Le scénario leur était inconnu et aucun des deux, à ce stade, n'était capable d'en deviner l'issue.

— Vous faites un pas vers la planète et je vous récompense. Ce n'est pas autre chose que le système des bons points à l'école. Vous récupérerez cinq milliards lorsque vous aurez prononcé l'arrêt complet de tous les nouveaux projets dont l'extraction de gaz ou de pétrole n'a pas encore commencé. Pour cinq autres milliards, il vous faudra abandonner toute participation à l'extraction de pétrole bitumineux au Canada dont les émissions de CO_2 sont trente fois supérieures à celles du pétrole normal. Encore cinq milliards lorsque vous aurez mis fin à vos importations de gaz de schiste à travers la planète. Et pour revoir vos cinq derniers milliards, vous devrez créer une fondation pour la recherche sur les énergies renouvelables.

Avec la voix hautaine et agressive de ceux qui refusent de perdre, P-DG se défendit encore.

— Une fondation pour la recherche ? Vous voyez bien que vos alternatives aux énergies fossiles ne sont pas prêtes. Vous n'êtes qu'un utopiste. Sans notre pétrole, le monde serait plongé dans le noir en moins d'une semaine.

— Je n'ai rien d'un utopiste. Et je connais les faiblesses des énergies renouvelables. Le rendement des éoliennes est trop variable. Les panneaux photovoltaïques sont faits de métaux rares, recouverts du sang des gosses qui les sortent des mines. Les voitures électriques ont leurs batteries et le nucléaire a ses déchets. Pourtant… Vous avez bien relevé tous les défis de votre époque. Lorsqu'il a fallu forer au plus profond des abysses des océans, ou exploiter des gisements entre deux zones sismiques, vous avez su trouver le temps de la réflexion. Vous avez fait preuve de patience, d'intelligence, de maîtrise des technologies et des sciences, d'audace, et de génie, même, je l'avoue. C'est cette même motivation, cette même intelligence qu'il faut maintenant porter sur les énergies de demain pour trouver les solutions et arrêter de se lamenter sur les obstacles.

Contre toute attente, l'éclat de rire de P-DG tonna dans la cage.

— Vingt milliards pour exaucer les rêves d'un fou ! Quoi qu'il en soit, ce que vous demandez est impossible. Personne ne pourrait réunir cette somme.

— Personne, c'est certain. Mais pour une entreprise comme la vôtre, c'est parfaitement réalisable. Mes soldats viennent de tous les horizons, de toutes les classes sociales, de toutes les professions. Notre expert financier s'est basé sur vos investissements et vos bénéfices annuels, et notre comptable a ouvert un compte dans un paradis fiscal pour y accueillir l'argent. N'allez pas imaginer que nous avons organisé cette action dans l'urgence. Nous sommes prêts depuis longtemps. Nous vous donnons simplement une chance d'aller vers un modèle de transition écologique, et même, si vous êtes intelligents, de gagner tout autant. Ayez conscience qu'il s'agit de la première rançon dans l'histoire des rançons qui vous sera intégralement restituée si vous faites ce qui est juste. Mieux qu'une rançon, c'est une caution. Nous ne voulons pas de votre argent, nous voulons juste qu'il soit utilisé différemment. Vous avez vingt-quatre heures pour vous organiser. Dans le cas contraire, vous assisterez à une exécution capitale à laquelle je ne prendrai aucun plaisir, mais devant laquelle je ne reculerai pas. Je n'ai pas le choix. Vous ne nous laissez plus le choix. Le deal est simple autant qu'historique.

Une silhouette s'approcha de la caméra. Son masque de panda balafré prit tout l'espace de l'écran jusqu'à en devenir flou.

— Demain, même heure, ordonna-t-il.
Puis il interrompit la connexion.

Il fallut à Meyer, comme à Modis, un moment de reprise au réel. Ils marchaient en terrain miné et inconnu, sans carte ni boussole.

— Je n'ai jamais… bafouilla Nathan. Enfin, c'est la première fois que…

— Pareil, confirma Diane.

Le flic saisit son téléphone dans la poche de sa veste, abandonna le mode avion et se reconnecta au réseau. L'appareil se mit à vibrer d'une centaine de messages, une alerte info après l'autre, sans jamais s'arrêter.

— Merde… Tu devrais rallumer ton portable, conseilla-t-il à la psy.

– 7 –

Le directeur de la PJ avait certainement dû, au cours de sa carrière, s'énerver ou s'emporter bien des fois, mais la soufflante qu'il administrait aujourd'hui ferait désormais office de référence. Terrassé, le responsable de l'unité Enquêtes informatiques recevait coup sur coup, déjà sonné face à un commissaire qui, pourtant, n'en avait pas fini.

— Vous m'aviez assuré que cette conversation serait privée, bordel !

— C'est ce que je croyais, monsieur, mais il a redirigé le flux vidéo vers les réseaux sociaux. Les criminels visent plutôt la discrétion, on ne pouvait pas le prévoir, ils ne font jamais ça d'habitude.

— L'habitude c'est ce qui vous fait prendre un platane ! rugit le patron. L'habitude c'est ce qui vous fait sauter en parachute sans parachute. L'habitude c'est dans le couple, pas dans une enquête !

Il froissa le document que l'informaticien lui avait remis deux minutes plus tôt avec autant de détermination que s'il réduisait en bouillie l'informaticien lui-même.

— Barrez-vous de mon bureau !

Ce dernier s'exécuta sans sourciller, ravi de sortir de cette arène, et ne restèrent plus que Meyer et Modis pour subir le restant de colère.

— Huit cents personnes ont regardé votre négociation en live. Vingt minutes plus tard, elle a été vue par plus de deux millions d'internautes. Avant ce soir, ce sera la France entière. On s'est fait baiser comme jamais. Internet est en fusion. Les hashtags « Greenwar », « écologie », « grenouille », « panda », « 20milliards » et « Total » sont en haut de la liste des consultations. Malheureusement pour vous, « CapitaineModis » et « DianeMeyer » les accompagnent. Il n'est pas question que la suite se déroule ainsi !

Glacée par l'image, Diane, l'agoraphobe, visualisa son nom perdu dans l'immensité des réseaux sociaux. Elle se força à enfoncer le bout de ses baskets bien fort dans le sol pour maintenir le contact entre son corps et son entourage et refréner la crise de panique qui galopait déjà. Le commissaire n'en remarqua rien, ou s'en moqua éperdument.

— Bien, Meyer, à vous. Ne me décevez pas.

Diane trébucha sur chacune de ses pensées, incapable de commencer la moindre analyse. Le bureau s'allongea, l'image du directeur se troubla et sa voix s'étouffa comme si elle assistait à la scène du fond d'une piscine.

— C'est un désobéissant… s'entendit-elle dire enfin.

Le cerveau de la psy se mit en pause et rien ne vint terminer cette phrase laissée en suspens. Le silence prolongé qui s'ensuivit irrita le patron en un temps record et elle l'entendit encore pester alors qu'elle courait dans le couloir en direction des toilettes.

Le robinet d'eau froide tourné à fond, elle s'aspergea le visage sans précaution, mouillant son pull du col aux épaules.

— T'es chez les hommes, fit remarquer Nathan, apparu dans l'embrasure de la porte.

— Je suis désolée. Le directeur a dû me prendre pour une cintrée.

— C'est ce qu'il pense de tous les psys, quoi qu'il arrive.

Il tira deux serviettes en papier du distributeur et les lui tendit.

— Raconte. Qu'est-ce qui t'est arrivé ?

— Je ne vais vous servir à rien, assura Diane en se séchant le visage puis en se mouchant bruyamment dans les mêmes serviettes. Vous me demandez de profiler un type totalement voué à une cause. Tu comprends si je te dis qu'il n'existe pas ?

— Son combat dépasse ses propres intérêts, c'est ce que tu veux dire ?

— Oui, en gros, c'est ça. Il n'agit pas pour lui mais pour une justice qu'il pense bafouée. Tenter de le profiler n'est donc probablement pas utile.

— Et c'est cette conclusion qui t'a fait partir en vrille devant le tôlier ?

Diane jeta les serviettes dans la poubelle et se frotta au gel hydroalcoolique du bout des doigts jusqu'au poignet.

— Je ne suis pas la bonne personne pour cette opération. Je ne supporte pas la foule et je me retrouve le centre d'intérêt des réseaux sociaux. Mon nom et ma tête doivent être sur tous les téléphones portables. Même cachée aux toilettes, j'ai l'impression d'être suivie par un million de gens. Et j'aime pas non plus les grands espaces alors que ce type nous parle sans cesse de planète, de changement global, de population mondiale, de continents en danger et de pollution généralisée. Il me fout le vertige.

— Pour les internautes, sans vouloir te mettre une pression supplémentaire, tu peux multiplier par trois tout de suite et par dix ce soir, c'est mieux que tu le saches. Pas question de pointer le nez dehors avant le dénouement, ni de rentrer chez toi. Je te prendrai une chambre dans un hôtel pas loin. J'y mets mes indics quand c'est nécessaire. C'est tout petit, tu vas aimer.

— J'en déduis que tu ne comptes pas changer de partenaire ?

— Diane, je t'ai rencontrée ce matin, c'est un peu tôt pour se séparer, s'amusa-t-il. Plus sérieusement, personne ne prendra ma place, ni la tienne, parce que personne n'en veut. Tu as compris depuis le départ ce qui allait arriver.

— Et ça se confirme. Ses revendications sont impossibles à honorer. Même si P-DG accepte, le reste de l'entreprise va freiner des quatre fers. On change plus facilement de patron qu'on se déleste de vingt milliards d'euros.

— Donc ?

— Donc, nous allons assister à une exécution publique. C'est ce qu'il a en tête depuis le début.

— Et donc ?

— Et donc tu as raison, personne ne prendra notre place, parce que ça ne peut que mal finir.

— Sauf si tu nous trouves une issue. Nous aussi, on est dans un piège. Les portes de sortie se ferment les unes après les autres. Dans ce genre de situation, je suis à l'aise comme une souris dans un labo de cosmétologie. Mais toi, c'est là où tu te sens le mieux, non ? Dans les espaces réduits, dans les anfractuosités. Oublie la planète, oublie sa mission pour l'humanité, réduit tout à la taille de trois personnes autour d'une cage en verre. Le roi des pandas balafrés, sa proie et toi. Ne réfléchis pas, pense en réflexe.

Nathan réussit à l'apaiser et elle oublia un instant son nouveau statut de psychocriminologue la plus connue de France.

— Dans le désordre, alors, prévint-elle.

Malgré tout, il lui fallut encore un moment et elle respira à fond trois fois comme on prend son élan.

— OK. Il est calme et poli. Le stress ne le submerge pas. Il sait où il va. Son vocabulaire est choisi. Son discours est sans faille. Il l'a répété cent fois. Non seulement il ne fera pas d'erreur, mais il aura certainement toujours un coup d'avance sur nous.

— C'est cliché, non ?

— Le cliché est un fait répété si souvent qu'il en devient sa propre caricature. Alors d'accord, c'est cliché, mais ça n'en est pas moins vrai. Souviens-toi qu'avant même de dialoguer, il nous avait identifiés : un flic pour la négociation, une psy pour le profilage.

Nathan acquiesça, convaincu.

— Tu l'as qualifié de « désobéissant » devant le directeur, juste avant de faire un cent mètres dans le couloir.

— Je voulais parler d'une désobéissance civile qui le pousse à agir à l'encontre de ce qu'il a appris.

Même s'il assume ses actes, il n'en est pas fier pour autant et cela s'entend dans sa rhétorique. Tu lui as parlé de son « prisonnier », il t'a répondu avec le mot « invité », comme s'il était gêné. Je crois que notre désobéissant a d'abord été un obéissant. Un militaire, certainement. Lorsqu'il parle de son expert financier et de son comptable, il les appelle « soldats » et il a apprécié ton esprit ordonné.

— Il a aussi répondu « mes respects, capitaine » lorsque j'ai donné mon grade. Je vais contacter le renseignement militaire pour les informer.

— Dis-leur de chercher un officier. C'est de toute évidence un homme qui a déjà commandé. Il sait réunir autour de lui, fédérer, et il n'y a que deux manières pour atteindre ce but : le charisme ou une cause juste. Malheureusement pour nous, il a les deux. Il nous reste maintenant à découvrir les raisons qui l'ont poussé à agir. Ce n'est pas l'argent, selon lui. Alors quelle est sa fracture ? Quel est le poison qui l'a envenimé ? Pourquoi lui ? Pourquoi maintenant ? Si on découvre ça, on aura peut-être un moyen de pression psychologique, tout du moins une porte d'entrée personnelle, intime.

— Parfait, conclut Nathan. On a de quoi travailler avant le prochain contact. Je vais résumer ça au directeur. Maintenant, ça te dirait qu'on sorte des chiottes ?

L'idée avait du sens, mais Diane bloqua devant la poignée de porte sur laquelle un milliard de microbes grouillants attendaient avec gourmandise qu'elle pose la main.

— Pousse-toi, princesse, la railla son partenaire.

NOUVELLES DU MONDE

Océan Pacifique Nord

Août 1997, à 700 milles nautiques des côtes de San Diego.

Pendant une longue semaine, les nerfs de l'équipage du sous-marin nucléaire d'attaque USS *Alexandria* avaient été poussés jusqu'à leur point de rupture, sans qu'ils lâchent pour autant. Simulation d'avarie de barre de plongée à forte vitesse, exercice d'incendie ou simulation d'inondation par voie d'eau : du commandant au premier matelot en passant par les gars des machineries, ils avaient géré les problèmes les uns après les autres, gardé leur sang-froid et tenu le coup. Sans grande surprise ni félicitations attendues, puisqu'ils étaient entraînés pour ça.

Navire et personnel une fois certifiés, l'exercice qu'ils attendaient tous allait enfin pouvoir commencer.

Une chasse de quarante-huit heures opposerait le capitaine Sid Morley de l'USS *Alexandria* au commandant Denis Hampton, de la frégate anti-sous-marine USS *Halyburton*.

Sous l'eau, l'USS *Alexandria* devrait être le plus discret possible, approcher sa cible et simuler un tir avant un délai de quarante-huit heures.

Sur l'eau, l'USS *Halyburton* devrait rester sur le qui-vive, écouter l'océan, localiser le sous-marin, tenter sa destruction dans le meilleur des cas, ou simplement éviter de se prendre une torpille d'entraînement.

Accompagnant le stress de l'exercice, de lourds nuages commencèrent à s'amonceler si bas dans le ciel que les vagues, en prenant de la hauteur, semblaient s'y mélanger, soulevant le navire comme s'il était un simple jouet dans une baignoire.

Délaissant son équipage, Hampton avait confié le commandement à son second durant les trente premières heures. Sans bouger du carré des officiers, il s'était contenté d'un rapport régulier sur l'avancée de l'opération. Puis à la trente et unième heure, un café tiède dans les mains, le visage reposé, il s'était présenté au central opération. Vieux loup de mer, il gardait un équilibre parfait malgré le roulis.

— Je connais Morley, assura Hampton en rassurant ses hommes. Je l'ai eu sous mes ordres. C'est un serpent, un joueur d'échecs patient. Jamais il n'aurait lancé une attaque aux premières heures. Il rôde juste en dessous de nous, il nous laisse nous impatienter, nous fatiguer.

Le second s'installa sur le fauteuil voisin de celui du commandant, l'un et l'autre solidement rivés au plancher.

— Et vous, commandant ? Si vous aviez été le chat, comment auriez-vous chassé la souris ?

— Dans le Pacifique Nord ? Au milieu de l'été ? Je me serais tapi en pleine thermocline saisonnière. Les écarts de température entre couche chaude et couche froide garantissent un parfait bouclier. Les ondes sonores sont déviées et les sonars bégaient. Ouais, je serais allé grenouiller dans la thermocline. Et c'est évidemment ce que Morley va faire.

S'ensuivirent quelques anecdotes de vétéran, offrant au commandant Hampton l'occasion de vanter ses propres mérites et ses propres exploits militaires, de la mer de Béring jusqu'à l'océan Indien, comme un grand-père au coin du feu se raconte à ses petits-enfants.

— J'ai un POSS-SUB 2[1], alerta l'officier de quart opérationnel, casque sur les oreilles, les yeux rivés à son écran.

— À quelle distance ? demanda Hampton, déjà debout.

— À vingt-cinq nautiques. Mais en termes de classification, le contact est très faible et diffus.

— Le nouveau revêtement de l'USS *Alexandria* améliore sa furtivité. Il faut s'attendre à du diffus, comme vous dites.

— N'allons pas désintégrer une baleine à coups de torpille, tout de même, ironisa le second.

— C'est juste. Faites préparer un Seahawk. Je veux des yeux sur site.

Le pilote de l'hélicoptère sortit de sa cabine en toute hâte. Sous le son strident de l'alarme, il fonça dans la coursive illuminée de rouge, manqua de percuter un ou deux matelots au passage et grimpa deux à deux les marches de l'escalier métallique qui menait à l'air libre, sur le ponton de l'USS

1. POSS-SUB 1 et POSS-SUB 2 : possibilité de sous-marin. CERT-SUB : certitude de sous-marin.

Halyburton. Là, deux techniciens aéronautiques finissaient les derniers contrôles sur le Seahawk, qui put décoller cinq minutes exactement après que l'ordre en eut été donné.

Traversant à l'aveugle un champ opaque de cumulus épais comme du coton et assombris par une pluie dense, le pilote ne se dirigea qu'à l'aide de ses appareils jusqu'à pénétrer le cœur même de la tempête. Aussi prudemment que possible, il tentait de rejoindre la position du « contact diffus » repéré par le sonar.

— La visibilité est nulle. Il faut que je sorte de là. Je descends à deux cents pieds.

En cercles concentriques, l'hélicoptère réduisit son altitude et se rapprocha des soixante mètres de hauteur annoncés. Devant lui, un éclair zébra le ciel et illumina un quart de seconde la surface de l'eau.

Face au spectacle immense qui se dessinait sous ses pales, le pilote prit un peu de temps pour trouver ses mots.

— Je suis au-dessus du « contact », mais… C'est incroyable. Ce que je vois est incroyable. Ça court sur près de cinq cents mètres. Je ne sais pas encore ce que c'est, je n'en vois même pas les contours. Je vais devoir descendre encore pour…

Au central opération de l'USS *Halyburton*, la communication radio hachée par l'orage se brouilla et la fin du message, parasitée, fut recouverte d'un bruit blanc neigeux.

— Près de cinq cents mètres ? répéta Hampton. Aucun animal ne fait cette taille.

— Et le *Kouznetsov* ? proposa le second. Les Russes ne l'ont armé que l'année dernière et on ne connaît toujours pas toutes ses particularités, ni ses possibilités de camouflage. Ils le testent peut-être dans nos eaux ?

— Je connais les plans de ce navire par cœur. Le *Kouznetsov* fait trois cents mètres de long. Pas cinq cents. Et sa présence ici serait une déclaration de guerre, ni plus ni moins.

L'officier de quart monta le volume de la radio.

— Commandant ? On récupère la liaison avec le Seahawk. Seahawk ? On vous avait perdu. Tout est OK ?

La communication, toujours faible et incertaine, était au moins désormais intelligible.

— Je suis descendu à cent pieds. J'ai une vision globale. Je prends une série de photos, vous ne me croiriez pas sinon. Et ça ne fait pas que cinq cents mètres, c'est bien plus grand que ça. C'est… Infini.

— *Halyburton* pour Seahawk, tonna Hampton, impatient. Alors ? Putain ? Vous voyez quoi ?

— Je crois que c'est du plastique. Juste des morceaux de plastique agglutinés les uns aux autres. Aussi loin que mes yeux peuvent voir, ce n'est que ça. Un continent de plastique.

Une vague scélérate se forma par l'arrière de l'hélicoptère. De plus en plus puissante, elle s'éleva dangereusement de vingt mètres au-dessus de la surface et lécha presque les patins de l'appareil. Le pilote distingua alors, à moins d'un mètre de sa cabine, des millions de tonnes de détritus soulevés par les eaux. Bouteilles, bidons, pailles, morceaux épais et colorés de ce qui avait été des objets entiers, pneus, sacs de toutes tailles, le tout coagulé par une mélasse de microbilles plastiques, comme si un monstre poubelle avait pris vie dans cet océan et que sa bouche d'ordures s'ouvrait en grand pour avaler l'hélicoptère.

— Ça devient dangereux pour moi ici. Décrochage possible, je fais retour à bord !

Sur le *Halyburton*, Hampton revint à son siège, soucieux de la situation, mais pragmatique de nature.

— Il est expérimenté, ce pilote ? demanda-t-il à son second.

— Comme tout votre équipage, commandant.

Toujours à son poste, l'officier de quart opérationnel aperçut sur son écran sonar un contact, ni faible ni diffus, tout juste derrière eux. À ce même moment, un message radio émanant de leur ennemi d'exercice lui parvint.

— Commandant, osa à peine souffler l'officier.

— Oui, quoi putain de bordel ? répondit Hampton, libéré de tout protocole.

— L'USS *Alexandria* est arrivé par bâbord. Morley nous informe qu'il nous a verrouillés et a simulé deux lancements de missiles en notre direction. Nous sommes morts à la trente-deuxième heure et quarante-trois minutes. Opération terminée.

Les emmerdes viennent toujours en escadrille, pensa le commandant.

— Contactez l'état-major. USS *Halyburton* coulé. Fin d'exercice.

— Et concernant ce qu'a vu le Seahawk ? demanda le second.

— Rien sur les ondes pour le moment. On lancera une équipe sur place. Je ne veux pas passer pour un cintré avec ces élucubrations. Un continent de plastique[1], nous l'aurions vu avant ! Ça n'a aucun sens.

---

1. Découvert en 1997. Il en existe aujourd'hui trois nouveaux, pour une surface totale de 1,6 million de kilomètres carrés. Sept millions de tonnes de plastique flottent à la surface, mais quatre trilliards de tonnes recouvrent le fond du lit marin. Sans aucune action de notre part, ces chiffres se multiplieront par dix avant dix ans.

– 8 –

Nancy, place Stanislas, des pandas. Lille, place Charles-de-Gaulle, des pandas. Place de la Bourse à Bordeaux, des pandas. Place de la Comédie à Montpellier, des pandas. On pouvait faire le tour de France en zappant d'une chaîne d'infos continues à l'autre. Des pandas, balafrés, par milliers, sur tout le territoire. Les magasins de déguisement avaient été dévalisés, les sites d'e-commerce étaient déjà en rupture de stock, et, pour les plus malins, il avait suffi d'une simple impression sur carton de l'animal en noir et blanc, fixée au bout d'une tige que l'on plaçait devant le visage, à la façon des bals vénitiens. La balafre, toujours différente, ajoutée à la main d'un coup de marqueur ou de rouge à lèvres, rendait à chaque anonyme une identité propre.

Place de la République à Paris, un panda plus agile que les autres grimpa sur le majestueux lion de bronze. Ce lion, comme les statues qui l'entourent, est une allégorie, celle du suffrage universel, la reconnaissance du droit de vote pour chacun. Mais voter une fois tous les cinq ans ne constitue pas la démocratie et puisque personne ne la lui demandait, ce soir, une partie du peuple donnait sa voix.

Autour de la place, CRS, compagnies d'intervention et équipages de BAC parisiennes assuraient un cordon de sécurité. Fendant la foule, un trio de flics en civil s'approcha discrètement du grimpeur. Attrapé par les chevilles, récupéré par les épaules, celui-ci dégringola du lion et, ses bras passés dans le dos, ses poignets furent menottés. « Trouble à l'ordre public », écriraient les policiers dans leur rapport.

Une jeune femme, indignée, cria sa colère et un journaliste, alléché, lui tendit son micro.

— Les gouvernements successifs n'apprennent rien de leurs fautes, s'indigna-t-elle. Comme s'ils repartaient de zéro à chaque mandat. Réformes des retraites : police dans la rue. ZAD : police dans les champs. Réforme du baccalauréat : police dans les lycées. Réfugiés parqués dans des camps : police à Calais et à Dunkerque. Manifestations féministes : police place d'Italie. Manifestations nationales : police sur les Champs-Élysées. La police ne peut pas être la seule réponse politique aux maux de la société. La police n'est d'ailleurs en rien une réponse politique. Mais un jour, ils en auront marre de servir de pansement, et quand ils comprendront que ce combat est pour eux, pour leurs enfants, pout tout le monde, quand ils baisseront leurs boucliers et qu'ils nous rejoindront, il va y avoir des cauchemars au Palais !

La caméra libérant la parole, un autre manifestant se saisit d'office du micro, sous les hourras de quelques complices déjà à bonne température.

— Le type, on lui donne la possibilité de sortir de sa cage et de passer d'assassin à héros national !

Je sais même pas pourquoi il hésite ! Le duo gagnant, c'est les énergies vertes combinées au nucléaire. Le charbon et le pétrole, c'est du suicide à petit feu. C'est si compliqué de penser à une économie qui nous envoie pas vers un génocide annoncé ?

Tee-shirt en avant, siglé « Je suis Greenwar » en grosses lettres inégales tracées au marqueur vert, une quinqua à lunettes de bibliothécaire joua des épaules pour se faire une place.

— Article 35 de la Déclaration des droits de l'homme, mon p'tit, dit-elle d'un ton professoral au journaliste qui n'avait plus besoin de poser la moindre question. Quand le gouvernement viole les droits du peuple, l'insurrection est pour le peuple le plus sacré des droits et le plus indispensable des devoirs. Puisqu'ils ne font rien pour demain, c'est aujourd'hui qu'il faut agir !

*
* *

Doucement, les voix s'atténuèrent, le bruit des voitures diminua jusqu'à s'éteindre, les sifflets et les sirènes de police furent réduits au mutisme complet. Le directeur du 36 Bastion bâillonna la révolte en baissant le volume jusqu'à zéro, condamnant la place de la République au silence, au moins dans sa télévision.

— Avec les manifestations qui ont bloqué la France pendant plus d'un an, ils ont réalisé qu'ils pouvaient faire flancher le gouvernement, maugréa-t-il. Et avec les deux mois de confinement du coronavirus, le peuple a compris que sans lui, l'économie s'effondrait et que sans lui, pas de grands patrons ni de dividendes. On leur a appris à agir à l'unisson, ils ont retrouvé le goût de se battre, de se défendre, de se protéger eux-mêmes quand l'État ne le faisait pas. On les a entraînés à la révolte. Ils ont appris, et maintenant, ils appliquent. Ce type tombe au pire des moments, comme si le pays n'attendait qu'un signal. Mais on verra s'ils l'acclament encore quand ils assisteront à un meurtre en direct.

En face de lui, le capitaine et la psy, en fins météorologues, laissaient passer l'orage.

— Le ministère de l'Intérieur m'a envoyé une note du SCRT…

— Service central du Renseignement territorial, traduisit en français Modis à l'intention de Diane. C'est lui qui informe le gouvernement sur l'état de l'opinion et les mouvements sociaux.

— Une sorte de profilage au niveau national à un instant « T », précisa le patron. Politiquement, autour de Greenwar, le rejet et la dénonciation sont unanimes, de l'extrême gauche à l'extrême droite. Comment pourrait-il en être autrement ? Parallèlement, l'action Total dévisse en chute libre à la Bourse.

— On n'investit pas dans une entreprise qui pourrait perdre vingt milliards d'euros, fit remarquer Modis.

— Je sais pas, je m'en fous, ça me dépasse. Je suis flic, mes équipes arrêtent des assassins et des violeurs. Mes matières premières sont l'envie, la colère, la jalousie ou la trahison, je reste sur du primaire.

D'un coup, Diane se sentit plus proche de cet homme abrupt qui rencontrait, en l'avouant à demi-mot, les mêmes problèmes qu'elle.

— Le plus inquiétant, ce sont les réseaux sociaux. On est sur du 60/40 en faveur de Greenwar. J'avoue, je pensais que ce masque n'avait rien de bien intimidant.

Un panda c'est mignon, mais 60000 pandas sur les places de France, ça me fait pas le même effet.

Il pianota de nouveau sur sa télécommande et lança une vidéo, le son toujours à zéro.

— Voilà ce qui tourne en boucle sur Internet. La plus vue est celle où Total est confronté à son discours décomplexé sur son scénario à trois degrés et demi. Pas loin au box-office, il y a toute une série d'extraits de votre entretien. Ce qui plaît le plus, c'est cette histoire de rançon/caution que le ravisseur ne demande qu'à rembourser. Ça me coûte de le dire, mais c'est malin. Je vous évite les montages vidéo qui appellent tous à accélérer le sort de notre victime. Les gens sont devenus des bourreaux et chacun participe à ce tribunal populaire, bien planqué derrière son écran. J'espère au moins que tous ces petits juges décident de la peine capitale dans le seul but de choquer ou de faire des vues.

— Détrompez-vous, le corrigea Diane. La rapidité des modes d'expression s'accélère et nous rapproche de plus en plus des émotions primaires. Par exemple, une lettre est un acte réfléchi, civilisé. On l'écrit, on la relit, on la corrige, ça prend du temps et le temps apaise les mots. Le mail, c'est différent. On pianote plus vite qu'avec un stylo, on rédige en quelques minutes, on envoie sans y penser, on s'en veut parfois le lendemain. Mais les réseaux sociaux transmettent des expressions réflexes, des cris, des réactions à chaud qui traduisent ce que nous avons en nous de primitif et d'animal, et je crains qu'ils soient plus fidèles à nos intentions que vous ne le pensez.

— Je vois que vous allez mieux, vous, apprécia le directeur.

— Oui, désolée pour tout à l'heure. Modis m'a remise sur les rails.

— C'est le rôle d'un équipier, et ne vous excusez pas, j'ai plus de deux cents flics sur cette affaire et vous êtes la seule à nous avoir fait avancer.

— Vous l'avez identifié ?

— Grâce au renseignement militaire, comme vous l'aviez supposé. C'est bien un ancien soldat. Mais pas seulement. J'ai reçu son dossier militaire et son dossier psy.

Il ouvrit la chemise cartonnée devant lui et fit glisser une photo en noir et blanc sous les yeux de son duo. Sur le papier glacé, un visage sans sourire. Le ravisseur.

— Virgil Solal. Quarante-cinq ans. Il commence sa carrière au 13e RDP[1], avec de nombreuses missions en Afrique lors desquelles il décroche la croix de la Valeur militaire pour acte de bravoure. Il profite ensuite de la passerelle armée/police pour rentrer en France et intégrer le RAID.

— Un flic ? demanda Modis, stupéfait. Le mec sur lequel on enquête est un collègue ?

— Depuis quatorze ans, oui.

— Et pas un seul d'entre nous ne l'a reconnu ?

— Solal n'est pas resté au RAID bien longtemps. Vu son profil, il a été recruté par un autre de nos services, la Direction de la coopération internationale, en tant qu'expert technique en Afrique.

— Quel était son job ? demanda Nathan de plus en plus inquiété par le profil de son adversaire.

1. 13e RDP : régiment des dragons parachutistes. Son autre nom : les commandos de l'Ombre.

— Pendant six ans, il a conduit un programme de formation des unités antiterroristes contre Boko Haram, puis les cinq années suivantes, il a formé les Rangers du Niger contre les braconniers du parc national du W. Deux affectations des plus dangereuses. Pas une tache sur son dossier. Le genre de type qui exécute les ordres sans penser aux conséquences, juste parce que ce sont des ordres.

— Il a bien changé, remarqua Nathan.

— Mais il reste militaire. Formé à la violence et coutumier de son utilisation, fit remarquer Diane.

— Il rencontre ensuite sa femme, poursuivit le directeur. Laura Gentil. Une expatriée, attachée de coopération universitaire à l'ambassade française d'Abuja. Ils se marient à Paris où elle reste et trouve une nouvelle affectation à la Sorbonne. Pendant deux ans, Virgil Solal fait des allers-retours France-Afrique, jusqu'à ce que sa femme tombe enceinte. Il pose quelques semaines de permission… et on perd sa trace.

— Une désertion ?

— Nous aurions préféré. L'accouchement s'est mal passé. Le gamin est mort-né.

Hésitant, il jeta de nouveau un œil au dossier.

— La gamine, pardon. Ensuite, il a simplement disparu. Du jour au lendemain, sans même démissionner. Six mois après, les renseignements l'ont identifié à plusieurs reprises dans divers groupes de désobéissance civile comme Extinction Rébellion et une fois sur un bateau de Sea Shepherd, sans pour autant s'expliquer cette soudaine reconversion de militaire à militant.

— X.R. et Sea Shepherd sont deux organismes écologistes non violents. Il n'y a peut-être pas trouvé ce qu'il cherchait, souligna Modis. Par contre, pas impossible qu'il y ait recruté ses soldats parmi les membres les plus radicalisés.

La psy, toujours à l'affût d'une porte d'entrée vers celui qui depuis quelques minutes avait enfin un nom, revint sur le seul point qu'elle jugeait intéressant : la perte d'un enfant. Meyer avait mis le doigt sur la faille. La possible fracture psychologique. Elle regarda sa montre. Les deux aiguilles l'une sur l'autre annonçaient minuit.

— Virgil Solal, répéta-t-elle pour se familiariser avec la sonorité de cette nouvelle identité. J'imagine que vous allez entendre sa femme ?

— Une équipe se prépare à aller la chercher.

— Je veux lui parler.

— Je viens de vous dire qu'on vous l'amène.

— Non, vous allez la braquer. Je veux la voir chez elle, qu'elle se sente en sécurité. Modis et moi pouvons remplacer l'équipe prévue ?

— D'accord, mais elle vit dans une ville de l'Aveyron. Decazeville, à six cents kilomètres d'ici. L'hélico se posera sur notre toit dans dix minutes. Vous n'allez pas nous faire une crise ?

— Je sais pas. C'est grand un hélicoptère ?

— Non, c'est tout petit, Diane, la rassura Nathan. Et je viens avec toi.

Elle ne le connaissait que depuis dix-huit heures, mais sans qu'elle se l'explique, il lui donnait le courage de se dépasser.

— Alors go pour l'hélico.

– 9 –

Aveyron.
3 heures du matin.

L'hélicoptère traça des cercles dans le ciel, à la manière d'un rapace au-dessus de sa proie, pour trouver la zone idéale d'atterrissage.

Cinquante mètres en dessous, l'herbe avait depuis vingt ans recouvert l'ancienne mine à ciel ouvert d'exploitation de houille de Decazeville, devenue désormais cratère de verdure. C'est ici que l'appareil se posa, à distance prudente des habitations.

Modis et Meyer sautèrent de la carlingue et marchèrent courbés, le temps de dépasser les pales encore tournantes, jusqu'à la voiture de police qui les attendait déjà, phares allumés dans leur direction pour baliser la nuit. Un flic local, presque un enfant vu son apparente juvénilité, avait été dépêché pour les accueillir.

— Gardien de la paix Solignac, se présenta-t-il en accentuant le volume de sa voix pour couvrir le bruit du rotor. Désolé, ma capitaine est sur une opération avec le reste du groupe, mais elle vous assure de notre totale collaboration.

Nathan lui serra la main et Diane se contenta d'un hochement de tête. Doucement, le rotor ralentit et il ne fut plus besoin de crier.

— Honnêtement, poursuivit l'enfant policier, il a fallu qu'on se démène pour retrouver madame Solal. On ne savait même pas qu'elle habitait par ici. Vu qu'on suit tous votre enquête à travers les réseaux sociaux et BFM, ça nous a fait bizarre de savoir que vous arriviez.

— C'est loin ? demanda Diane Meyer, de plus en plus mal à l'aise avec sa renommée fulgurante.

— À la campagne, tout est un peu loin. On y sera dans une vingtaine de minutes. Montez.

Modis leva le pouce vers le pilote, qui lui répondit de la même manière pour confirmer qu'il attendrait là leur retour.

*
* *

Seules les fenêtres de la vieille maison de pierre éclairaient ce morceau de colline sur laquelle elle était plantée, isolée, enlacée par un bois sombre dont elle semblait être le poste avancé.

Solignac avait bien compris que sa mission le cantonnait à un simple accompagnement et, une fois à destination et garé dans le coude d'un chemin de terre, il n'avait même pas pris la peine de descendre de la voiture.

À quelques mètres de la maison, Modis sortit son arme, chambra une cartouche et la remit à sa ceinture.

— Je voudrais y aller seule, demanda la psy.

— Et moi je voudrais six mois de vacances gratuites au soleil, ironisa Nathan. Tu n'as aucune idée de ce qui nous attend dans cette baraque. Je viens avec toi et c'est non négociable.

Ils empruntèrent un chemin de dalles plates qui traversait le jardin, avant d'atteindre le perron et de sonner à la porte. La femme qui leur ouvrit ne portait ni sur son visage ni sur sa tenue les marques d'un réveil en pleine nuit. Une jolie blonde d'une quarantaine d'années au regard triste malgré un visage bienveillant, emmitouflée dans une étole de laine épaisse dont on ne devinait ni le début ni la fin. Même sa voix était claire, presque accueillante.

— Mademoiselle Meyer. Capitaine Modis. Entrez, j'ai préparé du café.

Le flic et la psy échangèrent un regard circonspect, à croire qu'ils auraient été rassurés qu'un minimum de mépris ou de réticence leur soit opposé.

Laura Solal déposa trois tasses et une cafetière fumante sur la table basse devant la cheminée. Quelques bûches, bien entamées par le feu, commençaient à devenir cendres. Sur le canapé, Nathan n'observa qu'une seule marque d'assise. Vu l'absence de télévision dans la pièce, l'enfoncement des coussins indiquait de longues heures de présence, à lire peut-être, ou à désespérer, plus probablement. C'est à cet endroit précis que Laura prit place, laissant aux deux invités les fauteuils qui lui faisaient face.

— Vous nous attendiez ? constata Diane.

— Oui. Cette nuit, ou demain dans la journée. Virgil l'avait prévu. Virgil prévoit tout.

— Et vous êtes d'accord avec ce qui se passe ? chercha à savoir Nathan, sans attendre. L'enlèvement ? La séquestration ? Et l'issue possible de tout ça ?

— Et vous ? Vous êtes d'accord pour protéger un homme à la tête d'une entreprise qui amasse des dizaines de milliards en se foutant complètement du désastre humain qu'il provoque ? Qui est le vrai criminel dans cette histoire ?

Sur la table reposait un livre fermé dont ce qui lui servait de marque-page dépassait à peine. Diane reconnut le gris-bleu et blanc d'une échographie, écornée d'avoir été trop manipulée. Elle imagina les espoirs qu'elle avait provoqués, l'adoration qu'elle avait fait naître, devenus aujourd'hui le vide insupportable d'une famille qui n'existerait pas. D'un signe de tête, Diane indiqua à Nathan qu'elle reprenait la main. Le flic y allait trop frontalement avec cette femme qui, selon toute vraisemblance, soutenait sans réserve l'homme qu'elle aimait.

— Je ne suis là que pour essayer de comprendre Virgil, confia la psy. Nous sommes à un moment où l'on peut encore éviter le pire, si seulement j'arrive à lui parler, à le convaincre.

Laura tira doucement sur la chaîne qu'elle portait à son cou jusqu'à ce qu'une médaille s'échappe du col de son pull. Une Vierge Marie qu'elle caressa du bout des doigts.

— Le pire nous est déjà arrivé, assura-t-elle. Et la suite, je l'attends avec impatience.

Elle ne défendait pas simplement son mari, elle s'engageait totalement dans son combat. Séparés, ils ne faisaient pourtant qu'un, comme s'ils étaient assis l'un à côté de l'autre.

— Je n'attends de vous aucune collaboration qui mettrait en danger Virgil, promit Diane. Je veux juste m'expliquer le pourquoi. Pourquoi lui, pourquoi vous, et pourquoi maintenant ?

Laura posa un regard tendre et perdu sur son livre et sur le marque-page qui, comme une digue, retenait leur histoire…

— D'accord, finit-elle par murmurer. De toute façon, c'est la seule chose que Virgil m'a autorisée à vous raconter. Je crois que lui aussi aimerait que vous le compreniez.

*
* *

Paris, deux ans plus tôt.
Maternité Port-Royal.
Service du docteur Cayot.

Assis face au chef de service, le couple demeurait immobile. Ne restait d'eux que la mécanique. Un squelette, des muscles et un cœur au ralenti pour tout moteur. Ils avaient eu tant de mal à revenir en ce lieu dans lequel, quelques jours plus tôt, leur vie s'était arrêtée brutalement. Pourtant, le besoin de savoir avait été plus fort. Peut-être pour pouvoir accuser, au moins pour être sûrs de n'être pas responsables.

Même s'il n'avait que peu de doutes, le docteur avait préféré, avant ce rendez-vous, procéder à un profil géographique du couple : il récupéra leur adresse dans leur dossier médical et, via une carte interactive, enquêta sur leur environnement direct.

Bercy Village, c'est un beau quartier, mais il a ses dangers, comme tous les quartiers urbains, puisque la moitié d'entre eux excèdent de trois fois le niveau de particules fines acceptable pour l'OMS. Certains endroits de Paris connaissent les mêmes taux de pollution que la Chine ou l'Inde, et la France fait partie du trio de tête des pays européens pour la mauvaise qualité de son air. Ainsi, des maladies respiratoires touchant principalement les pays sous-développés commençaient à se multiplier ici.

Virgil et Laura Solal vivaient dans un appartement coincé entre les voies sur berge, le périphérique et de nombreux fabricants de ciment. L'organisme censé protéger le fœtus avait donc absorbé le CO_2 des voitures à essence, le dioxyde d'azote des diesels, mais aussi toutes les poussières de benzène, d'ammoniac, de zinc et de monoxyde de carbone issus de la combustion du pétrole, du charbon ou des pneus dont on se sert pour la cuisson du ciment.

Il fallait y ajouter ce que l'on ne contrôle pas, la pollution de nos aliments, leurs conservateurs, leurs rehausseurs de goût, leurs agents de saveur, les métaux lourds dans les poissons, les pesticides que contiennent les fruits et légumes et les ajouts chimiques de nos produits d'hygiène, notre corps se transformant à la fois en site d'enfouissement pour les déchets chimiques et en filtre à particules fines.

Le chef de service tenta d'être précis sans être technique, empathique sans être larmoyant.

— Ni vous ni personne ici n'aurait pu sauver votre fille, affirma-t-il sans donner toutefois l'impression de se défendre. Malheureusement, ce que je m'apprête à vous dire, je l'ai déjà dit à de nombreuses familles endeuillées. Je connais les causes, je connais les chiffres, je connais les coupables, je connais toutes ces choses que je n'aurais jamais dû savoir par cœur. La pollution de l'air dans le monde tue 600 000 enfants par an. Votre bébé a contracté une grave infection respiratoire. Une fibrose pulmonaire due à l'action de toxiques environnementaux, comme ce que l'on suppose des bébés sans bras, pour le glyphosate. Et en France, 50 000 autres personnes en seront victimes. Alors si vous cherchez un coupable, vous êtes probablement en train de le respirer.

Soudain, entassées dans ce bureau exigu au côté de Laura et Virgil, cinquante mille familles, pour cette seule année, demandaient justice.

Laura n'avait même plus la force de regarder le docteur, préférant se perdre dans les carreaux noirs et blancs du lino. L'esprit de Virgil le porta aux rives du delta du Niger, face à la fosse, face à ces enfants morts empoisonnés. Là-bas, des gosses anonymes, ici, sa fille. Une même cause. Et pour Solal, une raison de se battre pour ne pas sombrer à l'instant même.

*
* *

Diane et Nathan avaient écouté l'histoire sans jamais intervenir, et le silence qui suivit contenait encore la tristesse de celle qui s'était racontée. Là non plus, ils n'osèrent parler.

— Je suis contente qu'il soit tombé sur vous, avoua Laura sincèrement. Ne pensez pas que c'est facile pour lui. Cette situation le force à aller à l'encontre de tout ce qu'il est.

— J'en suis persuadée, confirma la psy, presque gênée d'être d'accord.

Laura se pencha et posa sa main sur le genou de Diane qui, malgré ses phobies, n'eut aucun mouvement de recul.

— Je me trompe ou ça commence à être difficile de le détester ?

La psy tenta de se dissimuler derrière sa fonction.

— Je dois juste le profiler. Ce n'est pas mon rôle d'aimer ou de haïr. Je dois le comprendre pour l'expliquer aux enquêteurs. Mais j'avoue que j'aurais préféré faire face à un idiot ou à un salaud.

— Personne n'oserait douter de sa peine et sa cause est juste. Il ne veut pas d'argent, et ce n'est même pas la mort de notre enfant qu'il venge. Bien sûr, au début, nous ne pensions qu'à cela. Pourtant, quand nous avons compris que l'avidité et l'égoïsme aveugles de certains condamnaient à court terme toute la surface du globe et touchaient tous les enfants, il nous a semblé impossible de nous battre pour notre seule fille. C'est aussi pour chacun d'entre vous que nous luttons.

« Nous », releva Diane. En parlant à Laura, ils parlaient à Virgil Solal. Ils avaient une seule et même voix et rien ne les séparerait plus que la distance entre une écorce et son arbre. Rester davantage ne les mènerait à rien.

*
* *

Alors que les patins de l'hélicoptère commençaient à ne plus toucher le sol, Modis fit un salut à Solignac à travers la vitre, et bientôt, le jeune policier et sa voiture disparurent derrière le premier nuage.

Nathan enfila son casque et d'un geste, indiqua à Diane de l'imiter. La connexion radio leur permit ainsi de s'entendre sans hurler.

— Leur enfant est mort depuis plus de deux ans. Ça fait deux ans qu'il prépare cette opération. Tu avais raison, Diane, on aura toujours un coup de retard.

— Ce n'est pas le plus préoccupant, précisa-t-elle. Il s'est visiblement persuadé que les entreprises polluantes sont coupables de la mort de sa fille. Pas uniquement Total, mais toutes les entreprises.

— Un paranoïaque ?

— Possible. Un sentiment de persécution pouvant aller jusqu'à l'irrationalité. Ce qui ne l'empêche ni d'être organisé, ni d'être méthodique.

— Et comment peut-on prévoir des actes irrationnels ?

— On ne peut pas. On les constate, simplement.

Par réflexe, la psy sortit son flacon de gel hydroalcoolique, puis le rangea sans l'utiliser. Elle n'avait été témoin que d'amour et de tristesse, rien qui justifie qu'elle s'en nettoie.

– 10 –

La journée de Diane Meyer entamait sa vingt-cinquième heure. Et l'on pouvait en ajouter quelques-unes de plus pour celle de Nathan Modis. Tant que cette affaire ne serait pas résolue, l'adrénaline continuerait encore longtemps à leur mentir sur la réalité de leur fatigue. Face à eux, cravate de travers et veste froissée, le patron de la PJ semblait sortir d'une machine à laver.

— Le « board » de Total s'est réuni, dit-il d'une voix lasse. Directeur des opérations, directeur des exploitations et productions, directeur de la sûreté, directeur des finances, conseiller du P-DG, directeur de la communication, trésorier du groupe et quelques autres que j'oublie volontairement puisqu'ils ont tous répondu d'une seule voix. Ils ne paieront pas. Ni la Bourse, ni les actionnaires, ni les partenaires ne leur pardonneraient une telle perte financière et un tel aveu de faiblesse.

— Et ils se justifient comment ? demanda Nathan.

— D'abord, rien ne dit qu'en payant, P-DG sera libéré. Rien n'assure non plus qu'une fois l'argent touché, Greenwar n'en demandera pas davantage.

— C'est l'équation à deux inconnues de tout enlèvement avec demande de rançon. Ce n'est pas un argument.

— Je leur ai dit la même chose, mais ils avaient une autre carte en main. Si même le gouvernement ne paie pas les terroristes en cas d'enlèvement, pourquoi Total devrait-il le faire ? Implacable…

— Terroriste ? reprit Diane. C'est le mot qu'on utilise désormais pour Virgil Solal ?

— Surtout pas, malheureuse ! s'emporta le patron. La moitié de la France est avec lui, l'autre se questionne. Il a un fort capital sympathie et on ne peut pas mélanger les deux notions, terrorisme et sympathie. On assiste à une situation assez inédite où le criminel n'est presque pas mis en cause. Dans l'esprit du public, si P-DG est libéré, c'est que Total l'aura décidé. Si P-DG meurt, c'est aussi que Total l'aura décidé.

— Alors Solal n'est plus qu'une arme, comprit Diane. On ne conspue pas le bourreau, mais plutôt ceux qui ont rendu le verdict.

— Et puisque votre nouvel entretien va être suivi mondialement, vous rayez donc le mot « terroriste » de votre vocabulaire.

— Attendez, s'affola la psy, vous voulez dire que vous n'avez pas trouvé de solution alternative ? On va se refaire un direct en live ?

Sa respiration devint irrégulière et du regard, elle chercha le secours de son partenaire. En vain. Elle insista donc :

— Je vous ai tracé un profil, on l'a identifié, j'ai même fait de l'hélicoptère en Aveyron. Ma mission s'arrête là, non ?

Le directeur fit pivoter l'écran de son ordinateur vers le duo et leur laissa le temps de lire le mail de Greenwar, reçu par la PJ dans la nuit.

« Tout changement ne ferait qu'accélérer tragiquement les choses. Même heure, même site, mêmes interlocuteurs. »

— Évidemment, poursuivit le patron, nous ne sommes pas les seuls à avoir reçu ce message. Il en a inondé les réseaux sociaux. Et les réseaux lui ont répondu. Les hashtags « Greenwar », « makethegoodchoice » et « SYLSO » sont les plus consultés et utilisés, en France comme en Europe.

— « SYLSO » ? répéta Modis.

— « *Save your life, save ours.* » Sauvez votre vie, sauvez la nôtre.

Jamais, dans sa carrière, Nathan n'avait autant été spectateur de sa propre enquête. Il enrageait sous un semblant de self-control.

— Et aucune intervention du président ? On gère ça tout seuls au dernier étage du 36 ?

— Mettez-vous à sa place, tempéra le directeur. Excepté dire « Tuer c'est mal », toute autre déclaration générera un million de réactions indignées. L'opinion en déduira qu'au lieu de protéger la planète il s'inquiète pour celui qui la saigne. Le président est bâillonné et le silence est son meilleur allié. C'est un piège complet, pour lui, pour nous. Vous comprenez où cela vous place, Meyer ?

Dans une impasse, pensa la psy. Aucun flic n'avait réussi à localiser Solal et ses revendications étaient restées lettre morte.

— Tu es la seule à pouvoir nous sortir de là, conclut Nathan.

— J'avais compris, se rembrunit-elle.

Le patron de la PJ regarda l'horloge de son bureau : la prochaine confrontation aurait lieu dans soixante minutes. Mais avant de laisser Modis et Meyer retourner dans leur salle privée pour un temps de concentration et de calme, une précision lui sembla utile.

— Une dernière chose, Meyer. Je vous en prie, n'en faites pas un héros aux yeux de tous.

— Ce n'était pas prévu.

— Alors ne parlez pas de sa gosse.

NOUVELLES DU MONDE

Palais de l'Élysée

La « plume » du président, comme à son habitude, avait installé son ordinateur portable sur ses genoux. Du haut de ses trente ans, son physique chétif ne convenait à aucun costume mais son sens de la formule avait attiré la sympathie du locataire de l'Élysée. Et, avec l'habitude de cette relation privilégiée, le scribe, conforté dans ses libertés, s'autorisait souvent à donner son avis.

— Après le confinement, j'ai promis un « Monde d'Après », s'inquiéta le président. Mon mandat arrive à son terme. Je ne risque pas de me faire élire de nouveau si je me plante sur l'écologie. Et avec ce Greenwar qui monopolise toute l'attention…

— Vous souhaitez que nous préparions une intervention à ce sujet ?

— Grand Dieu, non. Tant qu'ils ne l'auront pas interpellé, toute déclaration de ma part pourrait envenimer la situation. Je préfère que mon ministre de l'Intérieur et mon chef de cabinet adjoint déminent tout ça avec la police judiciaire. En attendant, je dois me montrer et rassurer. Je voudrais revoir avec vous les prochains points forts du calendrier et les discours qui iront avec.

Plume pianota sur son portable et ouvrit l'agenda présidentiel.

— C'est assez chargé, constata-t-il presque avec lassitude. Visite de la mer de Glace du Mont-Blanc. Le discours est prêt. Intervention sur le sujet de la forêt amazonienne. Le discours est prêt. Engagement sur la fin du plastique à usage unique. Le discours est prêt. Puis on enchaîne avec une série de notes à l'attention du ministère de la Transition écologique pour qu'il se prononce sur les objectifs fixés par l'accord de Paris[1] et on conclut avec les pesticides.

Tout cela avait été dit sur un ton monocorde qui déplut à l'oreille présidentielle.

— Un peu d'allant, que diable ! Ce n'est pas une liste de courses, mon enfant. J'ai l'impression que je vous perds. Je ne retrouve plus votre engagement si fédérateur. Si vous n'y mettez pas du vôtre, personne n'y croira.

— Je suis « plume », pas romancier. À un moment, j'ai besoin d'être convaincu moi-même. On va leur proposer quoi, encore, aux Français ? On ne peut pas répondre à tous les problèmes de la société par des Grenelle, des grands débats, des réunions, des commissions, des plans d'action, des numéros verts, un office central, une convention citoyenne ou je ne sais quelle autre diversion. On agit quand, pour de vrai ?

1. Signé en décembre 2015 lors de la COP21, il est le tout premier accord mondial juridiquement contraignant sur le changement climatique.

Le président, piqué au vif en son propre palais, garda son calme et lui offrit, en même temps, la possibilité de se taire.

— Vous auriez envie de développer ?

Plume ne flaira pas le danger de la question et aggrava sa situation.

— J'ai l'impression qu'on est tous à s'étriper sur le choix du papier peint alors que la maison brûle. Point par point, il n'y a rien de défendable. Aller sur la mer de Glace d'un coup de jet privé pour constater qu'elle recule et qu'on n'y peut rien à part diviser de moitié nos émissions de gaz à effet de serre, ce qui est loin d'être le cas, désolé, mais ça me colle le bourdon.

— Point par point ? Je retrouve votre pragmatisme. Nous en sommes donc à l'Amazonie.

— Soit. De quel droit nous autorisons-nous à assener un discours engagé contre la destruction de cette forêt primaire, due en partie à la surexploitation des terres pour la culture du soja, alors qu'on en importe deux millions de tonnes par an ?

— Je vous entends. Vous avez ensuite mentionné le plastique, je crois, poursuivit le président, faussement amène.

— La si essentielle fin du plastique à usage unique. Votre ancienne secrétaire d'État à l'Écologie la proposait dans vingt ans. C'est inaudible. Personne ne croit à des promesses qui dépassent le temps d'un mandat, et encore moins lorsqu'elles dépassent le temps d'une génération entière. Surtout si elles émanent d'une secrétaire d'État qui a reçu le très gênant prix Pinocchio[1] de

1. Prix Pinocchio : ce prix dénonce les entreprises/personnalités qui ont un discours écologique et des actes à l'opposé de cet

l'écologie quand elle bossait chez Véolia. J'ai l'impression que le vert n'est pas sa couleur préférée.

— Les pesticides ?

— Je ne sais même pas par où commencer. Par le glyphosate probablement, puisqu'il est le pesticide le plus utilisé. Malgré l'OMS qui le considère comme cancérigène, votre ministre de l'Agriculture assure que l'on peut continuer à l'épandre. Vous aviez promis une interdiction en 2020, mais elle n'arrivera certainement pas avant 2025 alors que des alternatives naturelles à ce best-seller de Monsanto ont déjà été trouvées. Vous savez qu'on décèle du glyphosate chez absolument tous les Français et jusque dans les couches de leurs bébés ? Et qu'on ait découvert que Monsanto avait créé des faux groupes d'agriculteurs en France pour communiquer en faveur de ce produit n'est certainement pas pour rassurer.

Quitte à se voir sermonner, le président s'appliqua à ce que le tour complet des désillusions de sa « plume » soit respecté.

— Vous oubliez l'accord de Paris, mon enfant.

— Nous avons explosé notre budget carbone cinq années de suite et vous avez même baissé les taxes. C'est quand même gênant de ne pas réussir à atteindre les buts que nous nous sommes nous-mêmes fixés en signant un accord international à quelques kilomètres de votre bureau, non ?

Trois coups toqués à la porte mirent fin à cette démonstration. Invité à entrer, déjà contrit, le responsable

---

engagement. Il a été décerné à Véolia quand Brune Poirson, devenue secrétaire d'État à l'Écologie, était chargée de gérer la distribution d'eau dans les bidonvilles d'Inde. Plus d'informations en fin de roman, dans « Références ».

de l'intendance du palais faisait pâle figure et n'osait pas dépasser le seuil de l'intimidant salon Doré du chef de l'État.

— Un problème ?

— C'est au sujet des sachets de thé en nylon, monsieur. Ceux que vous vouliez rayer des commandes des cuisines de l'Élysée, bafouilla l'employé.

Le président chercha à resituer, parmi la totalité de ses responsabilités internationales, la place du sachet de thé en nylon. Plume y vit une invitation.

— Vous aviez lu quelque part, monsieur, que ces sachets en nylon libéraient des milliards de microparticules de plastique.

— Je sais. Et on les a interdits, non ?

— Pour les Français, oui… Mais pour l'intendance du gouvernement entier, ce n'est pas possible, répondit le responsable des achats. Nous avons signé un marché avec le fournisseur, il faut attendre son terme, et puis après il faudra relancer une commande publique. Enfin… c'est compliqué[1]. Nous pourrons passer aux sachets en papier d'ici quelques années.

Puis il resta là, bras ballants, comme s'il attendait que passent ces quelques années. D'un regard et d'un coup de menton, Plume lui conseilla de filer.

— Bien. On en était où ? reprit le président après un léger flottement.

— L'Amazonie, monsieur. Aussi le Mont-Blanc et la fin du plastique, tout ça, quoi…

Le président resta muet, victime d'un formidable coup de mou. Plume reconnaissait ces épaules qui s'affaissent sous le poids de la déconvenue, ce

1. Couac des sachets de thé de l'Élysée, révélé par France Info.

désenchantement consterné qu'il avait vu de si nombreuses fois au cours de ce mandat et à son tour, il se conseilla de quitter la pièce. Il laissa ainsi seul celui à qui revenait la tâche de penser une nouvelle économie pour sauver la planète et qui avait pourtant toutes les peines du monde à faire changer les sachets de thé dans sa propre cuisine.

– 11 –

Sur le site de rencontres, Cupidon banda son arc et tira sur le profil « Total ». À l'écran, la cage de verre apparut en second plan. Au premier, une chaise vide.

La menace d'un désastre annoncé ne quittait pas Diane, comme lorsque l'on commence une chanson trop haut en sachant qu'on ne pourra jamais la terminer.

Virgil Solal apparut, jeta un œil à son prisonnier, puis s'installa face caméra, faisant immédiatement accélérer le cœur de la psy.

— Vous avez rencontré ma femme ? dit-il avec douceur.

Diane imagina les millions d'internautes pendus à leurs lèvres et les mots l'abandonnèrent. Une nuée de papillons devant ses yeux et des fourmis rouges dans le ventre accompagnèrent ce début de crise d'angoisse. Nathan tenta un coup de coude discret, sans effet.

— Diane ? souffla Solal, comme s'il n'y avait qu'eux.

Elle leva enfin les yeux vers lui.

— Je suis désolé, Diane. Désolé que ce soit tombé sur vous, désolé de vous mettre dans cette situation.

La négociation leur échappait. Le ravisseur s'inquiétait pour celle qui devait le manipuler et Nathan Modis n'avait d'autre choix que d'intervenir pour reprendre un semblant de contrôle.

— Nous sommes encore en négociations avec la direction de Total. Il nous faut plus de temps. Et peut-être une rançon plus réaliste, si vous êtes prêt à en discuter.

Un sourire se dessina sur le visage du ravisseur.

— Capitaine Modis… Pensez-vous sincèrement que du jour au lendemain, au seul prétexte de sauver un patron interchangeable, leur morale ait ressuscité ? Je connais leur réponse. J'ai des yeux et des oreilles partout. Je sais qu'ils ont refusé.

Meyer se força à s'extraire du nuage cotonneux dans lequel elle s'enfonçait.

— Et cela vous donne le droit de tuer à votre tour ? répondit-elle un peu trop fort. Les choses changent, les gens veulent changer. On ne construit pas l'avenir sur un meurtre.

— Rome s'est pourtant construite sur le sang de Remus. Pareil pour l'Inde. Est-ce le seul pacifisme de Gandhi qui a conduit l'Inde à son indépendance, ou les bombes de Bhagat Singh ont-elles pesé aussi ? Et pour les droits civils des Afro-Américains ? Qui, de Martin Luther King et ses discours vibrants ou de Malcolm X et son radicalisme politique, a joué le plus grand rôle ? Même notre Révolution française s'est faite avec des têtes tranchées. La résistance violente intervient lorsque la résistance passive a abattu toutes ses cartes. Nous faisons face à un nouveau péril, mondial celui-ci, et aucune demi-mesure ne pourra nous sauver. L'humanité est en équilibre sur les deux pieds arrière d'une chaise, elle se balance dangereusement. Il lui suffirait d'un rien pour tomber à la renverse. Mais *a contrario*, nous devrons lutter de toutes nos forces pour nous stabiliser.

— Vous deviendriez la nouvelle justice, décidant de ce qui est bien ou mal, de ce qu'on félicite ou de ce qu'on punit ?

— La justice ? Face à l'argent elle n'existe pas. Le droit des hommes, non plus. Dans la société comme dans la nature, la force, la puissance et le pouvoir sont les seules mesures du droit. Et nous, les simples, les citoyens, n'aurions même pas le droit de nous battre pour nos vies ?

— Exécuter votre prisonnier ne changera rien, objecta Modis. Sa mort ne nettoiera pas les océans, ni ne refroidira la planète.

— Je sais bien. Mais les lois et les tribunaux, l'ordre et les prisons ont-ils jamais empêché la criminalité ? Ils ne font que la réguler, et c'est ce que je m'apprête à faire.

Deux ans de préparation, deux ans de colère, deux ans à maîtriser son discours. Ni la psy ni le flic ne faisaient le poids. Diane tenta le tout pour le tout, malgré les ordres reçus.

— Sa mort ne vous rendra pas votre fille.

Virgil ferma les yeux et encaissa le coup sans aucune colère. Puis il se leva et disparut du champ de la caméra.

— Diane, tu déconnes, souffla Nathan.

— Je sais, mais j'ai rien d'autre.

Le silence prolongé commença à les inquiéter. Avaient-ils réussi à gagner un jour de plus ? Venant d'un coin invisible de la pièce, un bruit de moteur répondit à leur question. Une fumée blanche et laiteuse commença à recouvrir le sol de la cage, comme un tapis nuageux. Nathan enclencha le chronomètre de sa montre. S'inquiéter à partir de quinze minutes, ne plus espérer après trente. Lorsqu'il quitta la trotteuse des yeux, Solal était revenu à sa place.

— Je ne connaîtrai jamais le son de sa voix. Lorsqu'elle est née, ses poumons étaient déjà si malades qu'ils en étaient collés. Je ne supporte de vivre que lorsque je dors. Je ne suis en paix qu'une seule seconde par jour, le matin, quand j'ouvre les yeux. Cette seconde de flou où la mémoire n'a pas encore démarré, où je ne suis personne. Puis tout revient. Dans l'ordre. Je m'appelle Virgil Solal, j'aime Laura et on a tué ma fille. C'est mon histoire, celle qui m'a menée ici, devant vous, mais ce n'est pas celle pour laquelle je me bats. Ma cause est plus grande, elle me dépasse à m'en rendre insignifiant, microscopique. Je vous avais prévenus, vous connaissiez les règles. Je n'y prendrai aucun plaisir, mais je ne reculerai pas. Je n'ai pas le choix. Ils ne nous laissent plus le choix.

Il se leva une dernière fois et coupa la transmission. Face à l'écran noir, Diane et Nathan restèrent immobiles, paralysés.

Jamais il n'avait été prévu, dans le projet de Solal, que l'on puisse se délecter de l'exécution en direct d'un homme, aussi monstrueux pouvait-il être. Solal ne donnait pas un spectacle morbide, il menait un combat.

Onze heures plus tard.
Porte de Clignancourt. Paris.

Dans leur voiture banalisée, les trois flics regardaient avec inquiétude l'horloge du tableau de bord. Voilà trois nuits d'affilée qu'ils étaient « chat noir », la loi de l'emmerdement maximum voulant qu'une affaire leur tombe régulièrement dessus dans les dernières minutes de leur service, avec la promesse de quelques heures supplémentaires. Et comme les lois sont faites pour être respectées, la radio embarquée leur cracha une dernière mission.

— Bac 75 nuit, on a une voiture immobile à la station automatisée Total du périphérique porte de Clignancourt. Vous allez jeter un œil ?

— Vous voulez pas envoyer la relève ? On a terminé dans six minutes.

— Ben faites-nous ça en six minutes, dans ce cas, conclut la voix à la radio.

*
* *

À distance prudente, les lampes torche balayèrent l'intérieur de la voiture.

— Y a quelqu'un au volant, remarqua l'un des flics.

Le trio s'adapta à la situation. Le premier et le second chaussèrent leurs armes et le troisième avança de quelques pas, attentif à tout mouvement suspect.

— Merde, souffla-t-il. C'est le kidnappé.

— Quel kidnappé ?

— Le kidnappé des pandas, putain, t'en connais d'autres ?

— En vie ?

— Je sais pas. Faudrait que j'ouvre.

— Surtout pas ! T'es dingue. Le gars de Greenwar est capable de tout. J'appelle le déminage.

— Arrête de trouiller, c'est un ancien collègue. C'est pas nous sa cible.

— Et t'en es assez sûr pour risquer notre sécuri…

Le déclic métallique de l'ouverture de la porte lui coupa la parole.

— T'es vraiment un con. Je vais te coller un rapport.

— Non, tu feras rien du tout.

— Je sais, mais tu restes un con. Alors ?

Un genou sur le siège passager. La moitié du corps enfouie dans l'habitacle. Deux doigts sur la carotide. Aucun signe de vie.

Depuis deux jours, cet équipage était rivé sur les réseaux sociaux à se demander, en tant que représentant des forces de l'ordre, quel camp rejoindre. Greenwar ou sa victime ? Cette nuit, ils étaient les premiers témoins de la conclusion.

— TN 75 pour Bac 75 nuit. Il va nous falloir l'identité judiciaire et les gars du 36, on a retrouvé leur client.

– 12 –

Assis dans la salle d'attente comme deux cancres convoqués par le proviseur du lycée, Diane et Nathan faisaient passer le temps. Seuls les flics, les pompiers et le milieu médical pouvaient passer de la mort à autre chose avec autant de facilité.

— À la télé ou au cinéma, commença Modis, les types dans les fusillades se cachent derrière les meubles.

— C'est vrai, je n'y avais pas fait attention, avoua Meyer. Ça traverse, non ?

— Les bastos traversent les murs, alors tu comprendras que les tables et les canapés, niveau pare-balles… À toi.

— À la télé ou au cinéma, les sentiments des gens se voient sur leur visage. Les coupables froncent les sourcils, regardent dans tous les sens, ouvrent grande la bouche ou serrent les mâchoires à s'en faire sauter les dents.

— Comme dans les télénovelas ? fit remarquer le flic. Ce serait bien, ça faciliterait les auditions. À moi. À la télé ou au cinéma, les mecs qui volent des voitures cassent toujours la vitre du côté conducteur, histoire de s'asseoir sur du verre brisé, au lieu de simplement dégommer la vitre côté passager.

— Faut-il être idiot, concéda la psy.

— Pourtant, ça arrive souvent dans la vraie vie. On les récupère avec les fesses zébrées. À toi. À la télé ou au cinéma…

— Désolée, mais je sèche, capitula-t-elle.

— Moi, je pourrais y jouer des heures. Par exemple, à la télé ou au cinéma, dès qu'un type tient une arme, il faut qu'elle fasse sans cesse des cliquetis métalliques. En fait, une fois qu'il est chargé, ton flingue n'a aucune raison de faire du bruit, sauf si c'est une vieille pétoire prête à te sauter à la gueule.

— Tu as bien plus d'entraînement que moi. Peut-être bien plus de temps à perdre, ironisa Diane malgré la situation.

— J'y joue tout le temps avec ma fille, quand on regarde des polars sous la couette.

Gênée, elle réalisa que cet homme l'avait protégée et s'était intéressé à elle depuis le moment de leur rencontre sans qu'elle cherche de son coté à le connaître réellement.

— Quel âge ?

— Dix-sept ans. Mélanie. Elle préfère « Mel ». Terminale. Anti-flics, mais elle accepte de faire une exception pour son père. Je pourrais mettre un type dans une cage de verre si on touchait à elle.

Marié ? Divorcé ? Sans avoir l'air de trop fouiner, Diane réfléchissait à la manière de poser la question quand la porte du directeur s'ouvrit à la volée.

— Meyer ! Modis ! Pointez vos culs dans mon bureau !

— À la télé ou au cinéma, les commissaires gueulent toujours sur leurs flics comme s'ils avaient détruit la moitié de la ville, chuchota Diane en se levant.

Il ne manquait au directeur que le cigare éteint et malodorant au coin des lèvres pour que le cliché soit complet. Debout, les poings enfoncés dans le cuir de son sous-main, les veines du front apparentes, il éructait plus qu'il ne parlait.

— Vous aviez une seule information à garder pour vous ! Un seul détail à ne pas mentionner !

— On avançait sans filet, monsieur, la défendit Nathan. Meyer a joué la carte de sa fille quand il n'y en avait plus d'autres à abattre.

— Résultat, tout le monde l'aime ! hurla le patron. Les réseaux sociaux le qualifient de héros et des graffitis de pandas balafrés décorent les murs de toutes les villes. Vous savez qu'on en a un sur le fronton du 36 Bastion ? Elle commence à me briser les couilles l'espèce en voie de disparition !

Arrivé à ses limites, il baissa le volume de sa voix avant de s'exploser un tympan.

— Vous comprendrez qu'après ça, Meyer, nous ne souhaitions plus bénéficier de vos services. J'en ai informé votre supérieur, vous êtes attendue demain à votre bureau où vous pourrez ragoter autant que vous voudrez sur les sujets qui vous plairont.

Modis avança le buste, prêt à la défendre, quand la main de Diane, posée doucement sur sa cuisse, lui coupa la parole.

— Vous ratez tout, assura-t-elle. De l'évident jusqu'au subtil.

Comme un taureau excité par un foulard rouge, le patron s'apprêta à lui foncer dessus. Diane se dépêcha donc de développer son point de vue de la voix la plus apaisante possible avant de se prendre un coup de cornes.

— Pour l'évident, personne n'a remarqué que l'enlèvement correspond au jour exact de l'anniversaire de la mort de son enfant. Il nous assure que tout cela n'a rien à voir avec elle, et moi, je suis certaine du contraire. Ça ne nous avance pas beaucoup, mais c'est à prendre en compte. Pour le plus subtil, il est juste sous notre nez. Vous et moi savons bien que Solal n'a jamais cru une seconde que son compte bancaire allait être crédité de vingt milliards d'euros.

Le directeur retomba comme un soufflé et s'affala dans son fauteuil. Avec un peu d'aide, il venait de tirer le fil des événements à venir.

— Ce n'est que le début, ajouta Diane. Il va recommencer. Un coup n'est pas suffisant. Un scoop chasse l'autre, et il suffit d'une sextape pour que les réseaux sociaux enterrent Greenwar au cimetière des infos inoubliables. Il faut dès maintenant tracer le profil de toutes les futures cibles potentielles et mettre en place une protection pour chacune d'elles.

— Et on les choisit comment ? rua une dernière fois le directeur. Si ce sont les entreprises polluantes qui sont visées, on a presque autant de clients potentiels que de flics à mettre sous leur fenêtre.

— Je ne vous dis pas comment le faire, je vous dis juste ce qu'il va se passer, tempéra la psy.

— Et moi je vous dis de rentrer chez vous, Diane, conclut le directeur, fatigué.

– 13 –

La Défense.

Dans cette forêt de verre et de béton, les tours Chassagne et Alicante avaient été débaptisées depuis longtemps pour devenir les tours Société Générale. Ces jumelles hautes de trente-sept étages se faisaient face, chacune se mirant dans les fenêtres de l'autre, satisfaites de leur propre image.

La directrice financière, en grandes enjambées vers les ascenseurs, pendue à son téléphone, assurait à son mari que pas un instant, cette histoire de Greenwar et de kidnapping ne l'avait inquiétée.

— Juste le directeur général du groupe, confirma-t-elle. Il ne peut plus se déplacer sans une protection policière, comme un cachalot et ses poissons-pilotes.

— Et le reste de la direction ? s'enquit l'époux.

— On nous a conseillé de rester chez nous, d'éviter les déplacements inutiles, de faire du télétravail dans notre maison de campagne, si on en a une. Quoi qu'il en soit je rentre. On pourrait déjeuner ensemble et partir en week-end prolongé ?

L'écran de contrôle indiqua que l'ascenseur numéro 7 allait arriver dans quelques secondes. Les portes s'ouvrirent latéralement. À l'intérieur, trois hommes en bleu de travail, visage baissé, dans une blouse familière à tous ici, portant le sigle de la société de nettoyage. Des employés que l'on croisait sans les considérer plus que les poubelles qu'ils vidaient.

La directrice financière entra, leur tourna le dos sans prendre la peine de les saluer et appuya sur le bouton du premier sous-sol. La cabine s'ébranla et, une fois son week-end bucolique validé et sa conversation expédiée, elle fouilla dans son sac à la recherche de ses clés de voiture, le regard en l'air, comme on pioche un nom dans un chapeau sans regarder. Et c'est en l'air qu'elle aperçut le petit autocollant noir et blanc, en forme de panda, posé sur l'objectif de la caméra de surveillance. Elle comprit alors.

Derrière elle, les trois hommes sortirent chacun un masque de leur blouse et l'enfilèrent. Trois pandas balafrés de rouge, silencieux, respiraient sur sa nuque. Elle se mit à trembler, incapable de se retourner et, incontrôlable, un filet d'urine coula le long de sa cuisse.

*
* *

La fourgonnette quitta le parking souterrain, roula sans excès dans le quartier d'affaires, empruntant les rues d'un trajet planifié au millimètre, pour s'enfoncer à nouveau sous terre dans un second parking à plusieurs kilomètres de là. Changement de véhicule, une autre fourgonnette, et nouveau parcours pour traverser le nord de Paris jusqu'en Seine-Saint-Denis. Dans une casse automobile entre Bobigny et Drancy, un dernier changement s'opéra pour une troisième fourgonnette. La seule constante, entre ces véhicules aux couleurs et aux modèles différents, était le paquet à l'arrière. Cagoulé, menotté, bâillonné et sanglotant.

— Nous arriverons à destination dans moins de trois heures, madame, entendit-elle avant que le véhicule se mette en route.

Normandie.
Deux heures et cinquante-trois minutes plus tard.

La définition exacte de l'endroit aurait pu être « nulle part ». Pourtant, le GPS semblait sûr de lui, laissant les trois hommes et leur chargement en plein milieu d'un champ quadrillé d'éoliennes, entouré d'autres champs dont l'un accueillait une ferme solaire où les moutons paissaient entre les panneaux photovoltaïques. À seulement quelques pas de leur position, les vertigineuses falaises en craie du pays de Caux. Les pieds au bord du précipice, on voyait la Manche se perdre dans l'horizon nuageux et ses vagues s'allonger sur la plage de galets quarante-cinq mètres plus bas.

— Tu t'es planté.

— C'est pas ce que dit le GPS.

— Alors le GPS s'est planté.

— Non, c'est bien là, leur confirma une voix derrière eux.

Les trois hommes sursautèrent tant il était inconcevable que Solal ait pu apparaître de « nulle part ».

— Putain, vous nous avez fait peur, monsieur. Mais vous sortez d'où, sérieux ?

— De là, répondit-il en pointant du doigt le champ désert, sans que personne ne soit plus avancé car il ne désignait rien de particulier.

Face à l'air ahuri de ces trois complices, Virgil s'accorda un instant de contentement.

— Parfait, si vous ne distinguez pas notre planque alors que vous marchez dessus, personne ne la trouvera. L'un de vous conduit la fourgonnette à l'endroit prévu, les deux autres, suivez-moi.

— Avec elle ?

— Vous comptiez repartir avec ? Bien sûr avec elle.

Ils marchèrent en direction de la falaise, dirigeant par les épaules leur proie aveuglée par un bandeau recouvert d'un bonnet, déroulé jusqu'au menton. Seule sa respiration trahissait son angoisse et cette même angoisse la faisait réfléchir en accéléré.

— Je ne suis pas la bonne personne, souffla-t-elle, les mots chahutés par sa démarche incertaine sur le sol irrégulier. Je ne suis que la directrice financière. Mais je connais le directeur général, je connais son adresse, toutes ses adresses, et son agenda aussi, je peux vous aider.

— L'Histoire se souviendra de votre courage, rétorqua Solal, consterné.

Ils contournèrent un talus recouvert d'herbe rase, pas plus élevé qu'un mètre, derrière lequel se cachait un passage creusé dans le sol permettant à deux personnes, guère plus, de passer côte à côte. De ce trou, entouré précautionneusement de pierres de soutènement, dépassait l'extrémité des montants d'une échelle menant sous terre. Et dans ce trou, on ne voyait rien d'autre que le noir absolu. Solal y descendit en premier et, les bras levés, aida la directrice financière, toujours aveuglée et apeurée, à positionner ses chaussures de ville sur les barreaux, l'une après l'autre, jusqu'à toucher le sol, huit mètres plus bas. Ils tirèrent alors l'échelle vers eux afin qu'aucun badaud ne les suive.

Lampe torche allumée, Solal déplia une carte des lieux, tracée par ses propres soins au fil de ses explorations. La lumière éclaira un couloir en arrondi à la manière des arches, sans pourtant en révéler le début, ni la fin. Un sol terreux, et des murs striés de coulures de rouille échappées de vieux tuyaux courant tout le long du plafond, entourés d'un tissu laineux d'amiante qui se délitait comme les bandeaux d'une momie. Personne, depuis 1960 exactement, n'avait posé les yeux sur cette base souterraine abandonnée de l'OTAN. Personne depuis le jour où un terrible incendie y avait fait trois victimes.

Construite pendant la guerre froide, la station souterraine radar de défense aérienne « SMR Calva » était à l'époque occupée par plusieurs milliers de soldats. Des kilomètres de couloirs y croisaient d'autres kilomètres de couloirs, desservant des centaines de bureaux d'analyse et d'écoute sur plusieurs niveaux, toujours plus profond sous terre. Ne restaient de cette période que des enfilades de pièces sombres, parfois encore meublées d'un bureau déglingué, d'une chaise renversée, ou jonchées d'un tapis de liasses de documents « Secret Défense » à moitié calcinés, vestiges d'une occupation active.

Ils marchèrent plus de quarante-cinq minutes et descendirent de trois niveaux, devant parfois user d'échelles de secours grinçantes lorsque les plafonds écroulés avaient obturé les escaliers. À chaque étage, l'un des complices déposait au sol un amplificateur WiFi pour assurer leur connexion, alors qu'ils s'enfonçaient toujours plus profondément. Ils arrivèrent enfin dans un couloir vitré. Circulaire, celui-ci faisait le tour d'une immense salle de commandement où des centaines de postes d'écoute, pour la plupart carbonisés, formaient une gigantesque boucle. C'est au centre, exactement, qu'ils firent asseoir leur otage, sur une chaise au dossier métallique tordu par les flammes.

Sur l'une des tables, Solal renversa un grand sac noir d'où s'échappèrent une cinquantaine de lampes LED adhésives. Ils firent le tour de la pièce en les collant au mur, éclairant au fur et à mesure la salle d'une froide lumière blanche.

Enfin, l'un des complices déplia son ordinateur portable dont la coque était recouverte d'autocollants à l'effigie de leur mascotte noire et blanche.

— Connexion, OK. Réseau privé installé. Ils devront passer par onze pays différents avant de nous localiser. On peut commencer quand vous voulez, patron.

La première chose que vit leur prisonnière, bandeau enfin ôté, fut la caméra dont l'objectif était fixé sur elle, déjà inquisiteur. Elle distingua ensuite deux pandas balafrés, qui s'écartèrent pour laisser le passage à un homme sans masque.

— Bonjour, la salua Virgil, avant qu'elle fonde en larmes en le reconnaissant.

NOUVELLES DU MONDE

Nouvelle-Zélande

L'agent immobilier, certain de la valeur du bien qu'il proposait, récitait son laïus commercial sans inquiétude ni précipitation. Cette famille, comme toutes celles qui venaient jusqu'ici, paierait le prix.

— Cent vingt mètres carrés, annonça-t-il. Trois chambres, un salon, un bureau, deux salles de bains, une cuisine. Douze appartements en tout, onze déjà acquis, vous visitez le dernier.

Tout agent expérimenté maîtrise cette phrase à la perfection, celle qui vous invite à vous décider à l'instant, à cause des supposés autres clients très intéressés, prêts à vous rafler l'occasion sous le nez. Cependant, pour une fois, l'agent n'exagérait pas. Une trentaine d'autres dossiers étaient en souffrance tant l'endroit était convoité.

— En plus des appartements, évidemment privatisés, vous jouissez de plusieurs services en commun. Une salle de sport, un spa, une buanderie et même une salle de jeux d'arcade pour vos enfants.

Les deux ados de la famille, un garçon, une fille, respectivement douze et treize ans, tous les deux sur le chemin d'une obésité assurée, levaient de temps en temps le nez de leurs tablettes, pour y revenir inlassablement, comme aimantés. Néanmoins, l'évocation d'une salle de jeux sembla susciter un minimum d'intérêt et, suivant la direction indiquée, ils y trottinèrent à l'allure de deux poneys ravis d'aller au pré.

— Et le voisinage ? s'informa le père.

— Question légitime, quand on s'apprête à débourser douze millions de dollars, rétorqua l'agent. Mais sur ce point, vous pouvez être rassurés. Vous côtoierez un patron de laboratoire pharmaceutique, deux politiciens, un analyste financier, trois acteurs et actrices, dont deux oscarisés, un créateur d'applis pour portable tout droit venu de la Silicon Valley, un banquier à la tête d'un fonds d'investissement – il est français, vous vous habituerez, ils sont moins sales qu'on le prétend –, un footballeur professionnel et une chanteuse de variétés. Avec leurs familles évidemment. J'aimerais être indiscret et vous révéler leurs identités, vous seriez impressionnés, mais il faudra d'abord signer le contrat.

Les deux ados se pointèrent, nez retroussé de mécontentement, et tirèrent sur les pans des manteaux de leurs géniteurs.

— Y a qu'une télé dans le salon ! couinèrent-ils à l'unisson.

— Nous ajouterons autant d'écrans que vous le souhaiterez, assura leur guide. Mais il faut comprendre que si vous en venez à habiter ici, en plein milieu de rien, sur les îles de la Nouvelle-Zélande, coincées entre l'océan Indien, l'océan Pacifique et l'océan Austral, cent vingt-huit mètres sous terre exactement, c'est qu'il n'y aura plus beaucoup de programmes intéressants, ni de gens pour les animer et encore moins pour les regarder. Un bunker reste un bunker. On parle de survie et pas d'autre chose. Guerre globale, virus, effondrement climatique, vous pouvez même vous y protéger d'un hiver nucléaire. Sinon, nous avons une magnifique salle de cinéma et plus de deux millions de films à disposition.

L'agent immobilier n'avait cherché qu'à réduire les deux monstres au silence, sans réel succès toutefois. Les gosses froncèrent les sourcils en signe d'une intense phase de réflexion et avec un peu d'attention, on pouvait même voir le petit vélo qui tournait à vide dans leur crâne. Rapidement, ils retrouvèrent ce regard vitreux qui leur allait si bien. L'Apocalypse, pour eux, n'était qu'un désagrément qu'ils toléraient à grands soupirs agacés.

— Allez jouer plus loin, les sermonna leur mère. Laissez-nous discuter entre grandes personnes.

— Accompagne-les, bébé, lui demanda son mari, comme si elle non plus ne faisait pas partie de la catégorie des adultes.

« Bébé », lèvres repulpées à l'excès et les seins de ses vingt ans, suivit sa progéniture sans même se vexer.

— Bon, et niveau sécurité ? se renseigna le futur acquéreur.

Le guide réveilla sa tablette d'une caresse de l'index et afficha un plan des lieux en trois dimensions.

— Si les choses dérapent entre voisins, sachez que chacun de vos appartements est aussi une « panic room ». Vous pouvez vous y enfermer en famille, tout en gardant l'accès à l'eau potable et à des provisions privées. Mais si se cacher sous terre c'est bien, toujours est-il qu'au bout d'un certain temps, il faudra penser à sortir de nouveau, et personne ne sait ce que sera devenu le monde. Nous avons bien sûr prévu cette phase : ici, vous pouvez voir la salle de stockage des armes, des masques à gaz et des combinaisons NRBC[1] et là, une salle radio. Vous pourrez donc soit communiquer avec les survivants, soit vous en défendre.

Une dernière fois, le père embrassa les lieux du regard. Salles communes immenses, magnifique béton lissé au sol, sept mètres de hauteur sous plafond, air filtré, sécurité absolue et ce sentiment grisant de faire partie de l'élite de ceux qui peuvent acheter leur droit de survivre. Pourtant, l'investissement était de taille et il craignait l'idée de se retrouver le bec dans l'eau sans fin du monde pour en justifier l'achat. Son hésitation relança l'agent immobilier qui n'avait pourtant pas grand effort à faire, tant la peur est vendeuse.

— Si vous vous demandez si cela va arriver, la réponse est oui. J'ignore encore quoi et comment, mais entre la pollution, le réchauffement climatique, les catastrophes naturelles, les virus et les futurs mouvements migratoires massifs, il y a quand même assez peu de chances de sauver tout le monde. Ce sera chacun pour soi et ça commence aujourd'hui, maintenant, avec cet appartement. La moitié des milliardaires y réfléchit, l'autre est déjà en train de décorer son bunker.

— Ici, en Nouvelle-Zélande ?

1. NRBC : quadruple protection, nucléaire, radiologique, bactériologique et chimique.

— Principalement, oui. Toutes les terres vierges sont en passe d'être achetées. Mais ailleurs aussi. Dans le Colorado, des centaines de mètres de tunnels souterrains accueillent des appartements à quatre millions de dollars l'unité. Au Kansas, des architectes ont érigé un immeuble de quinze étages dans un ancien silo à missiles. Les logements ont été vendus à trois millions l'unité et sont partis en moins d'un mois. À Las Vegas, pour dix-huit millions de dollars, vous pouvez vous offrir un bunker enterré à huit mètres de profondeur avec piscine et forêt d'arbres. Mais ne vous y trompez pas, il n'y pas de meilleur rapport sécurité/prix que ce que je vous propose.

L'homme regarda sa famille, ses deux poneys ados et sa femme en plastique, puis décida en toute objectivité qu'il n'y aurait pas de meilleurs candidats s'il fallait jouer les Robinson ou repeupler la Terre.

— Vous, lança-t-il au vendeur en le pointant du doigt, vous êtes un bon. Je signe où ?

– 14 –

Assis dans la salle d'attente du 36 Bastion, casque audio vissé sur les oreilles, le gamin s'envoyait de la musique électronique à s'en faire saigner les tympans. Son ordinateur portable ouvert sur ses genoux affichait d'interminables lignes de programmation dont à peine trois personnes en France pouvaient saisir la surprenante ingéniosité.

On devinait son physique de gringalet, bien caché dans un gros sweat-shirt et un jean ultra large, et sa toute nouvelle entrée dans l'âge adulte, malgré ses cheveux ébouriffés et sa peau acnéique. Accaparé comme il l'était, un avion de ligne aurait pu s'écraser sur ses baskets sans qu'il lève les yeux. C'est donc tout logiquement qu'il ne remarqua pas le couple en grande conversation qui passait devant lui.

— D'accord, Solal a recommencé, concéda Nathan Modis. Mais je t'en supplie, même si c'est légitime, ne balance pas un « Je vous l'avais dit » au directeur.

À quelques centimètres d'eux, le gamin renifla bruyamment et d'un revers de manche s'essuya le nez. Diane visualisa l'armée de bactéries qui venaient d'installer son campement sur le tissu du sweat-shirt, plissa les yeux de dégoût et allongea le pas. Nathan ouvrit la porte du patron qu'ils trouvèrent le visage dans les mains à se masser les tempes.

— Vous pouvez le dire, Meyer, offrit-il en relevant la tête.

— Nathan vient de me l'interdire. Paraît qu'il ne faut pas tirer sur un homme à terre.

Le directeur apprécia d'un sourire pincé et reconnaissant.

— C'est journée portes ouvertes ? demanda Modis. Vous êtes venu avec votre fils ?

— Le truc dans le couloir ? Dieu m'en préserve. Le mien ressemble au moins à un vertébré. Je ne sais même pas si celui-là tient debout. Par contre, je sais ce qu'il a dans la tête. C'est un prêt de la DGSI.

— Je ne savais pas que le contre-espionnage recrutait des enfants.

— C'est un hacker, l'un des meilleurs, alors je vais vous dire, même s'il avait six ans je le ferais bosser. Nous aurions pu profiter de ses services plus tôt, mais selon la DGSI, il était « quelque part » hors de France pour faire « quelque chose » pour la France. On m'assure qu'il peut remonter n'importe quelle adresse IP et localiser son propriétaire, quels que soient les cadenas et les sécurités qui l'entourent.

— J'imagine que pour ce faire, il nous faudra une nouvelle conversation avec Virgil Solal ? demanda Diane.

— Et puisque nous avons une seconde victime, ça ne devrait pas tarder. Vous avez eu le temps de voir la dernière vidéo ?

— Non, mais le capitaine m'a informée de la situation. Je vous avoue que je fuis les réseaux sociaux et Internet en général, s'excusa la psy.

— Vous devez être une des seules. Quarante-deux millions de vues. J'ai l'impression que le monde attendait ça comme la saison deux d'une série à succès.

Aussitôt, le nouveau message de Greenwar fut lancé sur l'ordinateur du directeur.

*
* *

Cadrage serré, on ne reconnaissait rien de la base souterraine de l'OTAN. Juste une femme, apeurée, menottée et assise sur une chaise, dans un décor noirci par les flammes et grisé par la poussière. Solal resta dissimulé, et seule sa voix s'entendait. Avec un temps d'hésitation, la captive répondit à sa première question.

— Je… Je m'appelle Cécilia Varan.

— Ensuite ?

— J'ai deux enfants…

— Ne faites pas ça, la coupa Solal. Déjà parce qu'on s'en moque, et surtout parce que c'est faux. Vous êtes divorcée, remariée et vous n'aimez pas les gosses. Un jour, dans un café, je vous ai entendue pérorer au téléphone que les enfants nécessitaient une mère qui les aime et que vous préfériez les bijoux.

Se souvenant de ses propres paroles, se souvenant même du café et du temps qu'il faisait ce jour-là, Cécilia Varan perdit toute contenance et fut incapable de prononcer le moindre mot.

— Je vais vous aider. Vous êtes un membre éminent de la direction de la Société Générale. Vous faites partie des assassins invisibles. Invisibles car on ignore tout de leurs activités. Qu'une entreprise pétrolière pollue, cela ne nécessite aucune explication. Mais d'autres font pire, en toute discrétion, comme vous, comme d'autres banques. Sur les marchés financiers, pour un euro consacré aux énergies renouvelables, les banques françaises en consacrent huit aux énergies fossiles. De cette manière, les quatre premières banques françaises, dont vous faites partie, émettent quatre fois plus de CO_2 que la France entière. J'ai dû relire cette information à deux reprises pour pouvoir y croire.

— Nous ne sommes pas les pires pollueurs, se défendit-elle, sa voix enfin retrouvée.

— Amusant, j'ai déjà entendu ça. Et ça ne s'est pas bien terminé. Mais vous avez raison. La première place, en termes de financement fossile, revient à la BNP Paribas. Mais c'est bien vous qui déréglez le mieux la planète en termes d'impact écologique. Vous cochez toutes les cases les plus sales : charbon, pétrole bitumineux, gaz de schiste et forage en haute mer. C'est comme si vous cherchiez à nuire volontairement. Juste après l'accord de Paris, quand le monde a tenté de réguler ses émissions de gaz à effet de serre, les plus grandes banques ont immédiatement augmenté leurs investissements dans les énergies fossiles et baissé ceux des énergies renouvelables. C'est quoi votre souci ? C'est l'énoncé du problème que vous n'avez pas compris ?

— Nous finançons le monde tel qu'il est[1]. Mais nous allons nous désengager au fur et à mesure de ce

1. Citation de Laurence Pessez, directrice de la responsabilité sociale et environnementale de BNP Paribas. Plus d'informations en fin de roman, dans « Références ».

modèle économique, vous devriez le savoir, puisque vous avez enquêté.

— Exact, j'ai bien lu votre brochure. Un désengagement du charbon, la plus sale de nos énergies, en 2040. Ou plutôt dans une génération. Et vous semblez vous en satisfaire ? Faut-il que vous ayez si peu à promettre. On pourra reconnaître que vous avez vraiment fait de votre mieux pour sauver l'humanité. Mais comment tout cela se passe-t-il dans votre âme, sachant que ni votre entêtement ni votre avidité ne sont freinés par la mort annuelle de dizaines de millions d'innocents, au mieux ?

Solal tourna la caméra vers lui. L'image floue força l'objectif à faire le point. Entouré de deux pandas balafrés, immobiles, il en arrivait à sa conclusion.

— En Europe, la dépendance aux combustibles fossiles est presque invisible. Pas de tuyaux, pas d'oléoducs, pas de stations de forage, pas de puits. Invisible, comme les morts qu'elle cause. Et c'est seulement parce qu'elle nous est invisible qu'elle est encore supportable. Il en va de même avec les fumeurs. Ils ne voient pas le goudron qui suinte à l'intérieur de leur corps. Mais si ces mêmes fumeurs avaient les poumons à l'extérieur, s'ils voyaient à chaque bouffée leurs organes se contracter et flétrir sous l'effet du poison, combien de temps fumeraient-ils encore ? Plus les effets sont lointains, moins ils nous touchent. Cent mille morts africains prendront toujours moins de place aux informations que quatre gamins français décédés dans un accident de manège. L'argent du pétrole n'aura jamais l'odeur des cadavres qu'il fabrique à travers la planète. Mais les morts se rapprochent, ils sont même déjà ici. Aujourd'hui, vous allez faire face. Vous ne serez plus à distance, vous aurez le nez dessus.

Solal se redressa, solennel.

— En trois ans, vous avez engagé trente-cinq milliards d'euros dans les énergies fossiles. Greenwar demande donc une caution de dix milliards d'euros qui vous sera intégralement remboursée lorsque vous aurez doublé vos investissements vers la transition écologique et créé une fondation pour la recherche sur les énergies renouvelables. Une fois de plus, nous ne voulons pas un seul centime. Nous voulons un avenir. Vous avez quarante-huit heures.

*
* *

Dans le bureau du directeur, Diane Meyer et Nathan Modis prirent le temps de traiter la somme d'informations, verbales et non verbales, de la vidéo.

— Même mode opératoire, assura le flic. Un lieu confiné, une victime et une rançon/caution. Si le début est identique, alors ne nous faisons pas d'illusions sur la suite.

— Ce qui ne me tue pas me rend plus fort, ajouta la psy. Dans son cas, ce qui ne le tue pas le rend plus en colère.

— Colère ? Mais contre qui ? s'étonna le chef du Bastion. Il demande des sommes que personne ne peut lui promettre et il en a parfaitement conscience. Il sait, à chaque fois, que ses revendications sont délirantes.

— Colère contre lui-même, je pense. C'est un homme de justice et de droit, un flic, un soldat. Il souffre de ce qu'il fait. Il se salit. Il s'aime de moins en moins. Son ton est plus agressif, son discours est plus resserré. Il est tellement déterminé à aller jusqu'au bout qu'il n'a même pas proféré de menaces de mort sur la victime. C'est pour lui une évidence.

— Autre chose ?

— Oui. Le délai. Il est passé de vingt-quatre à quarante-huit heures.

— Peut-être y croit-il plus que la première fois, proposa Nathan. Il leur laisse le temps de négocier, de réunir la rançon.

— Non, je suis du même avis que le patron. Il sait qu'il n'a que très peu de chances de voir tomber cet argent sur son fameux compte off shore qui, entre nous, n'a probablement jamais existé. Il ne nous laisse pas plus de temps, il s'en accorde à lui-même. Il délaye, pour l'opinion. Pour qu'on en parle, encore et encore. Pour prendre plus de place sur les réseaux sociaux.

Fixé au mur, le téléviseur qui diffusait, volume à zéro, une chaîne d'infos en continu, attira le regard du commissaire.

— En tout cas, ça fonctionne. Solal a davantage de disciples chaque jour. Et ça ne se limite plus à la France. Les graffitis de pandas balafrés fleurissent sur les murs de l'Europe entière. Les réseaux sociaux sont en ébullition. Il est soutenu par une majorité de la population. Des banques sont saccagées, leurs vitrines explosées, deux stations essence ont été incendiées et ce matin, Extinction Rébellion a fait irruption au siège de Black Rock France.

— C'est mauvais signe, s'inquiéta Diane. Si les pacifistes se mettent à écouter Solal, si la limite déjà floue entre la simple désobéissance civile et les actes violents disparaît, vous n'allez pas tarder à perdre le contrôle de la situation.

— Vous êtes bien placée pour constater que nous ne l'avons jamais eu, se désola le directeur en se forçant à décrocher son attention des images. Alors dites-moi, Meyer, vous comptez aborder Solal sous quel angle, cette fois-ci ?

— J'aimerais vous rassurer, mais je n'en ai encore aucune idée. Je voudrais regarder cette vidéo à nouveau et prendre le temps d'y réfléchir.

Dans l'embrasure de la porte, le chef du 36 aperçut le jeune hacker qui ne faisait qu'un avec son écran, avachi sur sa chaise.

— Modis, vous voulez bien faire entrer la limace ? S'il est notre seule chance, autant le mettre au boulot tout de suite.

– 15 –

Bal des débutantes.
Salon du Prince-Bonaparte.
Shangri-La Hotel. Paris.

Chaque année, Paris retenait son souffle pour ne pas décoiffer les débutantes. Celles-ci, jadis, étaient sélectionnées parmi la noblesse pour permettre les unions les plus lucratives et les rapprochements de familles et d'empires. Mais aujourd'hui, le billet d'entrée était accessible à quiconque avait des parents au patrimoine confortable.

La limousine s'arrêta en douceur devant les grilles en fer forgé du palace. Le chauffeur, ganté de blanc, descendit pour ouvrir la porte à ses passagers sous les flashes crépitants des photographes de magazines people. Gloria, seize printemps, tendit hors de la voiture une main élégamment saisie par son cavalier qui l'invita à sortir de son carrosse.

Une cour extérieure menait à trois marches, larges et basses pour éviter les enjambées disgracieuses. En haut de celles-ci s'ouvrait une somptueuse porte de verre, encadrée de deux laquais en livrée et perruque bouclée.

Manteau défait et portable éteint, Gloria évoluait avec une majesté innée au bras du vicomte Giacomo, son cavalier, fils de la noblesse italienne. Sous les lustres de cristal aux millions de reflets irisés, la jeune nantie retrouva ses semblables. Les bien-nés sous l'étoile de l'opulence, aux parents magnats ou industriels, les enfants à particule d'un monde parallèle où de nobles Olympe et Hermine battaient des cils pour des Côme et des Ambroise.

Leur chemin se poursuivait vers le salon du Prince qui, dans moins d'une heure, accueillerait la première danse, les escarpins frôlant comme une caresse le parquet en point de Hongrie. Enivrée avant même la première coupe de champagne, Gloria reconnut Sixtine, une de ses amies, et d'un regard poli reçut de son cavalier l'autorisation de l'abandonner un instant.

— Il est beau ton dos nu. T'es en quoi ?

— En Dior, j'adore. Et toi ?

— Chanel, ma belle.

— Putain, on a de l'allure.

Le plateau d'argent s'approcha et les coupes se lovèrent entre leurs doigts fins, ne portant qu'une seule bague par main, pour éviter le vulgaire. Cinquante autres plateaux soutenus par des gants blancs se frayèrent un chemin entre les robes de couturier et les rivières précieuses.

Vint le temps d'immortaliser cet instant de grâce et de luxe par une photo de groupe qui, dans les jours prochains, irait décorer les villas de leurs fiers parents. Vingt et une filles de fortunes, installées sur les marches menant au salon Bonaparte, dans leurs tenues lumineuses et multicolores, comme les strates d'un gros gâteau crémeux.

Puis encore du champagne, et encore du champagne, à quelques minutes maintenant de l'ouverture du bal. La moindre erreur serait fatale et chacune répétait les pas dans sa tête avec application. Non par respect pour l'institution séculaire de cet événement, mais pour se prémunir de la honte universelle que les réseaux sociaux savaient fabriquer.

La concentration de Gloria fut un instant interrompue par une légère crampe de ventre. Comme toutes les autres, elle avait ces derniers jours réduit son alimentation au strict nécessaire afin que sa robe ne la boudine pas. La deuxième crampe, plus violente, l'inquiéta davantage et du regard, elle chercha où l'on avait bien pu cacher les toilettes. Sixtine, son amie, la fit sursauter quand elle posa une main sur son épaule dénudée.

— Putain, j'ai le bide en vrac.

— Pareil, avoua Gloria.

— Faudrait qu'on aille prendre l'air. J'ai vu une fenêtre qui donne sur un balcon, on devrait y aller.

Scrutant les invités, elles calculèrent le nombre de courbettes nécessaires et de saluts obligatoires qui les séparaient de leur but quand elles constatèrent que les visages étaient moins souriants, les regards, fuyants et les attitudes, tourmentées.

Puis, sans prévenir, une Olympe gerba un arc-en-ciel de champagne sur son cavalier.

Réaction en chaîne, le cavalier vomit sur sa voisine qui l'imita dans l'instant, arrosant d'un jet lourd et nauséabond l'une de ses amies d'enfance. Emportée par le spectacle, Gloria colla sa main à sa bouche, tenta d'éviter l'inévitable, appuya plus fort, mais pas aussi fort que le torrent qui remontait sa gorge pour s'échapper d'entre ses doigts, à l'image des magnifiques grandes eaux de Versailles, recouvrant la « Dior j'adore » de Sixtine d'un dégueulis épais.

— Salope ! Ma Dior, s'offusqua-t-elle, comme si là était son principal souci.

Mais pris à son tour d'un violent spasme, son corps entier se contracta avant de se lâcher d'un coup, en coulées sombres le long de ses cuisses et jusque sur le parquet. Puis, partout dans le salon du Prince, ce fut une cacophonie de haut-le-cœur et de hoquètements nauséeux. Au fur et à mesure, les invités triés sur le volet tombaient au sol, recroquevillés, hurlant de douleur dans des flaques répugnantes.

Les pompiers entrèrent dans le Shangri-La où l'odeur pestilentielle qui flottait était intenable à peine le hall franchi. La plupart des invités avaient survécu à l'empoisonnement, mais on déplorait quand même onze décès.

Entassés dans une cour attenante au palace, les aristocrates en culottes courtes redevenus de simples gamins traumatisés, couverts d'excréments et d'aliments digérés, attendaient leur tour d'être transférés dans les hôpitaux les plus proches.

Pour une personne, uniquement, cette édition du Bal des débutantes avait été un succès. Il roula en boule son costume de serveur et le jeta au fond d'une des poubelles de la cuisine, attrapant au passage l'une des rares bouteilles de champagne qu'il n'avait pas contaminées.

– 16 –

Diane.

Les églises faisaient normalement partie des grands espaces vides censés la faire fuir. Et pourtant, elle s'y trouvait toujours apaisée. Probablement parce qu'elle ne s'y sentait pas seule. Probable aussi qu'elle ait du mal à se confier à un confrère, alors que Dieu était à la fois le psychiatre le plus sollicité du monde et le plus disponible.

« Restez à votre hôtel. Prenez du repos. Préparez-vous à la négociation de demain, c'est tout ce qu'on vous demande », lui avait ordonné le directeur.

Le froid des pierres se diffusa lentement dans son corps et elle trouva même un certain plaisir à l'inconfort des bancs de bois, en rangées précises, grinçant la présence de tout nouveau venu qui s'asseyait pour se recueillir.

— Je suis perdue, chuchota-t-elle, les mains jointes, sans attendre de réponse.

Derrière elle, la grande porte de l'église s'ouvrit. Un rai de lumière révéla les couleurs des vitraux, un courant d'air feuilleta les premières pages d'un missel abandonné, puis l'obscurité enveloppa de nouveau le lieu saint, rassurante. L'homme qui venait d'entrer se dispensa d'un signe de croix, prit place à bonne distance, scruta la nef et s'arrêta sur la silhouette de Diane.

— C'est que je ne sais plus où est ma place, vous comprenez ? poursuivit-elle. Pourquoi les gens le soutiennent-ils autant ? Sa cause est juste, je le sais. À dire vrai, je n'en connais pas de meilleure. Même vous, vous devez la valider, j'en suis certaine. Peut-être même que vous l'aimez. De toute façon, c'est pas compliqué, vous aimez tout le monde. Mais on parle de meurtre. Vous ne pouvez pas être d'accord avec ça, non ?

Dans un collatéral, une vieille dame alluma un cierge, sa pièce tinta dans le tronc des offrandes puis elle disparut entre les colonnes.

— Si vous existez vraiment, poursuivit Diane à voix basse, alors sa petite fille doit être avec vous. Elle a vécu à peine quelques secondes. J'imagine que vous n'avez pas souvent reçu d'âme aussi pure dans votre royaume. J'aurais aimé qu'elle fût la raison de tout son projet, les choses auraient été plus faciles pour moi. Un homme cherche vengeance, il tue, je fais mon job de psy en toute bonne conscience, d'autres l'interpellent et les tribunaux le punissent. Mais comment composer avec sa conscience, quand un homme qui considère avoir tout perdu agit et se sacrifie pour le seul salut des autres ? Il y a là un petit côté christique qui n'a pas dû vous échapper, non ?

L'inconnu, tapi à quelques rangées d'elle, régla son portable en mode silencieux pour ne pas se faire remarquer. Par Dieu ou, pire, par Diane Meyer.

— C'est certainement pour cela qu'il est adulé. Les gens attendaient sa venue, simplement. Il leur permet l'expression de leur impatience, de leur peur, de leur colère.

À ces mots, une histoire, légende urbaine peut-être, lui revint en mémoire.

— Je ne vous apprends rien puisque vous savez tout, mais, pendant un de mes stages en hôpital, un interne m'a assuré qu'il pouvait arriver que les dosages de l'anesthésie générale soient mal calculés et que le patient se retrouve dans un état de semi-conscience pendant son opération. Il ressent toutes les douleurs, celle du tranchant du scalpel ou de la scie qui découpe les os, mais il est dans l'incapacité absolue de bouger, ou de hurler. Il ne peut que subir. N'est-ce pas ce que nous vivons au quotidien ? L'humanité crève sans pouvoir crier. Plus tristement, elle crie, mais personne n'écoute. Je crois que Virgil Solal leur a permis de se faire entendre. Et il agit. Pour tous. Et moi, je ne sais toujours pas quoi faire, ni où est ma place, comme je vous le disais au début. Donc voilà, si vous avez un conseil, je suis assez preneuse.

Le fin cierge, mal fixé sur son clou noir, pencha vers ceux qui n'avaient pas encore été allumés. Qui sait ? La prière de la vieille dame était peut-être trop lourde à porter. Entraîné par son propre poids, le cierge frôla son voisin dont la mèche s'embrasa à son tour.

— Attention, s'amusa Diane en se levant, je pourrais croire que vous m'avez écoutée.

L'inconnu la suivit à pied lorsqu'elle quitta l'église. Mais lorsqu'elle arriva devant son hôtel, à quelques centaines de mètres de là, il fit rapidement demi-tour à la vue d'un véhicule garé, en surveillance.

Nathan avait dit vrai, l'endroit était sans prétention, mais au moins, il avait l'air propre. Ce qu'il avait oublié de mentionner, c'est qu'avec la chambre réservée venait aussi un chaperon, un flic qu'elle avait déjà aperçu dans les couloirs de la PJ, planqué dans sa voiture, aussi discret qu'un panneau lumineux en pleine nuit. Diane toqua deux fois à sa vitre.

— Je ne compte plus sortir, dit-elle à son garde du corps. Vous pouvez faire votre rapport à Modis et rentrer chez vous.

Gêné de s'être fait épingler, l'homme s'empourpra. À moins que ce soit l'idée de rater la mission que son supérieur lui avait confiée.

— Je crois que vous ne connaissez pas bien le capitaine, souffla-t-il, les yeux grands ouverts, comme lorsque l'on évoque un maître d'école sévère. Je préfère rester là. Vraiment.

Effectivement. Elle ne connaissait pas très bien son nouvel équipier, mais elle trouvait amusant qu'il puisse inspirer autant de crainte à ses effectifs quand il était aussi charmant à son endroit. Étonnant Nathan Modis, se dit-elle.

Nathan.

Assis face à sa fille, il hésitait sur l'attitude à adopter. Une heure plus tôt, le voyant traîner au service, le directeur lui avait rappelé que son job se limitait à la négociation et que d'autres équipes assuraient le reste de l'enquête. Il avait donc reçu à son tour le conseil d'aller prendre un peu de repos.

Mais une fois chez lui, trébuchant sur le sac de cours de Mélanie, il avait reconnu, dépassant à peine, les contours noir et blanc et un trait de marque rouge. Le masque de panda était maintenant posé entre eux, sur la table du salon. Et Nathan ne savait toujours pas quoi dire à sa fille.

— Tu vas m'engueuler ?

— Et te cogner aussi, se moqua-t-il. Tu sais très bien que je ne crie jamais.

— Je te déçois ?

La question le surprit, car il comptait la poser lui-même.

— Ce que je voudrais savoir, c'est si moi, je te déçois, Mel.

— Tu fais ton job, répondit l'ado, comme un simple constat.

— Je t'ai connue plus inspirée.

— J'essaie d'imaginer ce que nous aurait dit maman. Je sais que la violence ne résout rien, mais réellement, la violence, elle vient d'où ? Est-ce que c'est mal si on élimine une personne quand on sait qu'elle aurait fait plus de mal encore si elle était restée en vie ?

— C'est toute la question morale de la torture. Peut-on y recourir à l'encontre d'un poseur de bombes pour lui faire avouer quelle est sa cible et éviter les morts qu'il va provoquer ? Mais le problème est ailleurs. Je ne sais pas jusqu'où ira Greenwar, mais je sais que tous ceux que cette organisation décidera d'exécuter seront remplacés par d'autres, des clones avec une pensée identique. Les deux cibles qu'a choisies ce Solal ne sont pas responsables à elles seules de tout le réchauffement climatique, ni de toute la pollution, alors pourquoi spécialement elles ?

— Dans ces cas-là, on ne fait rien alors ? Parce que toi, par exemple, quand tu arrêtes un violeur, tu n'arrêtes pas tous les violeurs de Paris, donc si je suis ta logique, tu le relâches ?

— Je l'arrête pour le traduire en justice et pas pour l'exécuter sommairement. C'est justement ça la civilisation.

Du bout du doigt, Nathan frôla le masque. Il en avait vu de semblables depuis des jours, mais jamais un en vrai.

— J'imagine que tu ne dois pas être la seule dans ton lycée ?

— Tu parles du masque ? C'est un signe de ralliement. À notre âge, nous sommes les plus concernés. Les plus informés. Les plus conscients. Tu sais que la pollution réduit l'espérance de vie mondiale de 233 millions d'années par an ?

— Arrête, je n'en peux plus des chiffres. Tu parles comme ce Solal.

— Alors je vais faire plus simple. Pour moi qui habite dans une grande ville, la pollution aux particules fines m'enlèvera quatre ans de vie. Mais si elle augmente d'à peine quelques microgrammes, ce seront onze années qu'on me volera. Onze années. T'en dis quoi ?

Épuisé, à bout de nerfs, Nathan fut touché plus qu'il n'aurait aimé le laisser voir et sa fille s'en voulut de lui être tombée dessus à peine rentré. Cherchant réconciliation, elle se leva et se colla à son dos en l'enlaçant.

— Pardon papa, je suis désolée. Va te reposer, je nous préparerai un truc avant que tu repartes. Et ce ne sera certainement pas très bon.

Il regarda sa gamine s'affairer dans la cuisine, elle qui, il n'y a pas si longtemps, n'atteignait même pas les placards du haut. Chaque seconde avec Mélanie était un cadeau. Alors onze ans…

— Tu ne me déçois pas, lui dit Nathan en allant vers sa chambre.

— Moi non plus, lui répondit-elle, tu ne me déçois pas. Parce que je sais qu'à la fin, tu feras ce qui est juste.

Avant le dîner, il se laissa tomber sur le lit, trop grand et trop vide depuis quelques années. Toute sa carrière, le capitaine avait obéi, car ce qu'on lui ordonnait lui semblait juste. Il découvrait aujourd'hui que, parfois, l'ordre donné et ce qu'il est juste de faire ne se trouvaient pas toujours au même endroit.

NOUVELLES DU MONDE

Arctique

District de Tchoukotka. Extrême nord-est de la Russie.
Village côtier de Rirkaïpiï.

Sept cent quatre-vingts kilos d'ours blanc pesaient sur le canapé du salon.

Les pieds du meuble résistèrent un temps avant de céder d'un coup. Bêtement, l'animal descendit de quelques centimètres dans un craquement de bois.

Il semblait apaisé, son ventre rebondi et sa patte puissante posée nonchalamment sur un accoudoir, le sang chaud perlant encore de sa barbe. Les cris de ses proies avaient cessé et, le calme revenu, la faim un instant disparue, il était enfin libéré de cette tenaille qui serrait depuis trop longtemps son estomac atrophié.

Au fond du petit couloir, la porte de la chambre d'enfant, déchirée comme une feuille de papier par de profondes entailles, était sortie de ses gonds et reposait de travers contre le mur. À l'intérieur, un rideau léger, éclaboussé de rouge, dansait par la fenêtre brisée.

À soixante kilomètres de là…

Les roues du pick-up de Tynetegyn s'enfonçaient dans la neige quand elles ne glissaient pas dangereusement sur la glace. Les essieux grinçaient sous la charge. À l'arrière, recouverts par une bâche qui claquait au vent, deux cadavres de phoques encore tièdes dont le sang s'échappait à gros filets laissaient une traîne criarde. Fixée sur le tableau de bord, une figurine plastique de Tahitienne en robe de paille, sourire figé et collier de fleurs de rigueur, gigota des hanches et de la tête lorsque Tynetegyn freina à la vue des gars de la PCU[1], fusil en bandoulière. Il frappa contre l'intérieur de la portière afin de libérer la vitre gelée et peina pourtant à la descendre. Les moins quinze degrés envahirent agressivement l'habitacle.

— *Amto*, les salua-t-il.

— *Amto*, Tynetegyn, répondit l'un des deux hommes de la patrouille, baissant un instant le canon de son arme et son col de fourrure.

— Comment se porte la banquise ?

— Elle est toujours fragile. De plus en plus mince ! Pas de migration possible. Pareil à l'année dernière.

— Et vous les avez vus ? demanda Tynetegyn.

1. PCU : patrouille de contrôle des ursidés. Rendue nécessaire pour la protection des populations. Plus d'informations en fin de roman, dans « Références ».

— Cinquante-six nouvelles têtes sont en approche de Rirkaïpiï. Je les ai comptées à la jumelle, ce matin. Sans parler des possibles rôdeurs isolés.

— Cinquante-six ours polaires ?

— Ouais. Avec la vingtaine aperçue hier, ils vont bientôt être cent. La glace sur la mer n'est pas assez solide pour leur permettre de partir en chasse. Il va falloir les nourrir avant qu'ils n'arrivent au village.

L'homme regarda un instant le chargement de Tynetegyn.

— Mais je vois que tu…

Une bourrasque blanche les aveugla avec la force d'un éclair et emporta les mots du patrouilleur. Chacun se protégea le visage. La neige recouvrit le sang qui s'échappait de l'arrière du pick-up, puis le sang recouvrit à nouveau la neige.

— Mais je vois que tu as pris les devants, répéta le patrouilleur, plus fort.

— Ma maison est isolée, vous oubliez toujours de la protéger. Je fais ce que j'ai à faire.

— Ce sont des morses ?

— Non, des phoques.

— C'est aussi ce qu'on cherche.

Bien qu'il en soit sûr, Tynetegyn vérifia sa position GPS et l'heure à sa montre avant de les conseiller.

— Vous ne trouverez rien ici, sauf par chance. Ça fait trois ans qu'on les décime au même endroit. Ils sont remontés par les côtes de la mer de Sibérie, à une journée de là. Je suis parti dans la nuit d'hier pour avoir les miens.

Personne mieux que Tynetegyn ne lisait la neige et la faune, et plusieurs fois la PCU avait en vain tenté de l'enrôler.

Le second patrouilleur apparut à son tour et, d'un geste, désigna la Tahitienne gigoteuse.

— Elle se serait pas perdue, ta vahiné ? Hawaii, c'est pas la porte à côté.

— Parle moins fort, tu vas me la faire partir. Je crois qu'elle n'a pas encore remarqué la différence de température.

Le même patrouilleur désigna cette fois le fusil de Tynetegyn, accroché à son rack, juste dans son dos.

— On aurait bien besoin d'un chasseur comme toi. Les enfants ne veulent plus aller seuls en classe. Ils disent que ça ne leur servira à rien de connaître la capitale des pays du monde dans le ventre d'un ours. Hier, c'est la police qui a dû les accompagner.

Le froid n'invitant pas aux longues conversations, Tynetegyn, convaincu par obligation, assura qu'il se présenterait au point de rencontre le lendemain matin, à la station de la PCU, avec son arme, pour escorter les gosses jusqu'à leur école. Il remonta la vitre et, en un mètre seulement, les silhouettes des patrouilleurs disparurent dans un nuage glacé.

Après quatre heures de conduite et arrivé à un kilomètre de sa maison, il descendit du pick-up, en fit le tour, ôta la bâche pour planter un croc de boucher dans les chairs gélatineuses et déchargea les phoques que le froid n'avait pas encore totalement raidis. Dans un bruit mou, les deux bêtes tombèrent lourdement sur la neige. D'un geste puissant, il leur ouvrit le ventre sur toute la longueur et les éviscéra, plongeant la main profondément au sein des entrailles tièdes.

Nourrir les « polaires ». Nourrir les plus féroces prédateurs de la planète comme on donnerait la cuillère à un malade. Il ne restait que cette solution pour les garder à bonne distance des habitations, car, lorsqu'ils goûteraient un humain, lorsqu'ils découvriraient sa fragilité, ils y reviendraient sans cesse. Ainsi, pour les rassasier, il n'y avait plus qu'à tresser un collier de cadavres fumants en périphérie des villages, espérant qu'avec janvier, la température chuterait, solidifierait la banquise et leur permettrait de poursuivre leur migration.

Tynetegyn puait le sang dont il était largement recouvert et en tacha le siège en remontant dans son tout-terrain. La route, entretenue au mieux et dégagée au jour le jour, lui permit de parcourir le kilomètre le séparant de chez lui en à peine douze minutes.

Les flocons transportés dans d'incessantes arabesques ne laissaient apparaître que la silhouette de sa maison. La tôle ondulée et le bois oscillaient de gauche à droite comme le sommet des tours immenses des grandes villes prises dans le vent. Il n'aperçut ni le sang sur le palier, ni la vitre brisée de la chambre.

De ce qu'il restait de sa femme et de son enfant, Tynetegyn ne remplirait pas la moitié d'un cercueil.

– 17 –

Palais de l'Élysée.

Puisque jamais personne ne devait être au courant de ce qui allait être décidé, le chef de cabinet adjoint, homme de l'ombre du président, avait organisé ce rendez-vous dans le plus grand des secrets.

La porte du Coq, avenue Gabriel, était historiquement celle des visiteurs du soir, mais avec les années, aucun bon journaliste n'en ignorait plus l'existence, et avec l'actualité de Greenwar, nombre d'entre eux étaient déjà en poste à cet endroit précis.

La rue de Marigny avait été jugée trop passante et le choix s'était porté sur l'entrée de la rue de l'Élysée, longeant l'aile ouest du palais par sa gauche. Chaque extrémité de celle-ci étant fermée par une guérite de la compagnie de la garde présidentielle, elle-même renforcée d'un fourgon de CRS, la discrétion y serait absolue.

C'est donc dans cette entrée moins officielle que le chef de cabinet adjoint accueillit le directeur de la

DGSI[1]. Une fois la cour d'honneur traversée et les marches gravies, ils prirent le chemin opposé au salon Doré.

— J'avais rendez-vous avec le propriétaire, s'étonna l'invité.

— Il faudra se contenter de moi.

Le cerveau d'un agent du contre-espionnage fonctionnant toujours avec une ruse d'avance, le patron des Renseignements n'eut pas de mal à comprendre la situation.

— Si le chef de l'État ne peut me dire en face ce qu'il a à me demander, c'est que le service doit être rudement foireux.

Dans un bureau sans fenêtre du sous-sol, les deux hommes s'installèrent en se faisant face. Pas de moulures au plafond, pas de dorures, un mobilier commun, une table en bois modeste, des chaises à peine confortables, rien de très élyséen en somme.

— Nous avons un problème, annonça le conseiller officieux du président.

— Je viens rarement ici pour un pot de départ. Je vous écoute.

— Greenwar. Virgil Solal.

— Je m'en doute, oui. Ensuite ?

— Le 36 tout entier est sur lui, mais j'ai été informé qu'un agent en particulier pourrait réussir à le localiser lors de sa prochaine connexion.

1. DGSI : Direction générale de la Sécurité intérieure. Service de renseignement et de contre-espionnage du ministère de l'Intérieur, chargé de rechercher, centraliser et exploiter le renseignement intéressant la Sécurité nationale et les intérêts fondamentaux de la France.

Si le hacker boutonneux et à peine majeur avait entendu la manière solennelle dont on parlait de lui, peut-être se serait-il enfin redressé de fierté.

— Je sais bien, il est à nous, rétorqua le chef de la DGSI. On leur prête. C'est d'ailleurs nous qui aurions dû être saisis de cette affaire après le premier meurtre.

— Sauf que Solal ne veut parler qu'au flic du Bastion et à la psychocriminologue qui devait le profiler. On ne va pas réécrire l'Histoire.

— Il me semble pourtant que c'est exactement ce que vous allez me demander.

Le chef de cabinet adjoint apprécia cette vivacité d'esprit qui leur évita un tourbillon de digressions et de sous-entendus.

— Imaginez un instant qu'on interpelle Solal, supposa-t-il. S'ensuit un procès-fleuve qui ne sera rien d'autre qu'une tribune inespérée pour que lui et les avocats qui auront décroché la timbale nous abreuvent de son discours et de ses idées. Et vu que l'opinion des Français penche en sa faveur…

— L'opinion d'une bonne partie de la planète si j'en crois les réseaux sociaux.

— Le président serait fâché de voir encore le pays à l'unisson en manifestations générales. Il n'est bon pour personne que Solal mette un pied dans une cour d'assises. Je ne sais pas, une opération qui dérape, une situation de légitime défense, une balle perdue, vous connaissez ça mieux que moi.

— Une balle ? Sans scénario autour ? Personne n'y croirait. Ce serait trop commode. Une histoire, ça se construit.

Le directeur de la DGSI prit un temps pour réfléchir et proposa, calmement :

— Par exemple, s'il porte avec lui une ceinture explosive, personne n'osera discuter de l'issue tragique de notre intervention.

— Et comment être sûr que ce sera le cas ?

— En s'en assurant nous-mêmes. Mais à partir de maintenant, je me doute que vous voudrez en savoir le moins possible.

L'homme de confiance du président n'avait pas soupçonné qu'il serait si simple de programmer la mort d'un homme, surtout sans qu'il ait à appuyer sur la détente.

— Je sais que je vous en demande beaucoup. Un assassinat ciblé, en opération extérieure, dans un pays étranger, d'accord, mais en France, ce serait une première.

Le chef des Renseignements laissa naître un sourire cynique sur son visage.

— Vous croyez vraiment ?

Deuxième Partie

Atomic 8

– 18 –

Paris.
Cabinet d'avocats Atomic 8 de Gerda et Attal.

Dans la salle de réunion, la lettre manuscrite était dépliée et posée au centre de la table en verre, à bonne distance des deux hommes, comme si elle était radioactive.

Depuis ce matin, Lorenzo Gerda, le fondateur du cabinet, n'avait eu de cesse de demander à ce qu'on la jette aux oubliettes. Mais Fabien Attal, son seul et unique associé, était moins catégorique quant à son devenir.

— Atomic 8, l'élément chimique de l'oxygène, lui rappela Gerda. Nous sommes un cabinet spécialisé en droit de l'environnement. Transition écologique et stratégie. On ne donne pas dans la défense des assassins, encore moins dans les cours d'assises.

— Tu renies ta jeunesse, Lorenzo ?

— Quinze ans de ma vie à défendre des ordures criminelles, tu peux concevoir que je n'ai plus envie d'aller dans la fosse. Plus l'énergie non plus, pour être franc.

— Mais tu n'es plus seul. Tu as créé ce cabinet, tu as fait de moi ton associé, et à ce jour, tu n'as pas eu à t'en plaindre, non ? Nous avons les chiffres, les informations, les données et la légitimité ! Qui mieux que nous pour représenter ce type ?

Gerda, cinquante-cinq ans et les cheveux neigeux, jaugea son poulain de vingt ans de moins. Il s'était opposé à lui dans un procès d'assises médiatique au cours duquel le vieux loup avait terrassé le jeune roquet. Mais Attal avait tenu bon jusqu'au verdict, se battant comme s'il se défendait lui-même de l'échafaud. Depuis six ans, ils avaient pris la décision de ne plus s'opposer mais d'allier leurs forces sur une matière moins salissante que le crime et qui avait le vent en poupe : l'écologie.

Attal se pencha pour se saisir du courrier qui les gardait prisonniers de cette salle vitrée et insonorisée tant qu'ils n'auraient pas pris une décision commune, comme ils le faisaient toujours.

— On impliquerait une grande partie du cabinet en amont, mais il n'y aurait que nous deux qui monterions au front. Relis cette lettre, et si jamais tu arrives à me jurer que tu n'y crois pas un instant, alors je laisse tomber.

Nul besoin de relire à nouveau ces lignes qu'il connaissait déjà par cœur, la mémoire du fondateur étant l'un de ses plus grands atouts.

— Et reconnais que c'est tout de même assez inhabituel, ajouta l'associé, de recevoir une demande de représentation accompagnée d'une ligne de défense. Le client a déjà fait presque tout le travail.

— Une ligne de défense bancale, précisa Gerda.

— Mais inédite. Et terriblement excitante. Avec une possibilité de succès, qui plus est. Pense un peu à l'avenir. Le cabinet Atomic 8 serait reconnu dans le monde entier.

— Ou montré du doigt. La peste aussi est connue du monde entier. Tu réalises qu'on ouvre une boîte de Pandore ?

— On ne libère pas les maux de l'humanité, on la défend.

Gerda s'amusa de cette motivation exacerbée. Il ne s'en cachait pas, Attal était une borne de rechargement qui lui donnait l'énergie de ses jeunes années. Il vieillissait moins vite à son côté.

— Elle te plaît cette affaire, Fabien ?

— Je pense même que ce sera le procès de notre vie.

— Et s'il ne s'en sort pas ?

— Même les morts ont droit à une défense. Et ce n'est pas l'homme qui m'intéresse, mais son message.

Le fondateur glissa la lettre manuscrite dans une chemise cartonnée, fit tournoyer son stylo plume entre ses doigts, vieille habitude des bancs de la fac de droit, et prit sa décision.

— Tu abandonnes tous tes dossiers en cours, tu les déposes en l'état sur mon bureau et je les redistribuerai. Forme une équipe parmi nos collaborateurs, à partir de maintenant, nous sommes H24 sur Greenwar.

Puis, respectant la coutume de leur cabinet, Gerda chercha un pseudonyme à leur client pour ne pas inscrire son vrai nom sur le dossier. Ces pseudonymes suivaient le nom des tempêtes, respectant leur ordre d'arrivée dans le ciel de France. Ainsi, Virgil Solal devint « BIANCA » et s'inscrivit en lettres majuscules sur le papier.

– 19 –

Après avoir plié et rangé ses propres draps, désinfecté la salle de bains avant de s'y nettoyer elle-même et refusé d'approcher le buffet du petit déjeuner par crainte d'une vaisselle douteuse, Diane quitta l'hôtel, croquant sur le chemin un demi-Lexomil. Elle préféra effectuer à pied le trajet menant au Bastion, refusant la proposition de son chaperon et de sa voiture, qui l'un comme l'autre n'avaient pas bougé depuis la veille. Malgré la courte distance, elle baissa toutefois la tête pour éviter d'être reconnue, avec ce sentiment de comprendre enfin ce que supportaient les voyous en cavale dont les visages s'affichent sur les avis de recherche.

Les portes de l'ascenseur s'ouvrirent au dernier étage, et pour son plus grand bonheur, personne ne sembla la remarquer.

Des mortes en robe de soirée et leurs défunts cavaliers en smoking faisaient l'objet des conversations depuis l'aurore. Dans l'album confectionné par l'identité judiciaire, les cadavres du Shangri-La Hotel avaient un air de tableau d'époque.

L'affaire du Bal des débutantes avait été confiée au 1er district de police judiciaire en charge du XVIe, entre autres arrondissements. Le nombre de morts, le mode opératoire et le fait que l'action n'ait pas été revendiquée par Greenwar avaient immédiatement écarté la possibilité que Virgil Solal soit derrière cette tragédie.

Des disciples imitateurs, il fallait s'y attendre.

— Café ? proposa Modis, la faisant sursauter.

— Café.

Il passa son badge le long de la machine et pianota sur l'écran. Pour Diane, nul besoin de connaître l'étendue précise des micro-expressions de son nouveau partenaire pour comprendre qu'il passait une matinée exécrable.

— T'es au courant de l'actualité ? lui demanda-t-il, toujours sans aucun sourire ni marque de complicité.

— Le bal ? Oui. Solal fait des émules. Je suis certaine qu'il n'aime pas ça. Il n'est pas copié, il est caricaturé.

Mâchoires serrées, gestes brusques, pas de contact visuel, elle eut l'impression de voir un étranger.

— J'ai fait une connerie ou tu fais la gueule au monde entier ?

— Au monde entier sauf toi. J'ai vu le patron de la DGSI sortir du bureau du directeur.

— Désolée, je ne sais pas si c'est une bonne ou une mauvaise nouvelle. Tu m'en dis plus ?

— Si notre hacker réussit à localiser Solal, c'est la DGSI qui procédera à l'interpellation. Ce n'était pas prévu. Et derrière chaque changement, il y a un motif. Les messages de Solal gangrènent les esprits, fragilisent la nation, je ne suis pas sûr qu'ils raffolent de l'idée de le voir s'exprimer, être interviewé, et continuer son combat du fond de sa cellule ou dans un tribunal.

— Tu en as parlé au directeur ? s'étonna la psy, incrédule.

— Bien sûr ! Je n'ai pas laissé le temps à sa porte de se refermer.

— Et il confirme tes craintes ?

— Il m'a répondu de rester focus sur notre rendez-vous et de ne pas m'encombrer de cette partie de l'opération. Donc oui, il confirme.

Gobelet brûlant entre les doigts, Diane et Nathan restaient silencieux, hésitant à se confier l'un à l'autre. La soirée du flic avec sa fille. La soirée de Diane avec Dieu et sa conscience. Comme un virus, leur humanité venait de s'infiltrer dans une opération qui ne souffrait aucune empathie. Ils devaient empêcher Solal de commettre un nouveau meurtre, tout en fermant les yeux sur un assassinat d'État. Même s'ils n'appuyaient pas sur la détente, ils feraient partie du processus. Ils seraient complices. Et ni Diane ni Nathan n'avaient signé pour ça.

La psy se revit demander conseil dans cette église où ses pas l'avaient menée sans qu'elle y prête attention. Le cierge d'une vieille dame s'était affaissé et en avait allumé un autre. « Je ne sais pas où est ma place », avait-elle avoué, comme si elle Lui posait une question. Mais Dieu et les psys ne répondent à aucune question, ils en posent de nouvelles.

— Diane, tu n'as pas à accepter, lui assura Nathan. Ça ne fait pas partie de ton job.

— Comme si cela faisait partie du tien.

— Si j'abandonne maintenant, il n'y aura personne au rendez-vous de Solal. Autant considérer que notre victime est perdue. Mais toi, rien ne te force à poursuivre. Je trouverai les mots auprès du patron.

— C'est réellement la dernière de mes préoccupations. Ce n'est pas à lui que je pense.

— Je sais bien. Je dirai à Solal que tu n'as pas supporté la tension. Que tu es faite pour analyser le cerveau des criminels, pas pour être témoin de leurs meurtres. Et rassure-toi, tu ne seras pas sa seule déconvenue.

— Ils ne paieront pas, exact ? comprit Diane.

— Les collègues de l'équipe « rançon » ont négocié une bonne partie de la nuit. On s'y attendait, la Société Générale reprend la ligne de défense de Total. On ne marchande pas avec les terroristes. Mais grâce à leur morale adaptable, ils ont quand même proposé trois millions d'euros à Solal, juste pour lui.

— Alors ils n'ont rien compris.

— Non. Rien. Tout part dans un tourbillon de merde, et nos deux chaises sont dans l'œil du cyclone. Ils le veulent mort, et c'est nous qui devrons les y aider. Mais nous ne sommes plus au siècle dernier où l'on pouvait dire en bêlant : « Nous ne faisons qu'appliquer les ordres. » Aujourd'hui, appliquer un ordre, c'est l'accepter, en accepter les conséquences et en être responsable.

Souvent, en entretien, Diane évoquait avec ses patients les moments charnières de leur vie. Ces choix qui changent tout. Ces moments à saisir, les décisions qui font de vous ce que vous êtes.

— Combien de temps ? demanda-t-elle.

Nathan regarda sa montre.

— Une heure.

*
* *

Chacun son matériel : les flics ont des flingues et les pompiers, des lances à incendie. Le hacker, lui, avait deux logiciels de sa confection, trois canettes de soda light, des bonbons acidulés et l'autorisation exceptionnelle de fumer ses cigarettes roulées malodorantes.

Il s'installa au bureau du chef de l'unité Enquêtes informatiques en repoussant d'un revers de bras tout ce qui le gênait, provoquant chez l'occupant habituel un brin d'exaspération mêlé d'intérêt. Et c'est l'intérêt qui prima.

— Tu vas t'y prendre comment ?

— Le piratage en direct, c'est rien moins que de la stratégie militaire, assura le gamin qui n'aurait pas survécu plus d'une minute sur un champ de bataille.

— En direct ?

— Si vous avez pensé à utiliser mes services pour les localiser, il faut imaginer qu'eux aussi ont un hacker pour nous échapper. Et le plus rapide remportera la mise.

Il fit craquer sa nuque et ses doigts avant de s'expliquer davantage.

— L'idée, c'est d'utiliser deux logiciels de localisation différents. Dans le premier, j'envoie mes troupes pour lui laisser croire à une offensive dans laquelle il devra mettre toute son énergie. Mais je garde de côté un soldat. Juste un. Et c'est lui qui va faire tout le boulot. Il sera dans le second logiciel de localisation et il avancera sans contrainte, presque invisible. Une diversion, en quelque sorte. Mon adversaire se concentrera sur l'attaque massive sans réaliser qu'il est déjà foutu.

Son explication terminée, il connecta son ordinateur pour communiquer en direct avec la salle de négociation, à trois pièces de là. Mais à l'écran, il n'aperçut que Modis.

— Vous m'entendez ? demanda-t-il d'une voix que le flic découvrit moins fluette que ne le laissait supposer son physique.

— Cinq sur cinq.

— J'suis pas sûr que ce soit une bonne idée de le faire patienter, s'inquiéta le jeune homme. Elle fait quoi votre psychiatre ?

— Psychologue, corrigea Nathan. Je procéderai seul à l'entretien. Meyer travaille séparément sur son profil, elle n'a pas besoin de…

La porte de la salle s'ouvrit derrière lui et interrompit ses explications hasardeuses. Diane déposa son manteau sur la table centrale, bascula son portable en mode avion et prit place au côté de son partenaire.

— Désolée du retard, s'excusa-t-elle simplement.

Un instant de flottement et de tension palpable s'imposa. Le hacker interrogea du regard le responsable de l'unité Informatique et ce dernier lui répondit d'une moue que le gamin reconnut tout de suite. « Laisse, c'est une histoire d'adultes », signifiait-elle. Indifférent aux raisons de ce faux départ, le jeune pirate reprit le cours de l'opération.

— OK. Le son est bon. Maintenant, vous devriez pouvoir lire ce que j'écris en direct. Vous confirmez ?

Diane et Nathan virent alors s'afficher tout en bas de leur écran une ligne de texte : « test message » et répondirent par l'affirmative.

— La localisation peut rencontrer des obstacles, précisa l'informaticien. Je vous dirai si je m'approche ou s'il me faut plus de temps. Contact dans cinq minutes, je vous laisse tranquilles.

*
* *

Sur le site de rencontres, Cupidon banda son arc et décocha sa flèche en plein cœur du profil Greenwar.

Nathan, rassuré par la présence de Diane, réalisa à quel point il avait besoin d'elle. Écouté par bon nombre d'oreilles indiscrètes, il poursuivit aussi naturellement qu'il le pouvait :

— Comment comptes-tu jouer cette partie ?

— De manière serrée et frontale, assura Diane, déterminée.

Le sous-sol de la base de l'OTAN apparut à l'image, sans possibilité toutefois d'identifier l'endroit. Au centre, Virgil Solal. Derrière lui, deux pandas balafrés entouraient leur victime, Cécilia Varan, assise sur une chaise, une paire de menottes aux poignets.

Confirmant ses propos, Diane ne laissa pas le temps au ravisseur de prendre la main.

— Onze gamins sont morts hier soir, dit-elle, presque accusatrice. Un masque noir et blanc a été retrouvé dans une poubelle, comme une signature.

— Je n'y suis pour rien, se défendit Virgil, calmement.

— Vous avez ouvert la voie.

— Vous espériez quoi ? Que je sois touché par ce drame ? Que j'arrête tout à cause de ça ? Voilà plusieurs jours que je vous parle de millions de morts effectives et des dizaines de millions à venir et vous voulez que je verse une larme parce qu'il y en a onze de plus ce matin ? C'est parce qu'ils sont français ou européens que c'est plus grave ?

— Alors vous pourriez peut-être nous expliquer ? demanda Modis. Il suffit d'être riche pour se retrouver sur le banc des accusés ?

— Je vous le répète, Greenwar se désolidarise de l'action perpétrée hier. Nous ne sommes pas des terroristes. Nous ne frappons pas aveuglément. Nous ne sommes pas des idiots non plus. Nous savons bien que rien ne se fera sans la finance et les grandes entreprises. C'est avec elles que nous changerons le monde et pas avec les poubelles vertes, bleues et jaunes.

— Vous exonérez d'efforts et de responsabilité le simple citoyen ? s'étonna Meyer.

— Le citoyen ? reprit Solal. Ne lui demandons pas de renier sa nature. Personne ne semble prêt à se défaire ni de son confort, ni de ses habitudes. Tant que le choix sera laissé, l'option du moins contraignant gagnera. La démocratie et le libre arbitre sont des notions merveilleuses, mais au sujet de l'écologie, il est grand temps de s'en rendre dignes au risque d'en être privés. Pourtant, dès aujourd'hui, on ne peut pas laisser au consommateur la possibilité de décider entre des fruits de saison ou des fraises venues du bout du monde, de décider entre un trajet intérieur en avion ou un trajet en train. Il faut malheureusement choisir pour lui. Lui prendre la main. Il faut des lois d'obligation, pour les citoyens et pour les grandes entreprises. Et je le répète, ce n'est qu'avec elles que nous provoquerons un vrai changement. C'est juste qu'elles ne le savent pas encore, ou qu'elles veulent profiter encore quelques années d'une économie destructrice. Quand le capitalisme cédera, parce que l'impasse sera inéluctable, il intégrera les contraintes écologiques comme il a intégré toutes les autres. Il faut juste l'y pousser, mais le temps nous manque pour le faire pacifiquement. Je ne veux l'argent de personne, je veux qu'il soit bien utilisé. Je ne veux la mort de personne, je veux un changement de mentalité.

Solal marqua un arrêt, comme s'il n'était pas entièrement convaincu par ses propres mots. Il revint alors sur l'assassin du Shangri-La.

— Pourtant, je peux comprendre son cheminement. Même radical, il s'explique. Si l'économie consomme de l'énergie, 80 % de celle-ci est issue du non-renouvelable. Nous pouvons en déduire que 80 % des richesses viennent des combustibles fossiles et que plus une personne est riche, plus elle en a consommé. C'est un sophisme, mais votre homme a frappé au hasard, là où il avait selon lui le plus de chances de leur faire mal.

— Dans les familles touchées hier soir, toutes ne sont pas à la tête de grands consortiums polluants.

— Pas toutes, concéda Solal. Mais mon imitateur a dû penser que 80 % de réussite était un taux raisonnable. Les pollueurs du monde entier font le même calcul tous les jours. Leur fortune cause des millions de morts, et ils considèrent également que c'est un taux de pertes acceptable pour les bénéfices qu'ils en retirent.

Il bougea la caméra et se plaça au centre de son champ, comme un boxeur s'approprie le ring.

— 80 % nous laissent 20 % d'innocents, je sais, poursuivit-il. Ça vous pose un problème de morale, c'est ça ? Mais vous demandez de la morale quand il n'en existe pas une poussière chez ceux que Greenwar combat. Alors si c'est la question qui vous taraude, je vais y répondre sans attendre : oui, nous serons immoraux. Et malheureusement, les dommages collatéraux sont un risque.

En bas de l'écran, le hacker partagea une information vertigineuse : « 112 millions de personnes connectées ». Puis : « Localisation en cours. Leur pirate est bon. Besoin de plus de temps. »

— Vous risquez d'avoir d'autres imitateurs, avança la psy. Des raisonnables comme des fanatiques. Vous comptez tout assumer et les défendre de la même manière ?

— Les électrons libres et les disciples excessifs sont inévitables. Ils étaient prévus, malheureusement. Mais puisque nous avons dépassé l'urgence, puisque des populations entières ne font déjà que survivre, je ne peux me défaire d'aucun de mes soldats. L'écologie, sans révolution, c'est du jardinage. Pour être parfaitement honnête, le monde a besoin d'électrochocs et j'espère que cette révolution ne s'arrêtera pas à mes petites actions hexagonales. Je souhaite que ma colère se diffuse dans d'autres esprits et que ceux-ci la transportent au-delà des frontières. Nous n'avons plus le temps, ils en ont trop perdu à s'enrichir, à se gaver d'un argent que mille vies ne permettraient pas de dépenser.

Solal entendit sa propre voix, agressive, et prit le temps de deux grandes inspirations pour retrouver son calme.

— Vous pensiez qu'on allait faire des sit-in et chanter des chansons pour la planète encore combien de temps ? Les gouvernements, les lobbys et les pollueurs se cachent les yeux, doigts écartés, en faisant semblant de ne pas réaliser l'urgence, et nous devrions attendre en toute confiance ? Dites-moi, qu'en pensez-vous, Diane ? Votre discussion avec le Seigneur, hier, à l'église Saint-Michel, vous a-t-elle permis d'y voir plus clair ?

Nathan Modis se retourna vers Meyer, stupéfait. Si elle était suivie, alors depuis combien de temps ? Et l'était-il aussi ? La psy, bien que déstabilisée, essaya de reprendre le contrôle. Elle se souvint alors de la médaille de la Vierge Marie autour du cou de Laura.

— Et vous ? Croyez-vous en Dieu, comme votre femme, Virgil ?

— Elle ne croit pas en Dieu, corrigea le ravisseur, elle aime l'idée d'un confident. De toute façon, depuis que le code pénal a remplacé les Dix Commandements, nous n'avons plus besoin de divinités pour faire régner l'ordre. Sauf que le code pénal n'a pas prévu le plus grand crime humanitaire de l'Histoire : la menace de notre survie et l'épuisement de la planète.

Visiblement tout aussi épuisé, Solal se frotta le visage. Les circonvolutions de la psy et du flic ne voulaient dire qu'une seule chose et il était préférable d'en finir. Il ramena la caméra à son emplacement initial afin que Cécilia Varan soit à nouveau le centre de l'attention. Dans le mouvement, le flic et la psy aperçurent brièvement un panda balafré au-dessus de son ordinateur, ses doigts frappant le clavier comme s'il lui en voulait.

— Si vous aviez eu une bonne nouvelle pour Greenwar, voulut conclure Solal, vous vous seriez empressés de me la donner. J'en déduis donc que la banque ne paiera pas ?

— Moins que prévu, annonça Modis.

— Beaucoup moins ?

— Trois millions, intervint Diane. Juste pour vous. Ils vous laissent une chance d'essayer de quitter la France avec quelques économies. Ils vous testent. Nous aussi, par la même occasion.

La franchise de la psy l'aurait touché si ce qu'il s'apprêtait à faire dans les minutes à venir ne lui donnait pas la nausée. Il se retourna vers Cécilia Varan, incapable de la regarder dans les yeux.

Dans la salle de négociation, au bas de l'écran, un message apparut.

« Je m'approche. Localisé en région Normandie. Besoin d'encore deux minutes. Le laissez pas partir !!!!! »

Modis se rappela alors ces mots qui, comme un venin, couraient dans ses veines depuis la veille : « Je sais qu'à la fin, tu feras ce qui est juste. » Il faudrait qu'après tout cela, il puisse regarder sa fille dans les yeux. Se regarder lui aussi, dans le miroir, pour y voir peut-être à son tour ces millions de morts par an qui le jugeraient. Défendrait-il des inconscients qui nous mènent à l'extinction ou défendrait-il un assassin prêt à tuer pour protéger les autres ?

Nathan perdrait tout, mais il ferait ce qui est juste. Il prit une grande inspiration, son corps s'avança, il chercha ses mots. Mais Diane posa sa main sur la sienne. Puis elle lui sourit comme on dit au revoir.

— Ils vous ont localisé, Virgil, dit-elle, des larmes dans les yeux. Vous devez partir !

Solal se tourna immédiatement vers son pirate et l'interrogea du regard. Sur l'écran de ce dernier, le logiciel du petit génie de la DGSI semblait pourtant s'être perdu à les chercher quelque part en Finlande, bien loin de leur position réelle. Par acquit de conscience, l'informaticien de Greenwar relança une vérification des possibles attaques en cours et, dissimulé sous l'offensive principale, il découvrit un second logiciel, presque invisible, dans lequel un brave petit soldat, passé inaperçu, fonçait droit sur eux.

— Putain de merde, s'exclama-t-il, renversant sa chaise en arrière alors qu'il se levait d'un bond. Ils sont à moins de cinquante bornes !

À l'écran, le visage de Solal se figea. Nouvelle alliée inespérée, Diane Meyer venait de rejoindre ses rangs. Mais elle le paierait de sa carrière, et de sa liberté.

— Diane… souffla-t-il, désolé.

Puis un panda se rua sur la caméra pour couper la connexion.

*
* *

La salle de négociation fut investie par quelques flics furieux, et lorsque l'un d'eux s'approcha de la psy, Nathan lui barra le passage, menaçant.

— Ne la touche pas. Je m'en occupe.

Comment aurait-il pu prévoir, une heure plus tôt, qu'il enserrerait les fins poignets de Diane d'une paire de menottes. Ses mains en tremblaient presque.

— J'allais le faire, lui chuchota-t-il à l'oreille.

— Je le sais bien, lui sourit-elle tristement.

Alors que les réseaux sociaux en ébullition la hissaient en héroïne, alors que partout sur la planète son nom devenait l'image même de la révolution verte, Diane, encadrée de deux policiers, traversa le long couloir du dernier étage du Bastion. Tous les enquêteurs sortirent sur le pas de leur bureau, des gardiens de la paix jusqu'aux officiers, du hacker jusqu'au directeur. Elle ne baissa pas les yeux, affronta courageusement le regard de chacun, et contre toute attente, n'y lut pas que de la colère ou du mépris.

*
* *

Cabinet Atomic 8 de Gerda et Attal.
Deux heures plus tard.

Comme l'ensemble de leur profession, les deux avocats avaient assisté à cette négociation et à son dénouement ahurissant, avec d'autant plus d'intérêt que le ravisseur était désormais leur client. Il faudrait voir cette vidéo et la revoir encore, puisque chaque seconde de cet échange serait auscultée et analysée au procès.

Avait-il été interpellé ou avait-il réussi à s'échapper ?

Depuis, chacun à son bureau, Gerda et Attal étaient en attente, fébriles devant leur téléphone qui pouvait sonner d'un moment à l'autre.

Une alerte message résonna et, sans prendre la peine de se déplacer, le fondateur appela son associé en criant, puis il tourna l'écran de son ordinateur afin qu'Attal prenne à son tour connaissance du mail qu'il venait de recevoir.

— Diane Meyer ? lut-il. La psy ?

— Solal nous demande de la représenter. Et évidemment, il a aussi pensé à sa ligne de défense. Reste à savoir si elle est solide.

— Solide ou pas, on y va, décida Attal. Si un jour on a voulu être avocats, c'est exactement pour mener ce genre de bataille.

– 20 –

Normandie.
Base secrète de l'OTAN.

Le cadran indiquait le compte à rebours en chiffres rouges. Les heures étaient à zéro, les minutes aussi, ne restaient que les secondes dont les dix dernières s'égrenèrent. Un déclic se fit entendre et résonna dans la salle de commandement désaffectée. Cécilia Varan ferma les yeux, serra les dents et chercha un souvenir rassurant auquel s'accrocher juste avant d'exploser.

Pourtant, rien n'explosa.

Elle sentit ses poignets désormais libérés et le sang circuler plus facilement dans ses doigts. Les menottes reliées à un boîtier électronique s'étaient ouvertes automatiquement à la fin du décompte pour tomber à ses pieds. Avant de partir, Solal avait glissé quelque chose dans la poche de son manteau. L'imagination de Varan avait opté pour un pain d'explosif comme elle en avait vu au cinéma, et c'est avec la précaution d'un chirurgien qu'elle y glissa doucement la main pour n'y découvrir qu'une inoffensive lampe torche.

Contre toute attente, elle était libre. Mais dans cette situation, libre ne voulait pas dire libérée. Elle se souvint, à l'aller, d'avoir marché près d'une heure, d'avoir tourné, gravi des marches instables, d'avoir dû se baisser, même se contorsionner, tout cela avec un bandeau sur les yeux. Retrouver son chemin lui semblait dès lors impossible. Mais comme l'autre option était de crever ici, elle se leva, pleine de l'énergie de ceux qui n'ont plus rien à perdre.

« Restez ici. Les secours vont certainement vous retrouver », lui avait soufflé Solal. Mais elle connaissait le sort de la première victime, et le mot « certainement » l'avait fait frémir. Faire confiance à cet homme n'était pas une option.

De sa torche, elle balaya la salle de commandement, espérant trouver une porte de sortie. Malheureusement pour elle, elle en compta quatre, tout autour du large cercle que formaient la centaine de postes de travail. Puisque les choix qu'elle ferait à partir de maintenant relèveraient du pur hasard, elle se dirigea vers la plus proche.

Des couloirs sans fin, traversés par d'autres couloirs, donnant sur de nouveaux couloirs, desservant des salles spacieuses ou des bureaux étroits, hantés par des fantômes d'amiante dont la laine en drapés blancs sortait du plafond et des canalisations. Partout, comme autant de pièges invisibles, des débris de béton, de bois et de métal en échardes effilées attendaient de rentrer dans les chairs au moindre faux pas. Entre les murs écroulés pour se briser les chevilles et les sols effondrés pour chuter de quelques mètres et se tordre la nuque, le fin pinceau lumineux de sa lampe ne lui permettrait pas d'éviter tous les écueils.

Au bout de deux heures d'errance, un genou en sang et une profonde entaille sur la joue, Varan, exténuée, s'assit parmi les décombres et commença doucement à se convaincre de faire demi-tour, malgré tous les risques de se perdre cette fois-ci pour de bon. Elle visualisa sa famille apprenant la nouvelle de sa mort, pensa à ses collègues et à la minute de silence au bureau, à son courrier en retard, à son amant qui devrait cacher sa peine, à ses érables du Japon sur la terrasse, au roman qu'elle avait arrêté au milieu et aux fleurs que choisirait son mari pour les funérailles. Elle éteignit la torche, ferma les yeux et pour la première fois depuis des années, se mit à prier.

Comme un parasite dans cette conversation intime avec Dieu, une scène de sa vie revenait sans cesse. Une réunion de travail, un matin, où une nouvelle recrue de la banque avait proposé en conférence de direction de couper de moitié leurs investissements dans les énergies fossiles pour se diriger vers une transition écologique nécessaire. Varan avait griffonné un Post-it qu'elle avait glissé à son voisin : « Si la nouvelle n'aime pas l'argent, qu'elle n'en dégoûte pas les autres. » Le voisin avait alors répondu : « Qu'elle bouffe du quinoa en vélo électrique, si ça lui chante ! » Et ils avaient ricané.

Dans ce moment unique d'introspection, Varan se dit que son ravisseur avait raison sur ce point. Elle avait eu, tout au long de sa carrière, mille fois l'occasion de faire ce qui était juste, et y avait préféré les occasions de s'enrichir. Riche, aujourd'hui, elle l'était, mais cela ne changerait rien au fait qu'elle risquait de mourir là, dans le ventre des falaises de Caux. Mourir de faim, de soif ou d'épuisement, dans la poussière et la boue, à plus de trente mètres sous terre.

C'est alors qu'elle aperçut ses doigts…

Elle discerna ensuite les reflets d'une poutrelle métallique, de travers entre deux murs. Enfin, les contours du couloir se dessinèrent. Elle crut d'abord que ses yeux s'habituaient à l'obscurité mais distingua au loin une lueur ténue. Quelque part, le jour entrait et faisait son chemin jusqu'à elle. L'espoir lui redonna courage et elle se mit à ramper sous la poutrelle, s'arrachant la peau des mains pour se traîner entre les pierres, s'extraire des débris, le jour illuminant de plus en plus son trajet.

Au détour d'un couloir en coude, l'issue tant espérée apparut. Un trou imposant et irrégulier, baigné d'un soleil aveuglant. Elle posa sa main sur la paroi du mur gauche qu'elle utilisa comme fil d'Ariane pour rejoindre la lumière, pas à pas. Arrivée enfin à la sortie, alors qu'elle avançait avec confiance, elle ne vit le vide devant elle qu'au dernier moment. Avant de basculer et dans un réflexe désespéré, elle lança ses deux mains sur les côtés afin d'agripper tout ce qu'elle pouvait autour d'elle. Sa main gauche ripa contre le mur lisse, la droite se planta profondément dans une épine de métal rouillé, griffe tordue sortant de la pierre et qui traversa sa paume de part en part. Devant Cécilia Varan en équilibre incertain, vingt-cinq mètres de précipice.

Partout, dans cette base militaire, avaient été prévues des issues de secours. Elles menaient parfois au milieu d'un champ à un kilomètre de là, parfois sous la cave d'une maison, mais certaines d'entre elles s'ouvraient directement dans le flanc de la falaise et, à l'aide d'une échelle de corde, permettaient aux soldats de l'époque de descendre et de rejoindre la plage. Sans échelle, Varan se retrouva perchée au bord du gouffre, et même si l'idée de sauter, quitte à se briser tous les os, lui traversa l'esprit, elle préféra reculer.

Ce n'est qu'une fois la peur passée que la douleur la remplaça. En serrant les dents, elle tira d'un coup sec sur sa main perforée pour la libérer de la tige métallique. Elle pissait le sang et la bande de tissu arrachée au bas de son chemisier puis enroulée autour de la plaie s'imbiba de liquide poisseux en moins d'une minute. Avec un peu de chance, elle s'évanouirait bientôt, mourant d'hémorragie. Elle avait essayé. Elle s'était au moins battue. Elle se laissa tomber au sol et regarda devant elle la mer infinie. Le soleil chauffait sa peau et des larmes, plus fraîches, perlaient le long de ses joues salies. Elle s'éteindrait calmement, dignement, sans pleurs dramatiques ni cris de désespoir.

Sa respiration ralentit, son corps se détendit, et elle se laissa aller à un engourdissement presque délicieux avant de fermer les yeux.

NOUVELLES DU MONDE

Voyage en Absurdie. Première étape.

Paris. XXe arrondissement.
École primaire Levert.

La directrice venait de raccrocher le téléphone, perplexe. Pour la deuxième fois de la semaine, elle avait reçu ce même ordre alarmant, émanant de l'inspectrice de circonscription : « Protégez les enfants. »

Par la fenêtre de son bureau, elle regarda la petite rue en impasse où se nichait l'établissement qu'elle dirigeait depuis huit ans maintenant. La sonnerie de son école organisait la vie du quartier, d'une récréation à l'autre, de l'ouverture à la fermeture des portes.

À la pause de 10 heures, les gamins infatigables filaient comme des comètes d'un bout à l'autre de la cour avec une énergie qui, à elle seule, épuisait les instits chargés de les surveiller. La directrice s'approcha de son groupe d'enseignants dont l'un dissimula sa cigarette dans son dos.

— Je viens d'avoir l'inspectrice, leur annonça-t-elle. Nous sommes de nouveau en alerte. Donc interdit de courir, de sauter, de jouer au ballon ou à quoi que ce soit d'autre. Pas de récré à midi non plus, ni à 15 heures. On reste confinés au maximum, c'est pour leur sécurité.

Les épaules du prof à la clope s'affaissèrent d'un coup.

— Leur sécurité ? Déjà que les gestes barrière du Covid ça n'a pas tenu une journée, je ne vois pas comment on peut les empêcher de se dépenser. Vous savez, vous, comment on immobilise des monstres pareils ? Vous avez prévu de nous doter de pistolets à fléchettes tranquillisantes ?

— Arrêtez, ce ne sont pas des éléphanteaux tout de même, tempéra la directrice. On va gérer. On les mettra dans le préau, je sortirai la télévision du centre aéré et on leur passera des dessins animés.

En jogging de la tête aux pieds, le prof de sport ruminait déjà son mécontentement.

— J'imagine que ça me colle au chômage pour toute la journée ?

— Et probablement demain aussi, vu les prévisions d'Airparif[1]. On leur ajoutera des heures de musique ou de dessin. En attendant, vous me ramassez les ballons et vous les faites revenir en classe.

— Et on leur dit quoi ? s'inquiéta la toute jeune prof de musique, nouvelle dans l'établissement comme dans son métier.

— Je sais pas, souffla la directrice, désabusée. Dites-leur qu'une chape de pollution s'est scotchée au-dessus de Paris, qu'on respire une mélasse de particules fines,

1. Airparif : organisme de surveillance de la qualité de l'air en Île-de-France.

et que s'ils font trop d'efforts, ils vont au mieux tomber dans les pommes et au pire se flinguer les poumons et crever à trente-cinq piges. Dites-leur aussi de s'y habituer et de commencer à imaginer une vie à porter des masques filtrants. Ça devrait satisfaire leur curiosité.

La directrice, à quelques années de la retraite et fatiguée du monde qu'elle laissait aux gosses, retourna à son bureau, le moral au fond des poches.

— Non mais je ne leur dis pas ça, quand même ? s'inquiéta la musique.

— Ben non, la rabroua le sport. Tu parles même pas de pollution. Tu veux leur refiler des cauchemars ? De toute façon, je vais rentrer chez moi, puisque le sport est interdit. Tu leur diras que je suis malade.

Inde. New Dehli.
Capitale de la pollution.

Lassé d'attendre, Arvind posa doucement sa caméra qu'il coinça entre ses jambes. Le journaliste qui devait couvrir avec lui le semi-marathon pour la chaîne de sport ESPN locale avait près de trente minutes de retard et se confondit en excuses lorsque, enfin, il arriva.

— Désolé, mon pote, le gouvernement a fermé toutes les écoles de la ville, j'ai dû déposer les gamins chez ma mère.

— Je pensais qu'ils avaient juste interdit le sport ?

— Regarde autour de toi, on respire du poison. J'ai reçu les relevés ce matin au bureau. Huit cent dix microgrammes de particules fines par mètre cube d'air quand l'OMS en accepte vingt-cinq. Je ne sais même pas pourquoi les autorités maintiennent la course d'aujourd'hui, c'est du suicide. T'as vu le monde ?

Arvind embrassa d'un regard tous ces inconscients en short venus au rendez-vous.

— Trente-cinq mille participants, se désola-t-il. Il va y avoir des morts, à coup sûr. Hier j'ai couvert le match des Delhi Daredevils. Ils ne voyaient même pas l'autre côté du terrain et à l'écran, ça donnait juste des joueurs de cricket paumés qui couraient à l'aveugle dans un nuage. Ça devient n'importe quoi.

Confinés dans un couloir étroit de barrières bariolées de messages publicitaires masqués par une fumée opaque, les athlètes « modernes » se préparaient. Philippidès, le premier marathonien, les aurait considérés avec un certain étonnement tant leur équipement n'avait rien à voir avec le sport. Pastilles contre l'irritation de la gorge dans une poche, sérum phy pour apaiser les brûlures oculaires dans une autre et masques filtrants pour ne pas s'infecter les poumons.

— Bon, capitula le journaliste, ça m'a déprimé tout ça. Le départ n'est pas avant vingt minutes. On va se prendre un bol d'air frais ?

Dans cette atmosphère asphyxiante, les images promettaient d'être inutilisables. Dans une heure, les coureurs n'y verraient pas à un mètre et dans ce brouillard étouffant, il leur serait même impossible de connaître leur position exacte dans le peloton. Le sport en devenait absurde et létal. Arvind récupéra donc sa caméra et accepta la proposition d'un bol d'air frais.

Les OxyPure se voyaient de loin, avec leur nom en néon blanc et leur logo à la petite feuille verte. Ils poussèrent la porte de la boutique, et en habitués, saluèrent le gérant.

— Namaste, Kumar. On couvre le marathon juste à côté. Tu nous fais dix minutes ?

— Installez-vous, je prépare vos postes de respiration. Vous savez déjà ce que vous désirez ?

— Cannelle, choisit Arvind.

— Citronnelle, s'il te plaît, demanda l'autre.

Kumar disparut dans son arrière-boutique et revint avec les huiles essentielles souhaitées.

Les deux journalistes sportifs insérèrent leurs canules nasales les reliant aux bonbonnes d'air enrichi à l'oxygène et s'installèrent confortablement dans les fauteuils ergonomiques. L'air pur de la montagne, avec tous ses bienfaits, pour la modique somme de trois cents roupies, aimait à répéter Kumar à chaque nouveau client.

— Tu es tout seul aujourd'hui ? remarqua Arvind. Où est passée Mamata ? Tu ne l'as pas virée quand même ? C'était le seul truc un peu naturel, ici.

— J'ai été obligé de lui donner une semaine, se désola le gérant. Je n'avais pas d'autre choix, sa famille est à Vadodara.

— Vadodara ? C'est à mille bornes de Delhi. Elle ne pouvait pas attendre les vacances ?

— On dirait mon fils, se moqua Kumar, surpris de cette question. Tu fais trop attention au sport et pas assez aux autres matières. La rivière Vishwamitri est en crue, les villages comme Vadodara sont inondés. Elle a voulu aller voir ses parents et j'essaie de la joindre depuis ce matin mais personne ne répond. Le réseau est peut-être endommagé.

Kumar regarda ses deux clients dont les paupières commençaient à papillonner à la faveur des huiles essentielles et de l'insupportable musique d'ascenseur qui dégoulinait des enceintes murales. Libre pendant les dix prochaines minutes et toujours inquiet, il retourna discrètement dans l'arrière-boutique pour tenter à nouveau de joindre celle que tout le monde considérait comme une simple employée. Ce voyage à Vadodara, ils auraient pourtant dû le faire ensemble dans quelques semaines, et il aurait enfin pu présenter ses respects à sa future belle-famille.

Après de longues sonneries dans le vide, Kumar abandonna à regret, une boule dans le ventre.

Inde. Vadodara.
État du Gujarat.

Flottant au beau milieu de la cuisine inondée aux trois quarts par la crue de la rivière Vishwamitri, le portable sonnait et s'illuminait. Accroupie sur la cuisinière, accrochée à Sanjay, son petit frère en pleurs, leurs têtes frôlant le plafond, Mamata suppliait son père de ne pas chercher à l'attraper. Assis sur le frigo, il tendait un balai et essayait malgré tout d'approcher l'appareil pour s'en saisir.

— Les secours vont arriver, *abba*, reste là où tu es.

À côté de lui, les fesses dans l'évier, la mère de famille protégeait dans ses bras leurs deux animaux de compagnie, un chien et un chat. À son tour et moins gentiment, elle recadra son mari.

— Mais tu veux appeler qui, vieux fou ? Arrête de bouger, tu vas tomber.

— On n'est même pas certains que la bête soit encore là, les rassura-t-il.

Il tendit à nouveau le balai à bout de bras, tapota sur le portable pour le faire avancer, quand une mâchoire gigantesque sortit des eaux et coupa le manche en deux dans un éclaboussement d'eau boueuse.

Le réchauffement climatique, provoquant une augmentation de l'humidité de l'atmosphère, raréfiait les moussons tout en augmentant leur intensité. Ainsi, les pluies, jamais aussi fortes que cette année, avaient provoqué la colère de la rivière Vishwamitri que son lit ne suffisait plus à contenir. Elle s'était répandue dans toute la ville et avait libéré l'un des prédateurs les plus anciens de la planète qu'elle accueillait par milliers. Les crocodiles infestaient maintenant Vadodara dont l'évacuation se faisait au compte-gouttes. Déjà cinq mille personnes avaient pu fuir, mais la maison de la famille de Mamata était une des plus éloignées de la ville et leur tour tardait cruellement à venir. Surtout depuis qu'un de ces crocodiles, attiré par les aboiements du chien, rôdait en plein milieu de leur cuisine.

Quatre mètres, deux cents kilos, vitesse de pointe de trente kilomètres à l'heure et une tonne de pression entre ses crocs empêchaient la famille de sortir du piège de leur maison aux trois quarts immergée. Par la fenêtre brisée de la cuisine, ils entendirent le bruit d'un moteur.

— Écoutez ! L'hélicoptère des secours ! s'exclama le jeune Sanjay.

— Il faut monter sur le toit ! s'écria le père. Et vite, sinon, ils passeront aux autres maisons.

Le plan était relativement simple, mais son exécution périlleuse, voire fatale. Comment se jeter à l'eau, traverser la cuisine, passer par la fenêtre, agripper le toit et s'y hisser, le tout sans perdre un membre de la famille ?

Le père regarda la mère. Quarante ans de mariage les dispensaient de mots. Elle regarda son fils Sanjay, tremblant dans les bras de Mamata, et à son tour, la jeune femme comprit ce qui se jouait en silence : le choix du sacrifié.

De sa voix la plus douce, la mère de famille posa la terrible question.

— Sanjay, ma lumière, mon petit chéri…

Le cadet leva ses yeux mouillés vers elle.

— Sanjay. Ce sont les tiens. Tu t'en occupes depuis toujours. Alors c'est à toi de décider. Le chien ou le chat ?

Lancé à trois mètres devant eux, à l'opposé de la fenêtre, le petit animal battait des pattes. Les poils collés à son corps, les yeux exorbités et les sens en éveil, il miaulait son incompréhension d'avoir été séparé du reste du groupe. Il tentait de revenir par petites brassées désordonnées, mais essayait surtout de ne pas couler.

Sans bruit, le dos d'écailles affleura un instant à la surface comme s'il la caressait, frôlant le chat qui s'immobilisa. Le silence qui s'ensuivit empestait la mort. Au moment où la gueule s'ouvrit en grand pour happer l'animal de compagnie et tournoyer dans les flots, toute la famille se jeta en même temps à l'eau et nagea aussi vite que possible vers la fenêtre, seule issue de la cuisine. L'un après l'autre, ils s'extirpèrent de la maison, attrapèrent la gouttière dont ils se servirent pour grimper sur le toit. Le père, le chien entre les bras, passa en dernier, quand il fut certain que les siens étaient enfin en sécurité.

Haut dans le ciel, l'hélicoptère des pompiers de Vadodara faisait des cercles au-dessus d'eux et, arrivé à bonne hauteur, un sauveteur, solidement harnaché au bout du filin d'hélitreuillage, commença une longue descente vers ceux qui, le cœur encore palpitant d'avoir frôlé la dévoration, levaient maintenant les bras vers lui.

- 21 -

Le pas lourd, Nathan Modis descendit au quatrième étage du Bastion, une bouteille d'eau à la main, un anxiolytique au creux de l'autre. Il remplit le journal de bord auprès du garde-détenus qui lui autorisa l'accès aux gardes à vue en lui donnant le numéro de la cellule souhaitée.

Nathan, jusqu'à ce jour, n'avait jamais regardé cet endroit autrement que comme un lieu d'entreposage de malfrats. Y voir Diane, assise dans un coin, les genoux remontés contre sa poitrine, les yeux rougis d'avoir trop pleuré, révéla d'un coup toute la laideur et la saleté du lieu.

— Tiens, un peu d'eau, et une de tes vitamines.

Il fouilla ensuite dans sa poche.

— Et ton gel hydroalcoolique. Je vais demander à te faire garder dans un bureau, le temps que le magistrat décide de la suite. Tu ne peux pas rester là, c'est dégueulasse, tu ne vas pas supporter.

— Je me fous des microbes. Je voudrais juste que tu partes, répondit-elle doucement sans le regarder. Je vais encore me mettre à chialer et de toute façon, c'est pas bon pour toi. Ils vont penser qu'on est complices.

— C'est ce qu'on est, non ? Même si personne ne le sait.

Elle dévissa le bouchon de la bouteille et en but une bonne moitié. Les poings de Nathan avaient envie de frapper les murs, son cœur, envie de hurler la vérité, et sa morale, de se dénoncer, puisque lui aussi avait bien failli trahir sa mission. Mais à la place, il préféra lui expliquer pourquoi, quelques étages plus haut, le directeur recevait en cascade des menaces de mutation à Saint-Pierre-et-Miquelon.

— Cinq équipages tournent comme des avions de chasse sur un périmètre de cinquante kilomètres, à fouiller toutes les caves, les granges et les maisons. Autant te dire que Solal est déjà loin.

— Et Cécilia Varan ?

— Rien pour l'instant. Mais de ce qu'on sait sur Solal, je ne me ferais pas trop d'espoir. Tu l'as dit toi-même, il n'est pas du genre à faire marche arrière.

Elle desserra les genoux, posa la pointe de ses deux baskets au sol.

— Parce que je n'ai pas accepté que l'on tue Solal, je deviens complice de ses meurtres. Et si je n'avais rien dit, j'aurais été complice d'un meurtre d'État. Il n'y avait aucune bonne solution.

— Je crois que si. Mais il n'y avait que toi pour décider.

Elle se leva doucement, avança d'un pas et se colla contre le torse du flic, la tête sur son cœur, les bras autour de sa taille, comme s'il pouvait l'ancrer, l'empêcher de chuter tout au fond. Les bras de Modis, eux, restèrent le long de son corps, sans qu'il sache quoi en faire.

— Je ne vais pas supporter la suite, Nathan. Je ne suis pas faite pour ça.

— On n'a pas beaucoup de temps, Diane. Écoute-moi bien. Quand tu seras face au flic en audition…

— Ce ne sera pas toi ? s'affola-t-elle, déconnectée de tout bon sens.

— Bien sûr que non, ce ne sera pas moi. Quand tu seras face au flic, utilise ton droit au silence. Ne réponds à aucune question, attends d'être devant le juge d'instruction. Je trouverai une solution d'ici là.

C'est vulnérable et fragile qu'elle allait affronter seule la grande machine judiciaire.

— Je vais trouver une solution, je te le jure. Je ne t'abandonne pas, Diane. Je ne t'abandonne pas.

Puis il l'enlaça à son tour.

Nathan sortit des cellules des gardes à vue, flottant encore sur ce sentiment insupportable de n'avoir le contrôle sur rien, de ne pas pouvoir protéger celle qui avait eu le courage avant lui.

Étouffant presque, l'estomac serré, il se sentit incapable de s'enfermer dans son bureau. Il sortit de l'ascenseur au niveau du rez-de-chaussée, traversa le hall du Bastion, taxa une cigarette au policier en faction, la coinça entre ses lèvres et sortit prendre l'air, réalisant trop tard que s'il n'avait pas de cigarettes, il n'avait pas non plus de briquet.

Dehors, une équipe du service de nettoyage de la mairie frottait à grands coups de brosse et de grattoir le trottoir recouvert de graffitis Greenwar. Même sur le mur du 36, un panda souriait de toutes ses dents et commençait doucement à fondre sous l'effet des puissants produits chimiques dont on l'avait aspergé pour le faire disparaître. Avant que d'autres ne le remplacent.

— Capitaine Modis ?

L'esprit occupé, Nathan n'avait pas porté attention à ces deux hommes, descendus d'un taxi et qui s'étaient dirigés vers l'entrée du 36.

— On se connaît ? répondit-il, sur la défensive.

— Lorenzo Gerda, se présenta le plus âgé, cheveux cendrés et costume impeccable, une carte de visite déjà au bout des doigts.

— Fabien Attal, cabinet Atomic 8, ajouta le second, plus jeune et moins apprêté. Et pour répondre à votre question, tous ceux qui ont une connexion internet connaissent désormais votre visage. Ce que nous ignorons, c'est dans quelle mesure vous êtes d'accord avec ce qui se passe.

Peu habitué à s'entendre avec les avocats, Nathan, sans répondre, les jaugea avec méfiance.

— Je vais être plus clair, précisa Attal. Nous nous rendons au bureau de l'OPJ en charge de la garde à vue de mademoiselle Meyer pour lui proposer nos services. J'ai la certitude que nous pouvons la sortir de là, mais nous aurons besoin de votre aide. Peut-on compter sur vous ?

— Qu'est-ce qui vous le laisserait croire ?

— Notre client le suppose.

— Vous voulez dire que quelqu'un vous a engagé pour défendre Meyer ? Aussi vite ? Impossible. Qui ?

— Vous savez qui. Ne me faites pas prononcer son nom. Lui aussi, dernièrement, est devenu assez célèbre.

Virgil Solal venait de s'afficher en lettres capitales dans la conversation. Attal, le regard fixé sur le flic, attendait sa décision. Nathan tendit alors la main et accepta enfin la carte de visite qu'on lui proposait.

— Restez disponible, ajouta Lorenzo Gerda, un sourire en coin. Il paraît que les événements vont s'accélérer.

Pour Modis, ne pas souhaiter la mort de Solal était une chose, le laisser continuer sa course meurtrière en était une autre. Son attitude changea du tout au tout et l'image du gendre idéal laissa place à celle d'un homme qu'on regrette d'avoir énervé.

— Ne jouez pas à ça avec moi, menaça le capitaine. Si vous avez des informations, balancez-les tout de suite ou tout avocat que vous êtes, je vous fous en garde à vue.

— Malheureusement, tempéra Gerda, Solal ne nous a pas fait une copie de son agenda. Nous connaissons juste le prochain mouvement. Et vous y jouez un rôle important.

— Je peux en savoir plus ?

— Le directeur de la PJ recevra toutes les instructions, aujourd'hui, à 13 heures.

Nathan jeta sa cigarette inutile dans le cendrier mural et palpa ses poches à la recherche du portable qu'il avait laissé sur son bureau.

— Il est 13 heures et deux minutes, l'informa Attal. Vous devriez vous grouiller.

Et dans une volée de jurons, Modis disparut en courant.

– 22 –

Bureau du directeur de la Police judiciaire.
13 h 20.

Un plan de la place de la Bastille s'étalait sur une bonne partie du mur, aimanté à ses quatre coins. Modis et le patron y faisaient face et réfléchissaient à l'opération à coups de marqueur rouge et de punaises colorées.

— On ne pouvait pas rêver pire endroit, maugréa le directeur.

— Le pire pour nous, le plus sûr pour lui. Solal peut arriver de n'importe où. Neuf sorties de métro, dix rues ou avenues qui mènent sur la place et, ne le sous-estimons pas, un accès par voie fluviale avec le canal Saint-Martin.

— Putain, ça va être un enfer à couvrir. Et le rendez-vous qu'il vous a fixé est dans trois heures quarante.

Nathan relut le mail de Greenwar, reçu vingt minutes plus tôt exactement sur l'ordinateur du chef du 36.

« Place de la Bastille. 17 heures. Je me rendrai au capitaine Nathan Modis, et uniquement à lui. Désarmé, sans radio, ni micro. Jouez avec mes règles et tout prendra fin. »

— Vous imaginez bien que vous n'irez pas seul, précisa le directeur. Il a déjà tué une fois, peut-être deux pour ce qu'on en sait.

— Si les équipes sont discrètes et assez éloignées, ça devrait le faire. Sinon, vous me mettrez en danger, ainsi que les badauds de la Bastille.

— Deux équipes d'interpellation partiront avec vous et vous suivront à distance raisonnable. Deux effectifs de la BRI sont déjà en route et seront dans moins de dix minutes sur site. Ils se positionneront ici, sur la terrasse du dernier étage du 2, rue de la Roquette, et ici, au 3 *bis* de la place de la Bastille, au dernier étage de la Banque de France.

— Des THP[1] ?

— Si vous avez mieux, je vous écoute.

— Vous pouvez mettre autant de tireurs d'élite que vous voudrez, mais je n'arrive pas à croire qu'il s'en prendra à un flic.

Le patron gratifia Nathan d'un regard de reproche.

— C'est vrai, pourquoi je m'inquiète ? Je devrais davantage m'en référer à vos intuitions, vous qui avez passé les soixante-douze dernières heures avec une psy qui nous l'a faite à l'envers au dernier moment. Niveau flair, vous vous posez là. Pour être parfaitement honnête, vous me décevez énormément, et si cela

1. THP de la BRI : tireur de haute précision de la Brigade de recherche et d'intervention. Groupe d'élite de la Police judiciaire, aussi nommé Antigang.

ne tenait qu'à moi, je vous éjecterais de cette enquête sans attendre.

Solal leur avait échappé avec l'aide de Diane et le directeur n'avalait toujours pas la pilule. Et puisque pour toute opération qui plante sortent les parapluies, le patron venait d'ouvrir le sien au-dessus de sa tête et ne comptait pas en partager le moindre bout avec Modis.

— Mais Solal vous demande, poursuivit-il, donc je n'ai pas le choix. Alors vous allez gentiment au rendez-vous, et dès qu'il se pointera, par la rue, le métro, le canal ou en parachute, vous vous couchez au sol, vous comptez les chewing-gums collés au bitume et vous laissez faire nos équipes d'interpellation.

Blessé par l'attitude de son supérieur, Nathan sortit les crocs.

— Quand vous parlez de vos équipes d'interpellation, ce sont bien celles du 36 ou vous comptez encore collaborer avec le groupe « assassinat ciblé » de la DGSI ?

Très distinctement, les deux veines du front du directeur palpitèrent un peu plus fort. Soit Modis avait touché juste, soit le patron faisait un AVC.

— Ce qu'on peut se permettre en plein milieu de la campagne normande n'est pas applicable au centre de Paris, avoua-t-il. J'ai de toute façon décidé de ne pas informer la DGSI de cette opération. Contentez-vous de jouer votre rôle d'appât, rien de plus. Ne vous souciez pas du reste de notre stratégie, et maintenant s'il vous plaît, barrez-vous de mon bureau et tenez-vous prêt.

16 h 45.
Quinze minutes avant le rendez-vous.

Comme une signature, le panda bicolore à la joue balafrée qui distribuait ses cauchemars partout dans les plus hautes strates de l'État s'afficha sur plusieurs dizaines de millions d'écrans d'ordinateurs, de tablettes et de téléphones portables. Depuis trois jours, dans la France entière et bien au-delà, on vivait au rythme des apparitions des mammifères rebelles de Greenwar.

Puis le visage de Virgil Solal remplaça la face du panda. Il était presque détendu, conscient d'arriver au bout d'un long chemin.

Adossé à la rambarde entourant la colonne de Juillet de la place de la Bastille, il délivrait un nouveau message avec un calme qui ne pouvait en rien laisser supposer son statut de gibier le plus chassé du pays. Entouré de touristes, de voitures et de bus bondés, de cyclistes et de parisiens flâneurs, il se mêlait à la jungle urbaine.

« Je m'adresse à vous pour la dernière fois, dans ce lieu symbolique de la Révolution, là où, il y a plus de deux siècles déjà, ceux qui crevaient de faim ont décidé de ne plus se laisser faire. »

Dans son bureau, le patron du 36, averti de cette nouvelle intervention, se scotcha à son écran.

— Putain, mais c'est du direct, ça ? Il est déjà sur place ?

Il se jeta sur sa radio et contacta ses hommes sur le terrain pour chercher confirmation. Le directeur répondait à l'indicatif Domino, les deux équipes d'interpellation du 36 à l'indicatif Cristal et les deux tireurs d'élite à celui d'Oméga.

— Domino pour Cristal 10. Solal transmet ! Vous le voyez ?

— Crystal 10 à l'écoute. Désolé, patron, vous nous avez demandé de ne pas rester en visu. Le rendez-vous n'est pas avant quinze minutes. On s'est garés à cinquante mètres, planqués au début de la rue du Faubourg-Saint-Antoine. J'envoie un effectif en pédestre pour vérifier ?

— Non, restez en retrait. Domino pour Oméga.

Sur le toit de la Banque de France, le sniper lâcha la crosse de son fusil à lunettes.

— Rien en visu pour Oméga 1.

À cent mètres devant, couvrant l'autre face de la place, la réponse fut identique.

— Rien en visu pour Oméga 2.

— Pourtant il est là, sur mon écran, je le vois ! pesta le directeur, dont le sang-froid commençait à s'échauffer sérieusement.

Toujours adossé à la rambarde de la colonne, Solal, en toute décontraction, poursuivait son discours, et le chiffre des internautes connectés ne cessait de grimper en flèche.

« Je ne retire aucune fierté de mes actes, comme on ne retire aucune fierté d'une guerre. J'ai fait ce que le devoir m'a dicté, je ne suis que la voix d'un message. Mais avant de vous quitter, je voudrais vous parler de demain. Vous le savez, la montée des eaux, les famines, l'absence d'eau potable, les inondations et les sécheresses provoqueront des déplacements massifs de population. Et les conflits qui les accompagneront ne feront qu'ajouter de l'horreur aux drames. Cette histoire ne se déroule pas dans un siècle, pas dans cinquante ans, mais là, dans une vingtaine d'années, assez tôt pour que nous en soyons tous témoins. Ou victimes, en fonction de l'endroit du globe où vous regardez cette vidéo. Certains disent 200 millions de réfugiés climatiques, d'autres vont jusqu'à 500 millions. Je vous ai parlé du premier scénario, celui de nos armées européennes aux frontières, pour repousser l'Afrique. Mais il y a aussi celui des États-Unis, pour repousser l'Amérique du Sud. Et celui du Moyen-Orient pour repousser l'Asie du Sud. Une guerre de protection où des peuples terrifiés attaqueront des peuples affamés. Pourtant, il existe un second scénario. Moins meurtrier, certes, mais bien plus profitable… »

16 h 55.

Le directeur, le front transpirant et les mains moites, regarda plus attentivement la vidéo et surtout son arrière-plan.

— Domino pour Oméga 2. Derrière Solal, je vois une fourgonnette rouge, garée en épi devant les marches de l'Opéra. Oméga 1, de votre côté je vois un camion de déménagement en double file à la sortie du métro Beaumarchais. Confirmez.

— Négatif pour Oméga 2. Pas de fourgonnette rouge.

— Négatif pour Oméga 1. Pas de camion de déménagement. La cible ne transmet pas en direct.

Comme depuis le début, Solal le marionnettiste jouait avec eux. Il imprimait la cadence, et les flics n'avaient plus qu'à tenter de suivre la danse en faisant attention de ne pas se marcher sur les pieds.

— OK. C'est un message enregistré mais restez focus ! Il va arriver d'une minute à l'autre. Domino pour Cristal 20. Modis est prêt ?

— Cristal 20 à l'écoute. Il se met en route quand vous en donnez l'ordre.

— OK. Vous avez le feu vert. Cristal 10 et 20, vous filez Modis à vingt mètres de distance. Doublez les précautions, notre cible est un ancien militaire et un ancien collègue, il vous détronchera au premier coup d'œil.

Nathan sortit de la voiture et se mit à marcher vers la colonne de Juillet sans presser le pas, à une allure de balade, afin de permettre aux effectifs interpellateurs de le suivre sans précipitation. Son arme portée à la ceinture provoquait une sensation si habituelle et familière qu'il en sentit immédiatement l'absence. Dans cinquante mètres, il serait au point de rendez-vous. Dans cinquante mètres, les rythmes cardiaques allaient connaître une franche accélération.

En haut des marches de l'Opéra Bastille, repaire inattendu de clochards et de punks à chiens, Solal, casquette vissée sur la tête et visage baissé, se fondait parfaitement dans la foule. Ainsi, de cette position, il couvrait la place entière. Il vérifia sur son smartphone où en était la vidéo qu'il venait de poster. Elle était son compte à rebours. À la fin de celle-ci, il se lèverait, traverserait le rond-point et jouerait sa partie du plan. Sa voix enregistrée, volontaire et engagée, lui sembla comme étrangère :

« Le scénario dont je vous parle est celui des grandes entreprises qui imaginent comment tirer bénéfice du flux de réfugiés que provoquera le dérèglement climatique. Du profit dans la misère, voilà ce qu'elles proposent. Même les gouvernements sont terrorisés et réfléchissent à la manière dont ils réussiront à fixer ce raz de marée de populations déracinées dans des camps, dans des pays voisins moins touchés. Mais comment les y faire rester et surtout, comment générer du profit là où il n'y a que pauvreté et détresse humaine ? C'est là que le génie néolibéral entre en jeu. Ce ne sont plus des ONG qui vont gérer ces camps, mais bien des entreprises privées qui vont les construire, dans le but d'utiliser ces populations déplacées comme main-d'œuvre. La main-d'œuvre la moins chère et la moins protégée de toutes, aux mains de multinationales accusées de torture, d'esclavagisme, de maltraitance et d'exploitation d'enfants pour un dollar par jour, dans des usines au bout du monde, hors de tout contrôle et de surveillance. Ces réfugiés, forcés de quitter leur pays à cause de catastrophes climatiques provoquées par l'action collatérale des entreprises polluantes, se retrouveront ainsi dans les camps qu'elles auront fabriqués, sans autre choix que de travailler pour elles. Un cercle vicieux parfait où la victime sert son bourreau. Tout cela existe déjà et se nomme l'industrie de l'aide, avec un chiffre d'affaires de plus de vingt-cinq milliards de dollars par an. Ne me faites pas simplement confiance, vérifiez par vous-mêmes ! Visitez les Salons de l'humanitaire où exposent ces géants de l'industrie, visitez la foire commerciale internationale de l'assistance où l'on parle climat et bénéfices, visitez enfin le Salon de l'aide humanitaire et internationale de Dubaï où même des ministres français traînent leurs guêtres à l'affût de ces stratégies d'avenir. »

16 h 59.

Nathan se trouvait maintenant à moins de quinze mètres du centre de la place, sans toujours le moindre signe de Solal. Mais que la vidéo de Greenwar soit diffusée quelques minutes avant l'heure du rendez-vous lui fit se douter que c'est à la fin de celle-ci qu'il apparaîtrait. Il avait donc laissé une oreillette reliée à son smartphone, et lui aussi écoutait le dernier message de celui pour qui Diane s'était sacrifiée.

Le directeur de la PJ regarda son horloge. Agrippé à sa radio, il craignit que les soixante secondes restantes ne le fassent vieillir de dix ans.

— Domino pour Oméga 1 et 2. Plus qu'une minute.

— En position pour Oméga 1. J'ai un visuel sur votre officier, mais il y a énormément de monde aujourd'hui.

— En position pour Oméga 2. Je le vois aussi.

— Au moindre geste suspect de Solal, on ne prend aucun risque, vous tirez, ordonna le chef du Bastion.

— Nous serons seuls juges, corrigea le sniper. Terminé.

Solal se leva et respira profondément à trois reprises. Un chien tout crasse, langue pendante et plein de gentillesse dans le regard échappa à son maître assoupi et se planta devant lui. Vu ce que la suite promettait, il était fort possible qu'il n'en caresse plus jamais de sa vie. Virgil le flatta avec énergie, ôta son oreillette, puis descendit calmement les marches sans prendre la peine d'écouter la conclusion de son message.

« Ne croyez pas que ceux à qui vous avez donné le pouvoir, ou ceux qui l'ont réellement, cherchent une manière de nous sauver de la catastrophe mondiale climatique. Ils ne font que sélectionner ceux qui seront épargnés. Et si vous vous demandez qui seront les élus, c'est que vous n'en faites pas partie. L'ONU reconnaît 197 pays. La totalité des milliers de camps de réfugiés devient alors le pays numéro 198, peuplé d'une nouvelle génération d'esclaves. Bienvenue dans le "Pays 198". Bienvenue dans votre monde. Un monde qui vous appartient encore et que l'on peut changer. »

À la fin de la vidéo, le compteur avait explosé les scores. Deux cent trente-cinq millions de vues en direct. Plus de trois fois la population de la France. Greenwar devenait mondial.

Nathan traversa le rond-point, arrêtant de sa main tendue les voitures tout en zigzaguant entre elles, jusqu'à atteindre la colonne de Juillet à 17 heures exactement. Il s'adossa à la rambarde, presque à l'endroit même où Solal avait enregistré son message.

Comme une boîte de nuit se remplit subitement après minuit, l'endroit commença à se noircir de passants et de touristes. Pourtant, à travers toutes ces silhouettes, Nathan distingua instantanément celle de Solal, à trois mètres de lui. Ce visage déterminé, cette force naturelle si intimidante. Deux mètres à peine, maintenant. Et de plus en plus de gens.

Le sniper ôta la sécurité de son fusil à lunettes PGM « Ultima Ratio ». Ultima ratio. Dernier recours.

— Oméga 1 pour Domino. Cible en vue.

Les interpellateurs défirent le bouton-pression de leur holster, prêts à se saisir de leur arme, et accélérèrent le pas. Puis, lorsqu'ils entendirent le message « cible en vue », se mirent à sprinter franchement. Vingt mètres les séparaient du capitaine Modis et de leur objectif.

Nathan se redressa à l'approche de Solal et lorsqu'il lui fit face, le temps se figea. Et la place de la Bastille aussi. Littéralement. Gelés sur place, les deux tiers des badauds s'arrêtèrent net, surprenant le tiers restant qui poursuivait sa route. Puis, au fur et à mesure, les masques sortirent des poches, des vestes, des sacs et se posèrent sur les visages. Cent pandas balafrés. Puis trois cents. Puis trois mille. Sur la rue, sur les trottoirs, autour de la colonne de Juillet, partout, le même ennemi en noir et blanc balafré de rouge, cloné encore et encore.

— Oméga 1 pour Domino, souffla le sniper dans sa radio. Ça se complique. Trop de civils. Je refuse de prendre le risque.

Un flot protecteur de pandas entoura le flic et Solal jusqu'à les faire disparaître comme s'ils les absorbaient. Une fourgonnette dont la porte latérale était déjà ouverte pila à leur niveau et Nathan sentit qu'on l'attrapait, ici par le bras, là par l'épaule, jusqu'à le pousser à l'intérieur du véhicule. Le flot s'écarta pour les laisser passer et ils se volatilisèrent en quelques secondes, laissant les effectifs interpellateurs se démêler de pandas envahissants. Peine perdue, ils échouèrent à faire un mètre de plus.

— Cristal 10 et 20 pour Domino, on fait quoi ? On interpelle ?

— Je me fous des bestiaux, hurla le directeur. Vous allez pas me ramener une meute de pandas au 36, non ? Foncez aux bagnoles et rattrapez-les !

Sur la place de la Bastille, chacun enleva son masque de carton et le laissa tomber au sol, redevenant simple passant inoffensif, montant sur les trottoirs pour laisser passer les sirènes hurlantes.

– 23 –

Comme les instructions le spécifiaient, Modis ne portait ni arme, ni micro caché. Après l'avoir rapidement fouillé, le panda retourna au fond de la fourgonnette, rejoignant ainsi un second soldat masqué de Greenwar, penché sur l'écran de son ordinateur. Assis sur deux banquettes opposées, Nathan et Virgil se faisaient maintenant face.

— Vous aviez promis de vous rendre, mais à la place vous kidnappez un flic. Vous savez ce que vous faites ou vous êtes en roue libre ?

Le nez de la fourgonnette pencha, un virage serré les força à se retenir aux attaches de la banquette, puis ils s'arrêtèrent. Ils roulaient depuis moins de trente secondes, soit un délai bien insuffisant pour distancer leurs poursuivants.

— Nous sommes dans le sous-sol d'un garage. Changement de couleur et changement de plaques minéralogiques. Cela ne prendra pas plus d'une minute.

— Vous m'emmenez où ?

— Pas très loin, mais j'ai besoin de temps pour vous parler.

— Vous vous seriez rendu directement au Bastion, nous aurions eu tout le temps nécessaire.

— C'est plus compliqué que ça. C'est toujours plus compliqué. D'abord, il me fallait un coup d'éclat. Ridiculiser la police et m'offrir un tour de force avec une armée de pandas en plein milieu de Paris, c'est le genre de vidéo qui ne peut que devenir virale. J'ai besoin d'un public toujours plus grand pour ne pas être oublié dans deux semaines. Dans les guerres, la publicité et le marketing sont des armes aussi létales que les grenades. Et je ne voulais surtout pas que Greenwar ne soit associé qu'au seul meurtre qu'il a perpétré.

— Un seul ?

— Par votre faute, oui. Ou grâce à vous, plutôt. Varan devait mourir, mais je ne m'attendais pas au geste de Diane. Pour l'heure, votre hiérarchie en est encore à se demander si elle a décidé ça d'elle-même, ou si vous êtes complices. Soyons donc réalistes, personne ne nous laissera seuls une seconde vous et moi. Voilà pourquoi vous êtes ici. Parce que j'ai besoin de vous parler.

Alors que la fourgonnette démarrait à nouveau, le soldat masqué fouilla dans son sac et tendit quelques feuilles pliées à Solal.

— J'ai longtemps hésité à savoir combien de personnes je devais tuer pour avoir l'attention de tout le monde. Au début, trois m'a semblé un bon chiffre, mais Laura…

Il s'arrêta un instant à l'évocation du nom de sa femme.

— Mais Laura était contre. Alors je lui ai promis que je me contenterais de deux. Ça ne l'a pas rendue plus heureuse, remarquez. Mon combat nous a unis, mais c'est la méthode qui la terrifiait. Pendant deux ans, elle a essayé de me dissuader d'aller jusqu'au bout. Je ne l'ai pas écoutée. Sa peine résignée et ma colère nous ont séparés en parallèle. Nous sommes devenus incompatibles.

Solal déplia les feuilles qu'il avait entre les mains.

— Voici le plan de la base souterraine où est retenue Cécilia Varan. Elle y est depuis huit heures. Avec de la chance, vous l'y retrouverez à peu près entière, si elle ne s'est pas mis dans l'idée de visiter. J'avais prévu de l'y laisser crever, mais…

— Laura ? devina le flic.

— Entre autres. Quant à Diane, j'ai un autre plan. Si je calcule bien, complicité d'assassinat, c'est la perpétuité, non ?

— Je croyais qu'après l'empoisonnement du Bal des débutantes du Shangri-La, vous assumiez d'être immoral ? Que vous acceptiez les dommages collatéraux.

— Non. Je n'ai fait que vous prévenir de ce qui arrivera demain. Je n'ai fait que vous avertir des profils, violents ou radicaux, avec lesquels il faudra désormais composer. Mais ce n'est pas parce que j'ai conscience des dommages collatéraux que je suis prêt à les provoquer. Je n'ai jamais laissé un soldat derrière.

Nathan regarda le plan avec circonspection en se demandant comment cette information allait sortir Diane de sa cellule. Il n'eut pas besoin de poser la question.

— Je dirai la même chose qu'elle, le devança Solal. Il faudra simplement qu'elle assure que son plan était de me manipuler, de me faire croire en sa complicité, en son soutien à la cause et que grâce à elle, j'ai décidé d'épargner Varan. Rentrer dans le délire des forcenés pour leur faire baisser leur garde, c'est une technique de négociation parmi tant d'autres, non ? Donc ce sera crédible. L'important est que nous ayons la même version. C'est tout ce que je peux faire, mais cela devrait suffire au moins à lui éviter la prison.

La fourgonnette fit une embardée et à quelques mètres d'eux, le conducteur de la voiture qu'ils avaient failli emboutir les insulta copieusement. Au volant, une femme s'excusa poliment avant de reprendre de la vitesse.

— Je pensais avoir besoin d'au moins deux meurtres pour que l'on entende mon propos, poursuivit Solal, pensif, mais je me résous à penser qu'un seul suffira.

— Et voilà ? C'est tout ? s'étonna Modis.

— Vous avez l'air déçu.

— Vous avez attiré l'attention du monde, vous avez tué, vous avez récité des discours que neuf personnes sur dix auront oubliés au prochain scandale qui tournera sur Internet, Diane risque tout pour vous, et… Et c'est fini ?

— Bien sûr que non. Cela aurait été beaucoup d'efforts pour pas grand-chose. Rassurez-vous, il me reste encore deux étapes cruciales.

Il se tourna alors vers son panda informaticien et d'un signe de tête lui donna le signal qu'il attendait. Le hacker se mit à pianoter frénétiquement sur son clavier et Solal reporta son attention sur le flic.

— Un combat se jauge à la qualité de ses ennemis. Les idées s'estiment au nombre de ceux qui s'y opposent. Si mes idées justifient que l'on tente de me faire taire, quitte à me tuer, alors elles ne pourraient recevoir meilleure publicité. Elles prennent de la valeur, elles deviennent vérité. Me localiser et m'éliminer, c'est bien ce qui était prévu, non ? À ce sujet, vous féliciterez votre hacker. Nous savions que vous en utiliseriez un, mais personne ne pouvait se douter qu'il serait si doué. Vous avez failli nous remonter.

À côté d'eux, le pirate Greenwar inclina la tête et, malgré son masque, il était facile de deviner qu'il avait mal pris la pique.

— Pardon, se moqua Solal. Je voulais pas te blesser.

Le panda lui offrit son majeur tendu, puis il replia l'écran de son ordinateur en le faisant claquer.

— C'est bon, c'est en ligne. On va voir s'il l'avait prévue, celle-là, annonça-t-il d'un ton revanchard.

D'un glissement de doigt, Solal déverrouilla son portable et trouva rapidement ce qu'il cherchait tant les réseaux sociaux s'embrasaient déjà. Il monta le volume, si bien que Nathan reconnut la voix du directeur de la PJ :

« *Un assassinat ciblé ? Sur le territoire national ? Mais qui vous en a donné l'autorisation ?* »

*
* *

Les hurlements du patron s'entendirent dans tout le dernier étage, et probablement quelques étages en dessous. Le hacker de la DGSI, puisque ces cris lui étaient destinés, se dirigea vers le bureau, sans toutefois accélérer son habituel pas nonchalant. Il trouva le patron devant son écran d'ordinateur, le rouge au front et les poings plantés dans son bureau comme s'ils pouvaient le traverser car, sur cet enregistrement audio diffusé au grand public, c'était bien sa voix que l'on entendait, dans une conversation qui avait eu lieu quelques jours plus tôt.

« *Un assassinat ciblé ? Sur le territoire national ? Mais qui vous en a donné l'autorisation ?* »

« *Vous n'avez pas à en connaître* », répondait la voix du patron de la DGSI.

« *Arrêtez avec vos phrases toutes faites d'espion. Si votre plan consiste à intégrer mon équipe d'interpellation pour éliminer Solal, je veux en connaître tous les détails.* »

« *Malheureusement non. Une fois localisé, nous prendrons la suite des opérations. Vos équipes resteront en retrait. C'est mieux pour tout le monde.* »

Dans le couloir du dernier étage du Bastion, les deux voix s'élevaient des bureaux voisins où toutes les équipes écoutaient à l'unisson la bombe qui venait de tomber sur le service.

— Dites-moi qu'on peut couper ça, s'étouffa le patron.

— Bien sûr. Il vous suffit d'appuyer sur « Enter » et ça coupe les Internets, se moqua le pirate, inconscient qu'au niveau de colère atteint par le directeur, rien ne le préservait d'une balle dans le genou, juste pour le plaisir.

Sans demander la permission, il s'installa dans le fauteuil du chef de la police judiciaire parisienne, connecta sa tablette à l'ordinateur et se mit à fouiller. Malgré tout, rien n'arrêtait la diffusion de la conversation volée :

« *Je comprends que personne ne souhaite offrir à Solal un procès qui lui servira d'agora* », admettait le directeur.

« *Alors laissez-nous faire. Solal ne mettra pas un pied dans une cour d'assises. N'y pensez pas, cela vous évitera la culpabilité et les crises de morale. Dites-vous que vous n'avez pas le choix. De toute façon, je ne vous le laisse pas.* »

En bon chien de chasse, le pirate de la DGSI trouva une piste fraîche et la suivit jusqu'au logiciel malveillant implanté dans les entrailles de l'appareil.

— Amusant, conclut-il. Je crois qu'il vous écoute depuis le début. Le virus était intégré à son tout premier mail.

— Et il fait quoi, ce virus, bordel ?

— Il active le micro de votre ordinateur. En fait, Solal a toujours été là, dans votre bureau, avec vous.

— Et comment vous avez pu passer à côté, espèce de crétin ?

— J'y ai pas pensé, c'est tout.

— Je croyais que vous étiez le meilleur, persifla le directeur, mauvais.

— Mais je suis le meilleur ! C'est juste que le pirate d'en face n'est pas mauvais non plus, faut le reconnaître. Si vous l'interpellez, je pourrai avoir un moment avec lui ?

Le directeur ferma les yeux un instant, et dans son esprit, le château de cartes de sa carrière s'effondra.

— Sortez. Putain, sortez avant que je vous passe par la fenêtre.

*
* *

Solal frappa deux fois contre la paroi de la fourgonnette à l'attention de sa conductrice. Le véhicule freina, puis tourna à plusieurs reprises.

— OK, reconnut Modis. Vous venez de faire sauter le patron de la PJ et celui de la DGSI en même temps. Mais l'un et l'autre seront remplacés dans la semaine.

— Peu m'importe. Les gens savent maintenant que l'on voulait se débarrasser de moi. Mes idées ne sont plus celles d'un illuminé, elles deviennent une vérité si vraie qu'il faut la taire. Je gagne en crédibilité.

La fourgonnette tourna, sembla monter une légère côte puis s'arrêta tout net.

— Vous parliez de deux étapes cruciales. En quoi consiste la seconde ?

Solal se pencha alors vers Nathan, comme pour une confidence.

— J'ai peur de paraître un peu théâtral, mais je m'apprête à déstabiliser le pays.

— Encore ?

— Non. Cette fois-ci je parle d'une déstabilisation bien plus profonde. C'est la raison même pour laquelle j'ai créé Greenwar. Le véritable affrontement commence maintenant.

— Et il consiste en quoi ? s'inquiéta Nathan.

Solal fouilla dans son sac et en sortit une paire de menottes qu'il se passa lui-même autour des poignets. Un panda ouvrit la porte latérale et Nathan constata qu'ils étaient garés à moins de vingt mètres du Bastion.

— Commencez donc par devenir un héros, suggéra Virgil, les mains entravées, tendues vers le flic.

– 24 –

Tribunal judiciaire de Paris.
Bureau du juge d'instruction en charge du dossier Greenwar.
5 h 55.

Pendant quelques courtes minutes, aux premiers rayons du soleil levant, le béton de Paris se couvrait d'une dorure d'apparat avant de retrouver bien vite son aspect brut et sale. Ce jeu de lumière matinal mettait un terme à une épuisante nuit blanche qui avait dessiné, plus que d'habitude, de profonds cernes sur le visage du juge De Mestre.

Après quatre heures de vaines questions qui ne reçurent aucune réponse, il s'était résigné à ne rien tirer de cet étrange personnage. De guerre lasse, il avait demandé à son greffier de rappeler les deux policiers en faction devant son bureau pour prendre en charge le mutique Virgil Solal.

Comme souvent lorsqu'il était saisi d'une enquête du 36 Bastion, il en faisait ensuite le point avec son vieil ami de la PJ.

— Vous m'en avez présenté, des criminels de tout genre, mais aucun n'a semblé plus que lui se moquer éperdument de son devenir. Il n'a sourcillé ni au mot prison ni au mot perpétuité. Il ne vous a rien confié en audition, et il est resté sur cette même ligne face à moi en invoquant son droit au silence. Il dit s'en remettre entièrement à ses avocats. Un sacré personnage, Felix. Oui, un sacré personnage.

Personne, excepté feu sa mère il y a longtemps de cela, n'appelait le patron de la police judiciaire parisienne par son prénom. Felix. L'entendre prononcé le renvoyait à ses culottes courtes et à une insouciance qu'il aurait volontiers retrouvée aujourd'hui.

— Enfin, se corrigea le juge, quand je vous dis qu'il n'a pas parlé, je devrais plutôt préciser qu'il ne s'est pas défendu. Mais bizarrement, il a tenu à défendre votre psychocriminologue, mademoiselle Meyer.

La pénible sensation de se faire manipuler se propagea à nouveau dans l'esprit du directeur du 36 qui préféra ne pas interrompre De Mestre.

— Il confirme bien que son plan était d'éliminer la directrice financière de la Société Générale, Cécilia Varan, et que seule l'intervention de Meyer l'a fait changer d'avis. C'est pour cette raison, et uniquement pour cette raison qu'il nous aurait remis les plans de la base de l'OTAN et la localisation de la victime.

— C'est aussi ce que nous a affirmé Meyer en audition. Qu'elle l'a manipulé dans cet espoir. Qu'elle n'a pas trahi sa mission.

— Dites-moi, Felix, c'est aussi joli qu'une mélodie apprise par cœur, cette histoire. Votre profileuse et Solal n'ont pas été en contact tout de même ?

— Non, aucun contact direct.

Et il ne mentait pas, puisque « direct » était le mot le plus important de son assertion. Pourtant, si l'on tirait un peu les fils de cette bobine emmêlée, Nathan avait passé du temps avec Diane dans sa cellule, Nathan avait passé du temps avec Solal lors de son kidnapping place de la Bastille, et c'est aussi Nathan qui était allé chercher la psy en garde à vue pour la mener à sa première audition. Mais Felix passait sa dernière journée en tant que chef du Bastion et se projetait déjà dans le carré de jardin de sa maison des Landes, avec ses bottes en caoutchouc dans l'entrée, et dans le salon, son vieux globe terrestre sur roulettes que l'on ouvrait en son milieu pour y découvrir un éventail d'alcools forts. Alors viré pour viré, ce n'était pas maintenant qu'il allait balancer un collègue sur de simples doutes.

— Meyer, Modis, Solal. On sait s'ils ont pu se connaître auparavant ? persévéra le juge.

— On ne sait toujours pas grand-chose à ce stade. On enquêtera dessus, certainement. Mais si je dois être honnête, Meyer n'a fait que le travail pour lequel je l'ai requise. Faire le profil de Solal, entrer dans sa tête, se familiariser, chercher sa faille, et si possible, le faire renoncer à tuer.

— Et vous croyez à cette histoire ?

— Pas spécialement, reconnut le directeur. Mais ce que je pense aujourd'hui n'a pas plus de valeur qu'une pièce de cinq francs. Dans deux jours, je ne serai même plus à Paris. Notre service a retrouvé Cécilia Varan trente mètres sous terre en plein bocage normand, grâce aux plans remis par Solal. Elle est déshydratée, avec une blessure profonde à la main, mais elle est vivante. Maintenant, c'est à nous de choisir à quoi on veut croire. Qui Meyer a-t-elle voulu sauver ?

Solal ou Varan ? De toute façon, qu'elle soit innocentée arrange tout le monde, non ?

— C'est effectivement une porte de sortie, et moi aussi, je pense qu'il faut la prendre et abandonner les poursuites. On aura déjà assez à faire avec le procès de Solal. Ça va être un fichu merdier. Vous risquez d'avoir du monde dans les rues.

À cette idée, Felix préféra repenser aux aiguilles de pin fraîches tombées au sol de son jardin et dont la sève, lorsqu'on les ramasse, vous colle encore aux doigts des heures après. Il se débarrassa de cette enquête comme d'un manteau trop lourd.

— Mon remplaçant doit déjà avoir repassé son costume et s'être fait tout beau devant sa glace pour prendre ma place. Mais je lui ferai part de vos inquiétudes.

De Mestre réalisa un peu tard qu'il avait en face de lui un homme qui devait supporter la pire des fins de carrière, et s'en voulut de son manque de sensibilité.

— Ce n'est pas le tombé de rideau auquel vous vous attendiez, mon ami.

— La fin de la pièce devait être plus heureuse. Moins honteuse. Mais je n'en veux pas à Meyer, ni même à Virgil Solal, si j'y pense. J'ai accepté un assassinat ciblé et lorsqu'on accepte un ordre, on en accepte les conséquences et la responsabilité. Quarante ans de loyaux services et à la fin, ma révérence au public ressemble à une insulte.

Peu habitué à se morfondre sur son propre sort, le directeur se reprit vite.

— Où se trouve notre homme à cet instant ?

— Après un passage de pure formalité devant le juge des libertés, il sera immédiatement transféré en détention provisoire, dans l'attente de son procès.

— À l'isolement ?

— Où d'autre, mon cher ? Si nos djihadistes arrivent à enrôler leurs ouailles entre quatre murs, imaginez ce que peut réussir Solal.

— Et Meyer ?

— Puisque nous sommes d'accord, je lève sa garde à vue et je la convoquerai ultérieurement pour la placer sous statut de témoin assisté dans cette affaire. Par précaution, elle ne participe à aucune nouvelle enquête ni profilage avant qu'on y voie un peu plus clair. Mon greffier avertira Gerda et Attal de la situation de leurs deux clients et je crois que nous aurons bien gagné un peu de repos.

Felix regarda sa montre et s'imagina passant la soirée seul dans son appartement parisien. Son amertume visible n'échappa pas au juge :

— Un joli restaurant, avant de se quitter ? Je vous invite.

— Une petite brasserie, je préfère.

— Vous avez mille fois raison. Je prends mon manteau.

– 25 –

Cabinet Atomic 8.
9 heures.

La partie d'échecs venait officiellement de commencer. Avec Solal, le cabinet d'avocats Atomic 8 n'avait qu'un pion quand le reste du plateau était occupé par leurs adversaires. Les probabilités de succès n'étaient visiblement pas de leur côté, mais qu'importe, le combat serait sublime.

Fabien Attal, en terrain miné, passait en revue les possibles entourloupes et coups bas auxquels ils allaient faire face.

— Notre avantage, c'est le jury populaire. La moitié du pays est du côté de Greenwar et les sondages montent à 80 % lorsque l'on s'adresse à la fameuse France d'en bas.

— C'est pourtant une partie de cette France qui a bloqué le pays une manifestation après l'autre pour une augmentation de quelques centimes de l'essence. Je ne les voyais pas si pro-écolos.

— Quand les finances sont à quelques centimes près, l'écologie n'est pas le premier souci. Mais l'histoire de la paille et de la poutre, c'est un paradoxe très humain. On réussit à conspuer Total tout en faisant le plein de sa voiture. Nous sommes tous pareils.

Pour parer à toute éventualité, Lorenzo Gerda s'attacha à réduire à néant chacun des espoirs de son associé.

— Bien. Si tu considères ce jury populaire comme ton atout, tu dois donc deviner comment, de l'autre côté, ils pourraient essayer de t'en priver.

Les règles étaient claires et Attal se mit à jouer.

— D'accord. Ils pourraient décider de juger l'affaire en cour criminelle. Ce genre de cour a un jury uniquement composé de magistrats. Ils seront plus difficiles à convaincre. Ils sont habitués à faire appliquer la loi, même si le mobile est humaniste. *Dura lex, sed lex.*

— Tu connais mon penchant pour le latin mais à moins de changer les statuts des cours criminelles, elles ne traitent que de procès dont la peine de prison ne peut dépasser vingt ans. Solal est accusé de double enlèvement, de double séquestration et d'assassinat, autant te dire qu'on explose les scores. Suivant.

— La cour d'assises spéciale n'a pas non plus de jury populaire, mais elle ne juge que les affaires de terrorisme.

— Parfait. Imagine alors de quelle manière ils pourraient essayer de nous faire passer en « terro ». Et commence par la base, je te prie.

Bon élève, Attal accepta de retourner sur les bancs de la fac de droit et récita sa leçon sans erreur.

— Est considéré comme terroriste tout acte se rattachant à une entreprise individuelle ou collective ayant pour but de troubler gravement l'ordre public par l'intimidation ou la terreur.

— Et maintenant, compare.

— Greenwar est un groupe dont le seul but annoncé est de forcer des grandes entreprises à se diriger vers une transition écologique manifestement capitale pour la survie humaine et animale. Greenwar n'a pas demandé de rançon mais une caution. Greenwar a toujours laissé le choix à ses victimes de s'en sortir, mais l'argent a sans cesse valu plus que leur vie aux yeux de leurs propres entreprises. Solal n'a jamais posé de bombes tuant à l'aveugle ou commis de crimes au hasard. Ses cibles sont précises et il n'a jamais menacé les citoyens. Le fait qu'une grande partie du pays le porte aux nues annule les notions d'intimidation ou de terreur. Enfin, excepté le fait qu'il a agité les réseaux sociaux comme personne avant lui, le trouble à l'ordre public n'est pas avéré.

— Le trouble arrive, Fabien, le trouble arrive. Mais nous sommes les seuls à le savoir.

— En attendant, on ne coche pas les cases du terrorisme et nous aurons bien un jury populaire, se ravit l'avocat.

— Oui. Le peuple, c'est notre meilleure chance.

Siège de la PJ parisienne.
9 h 30.

Libérée de garde à vue, Diane tenait au creux de ses bras son manteau en boule, sa ceinture et les lacets de ses baskets. L'odeur des cellules lui collait à la peau et ses quelques centilitres restants de gel hydroalcoolique semblaient bien insuffisants pour régler le problème. Son téléphone portable avait été saisi et placé sous scellé pour une étude approfondie de son contenu, si bien qu'elle n'avait pu contacter personne pour venir la chercher. Quand bien même, qui aurait-elle appelé ? Elle resta donc là, toute seule et perdue sur les marches du perron du 36 Bastion dont elle était désormais bannie.

Sur le trottoir d'en face, elle reconnut la voiture qui, quelques jours plus tôt, l'avait attendue en bas de chez elle à l'aube. Elle traversa et toqua deux fois sur le toit. En sursaut, Nathan se réveilla et baissa la vitre électrique.

L'une sortait de détention, l'autre d'un kidnapping.

— Vous attendez quelqu'un ? lui demanda Diane avec un sourire timide.

— Désolé, je me suis endormi. Je ne voulais pas te rater. Monte, je te ramène chez toi.

Pendant de longues heures incertaines elle s'était joué tous les scénarios les plus angoissants. De quelle manière le jury la regarderait-il ? Quelle serait sa peine de prison ? Comment serait sa codétenue ? Qui viendrait la voir au parloir ? Tiendrait-elle le coup longtemps ? Devrait-elle apprendre à se battre, elle qui donnait l'impression à tout le monde d'avoir grandi dans un sac de plumes ?

Pourtant elle était bien dehors. Dehors, et tout prenait dès lors une couleur de liberté. Le trajet en voiture, jusque-là silencieux. La radio, doucement. Sa respiration qui, sans qu'elle s'en aperçoive, s'était calée sur celle de Nathan.

— On s'en est sortis, murmura-t-il simplement.

— Ne le dis pas trop fort, j'ai peur de me réveiller.

Quelques gouttes de pluie se mirent à nettoyer Paris, puis la bruine devint averse, formant des rigoles contrariées le long de la vitre de la voiture, jusqu'à rendre flou l'extérieur, comme si une ville en sucre fondait sous l'eau. L'averse prit fin quelques minutes avant qu'ils arrivent et les nuages s'estompèrent pour accueillir une journée radieuse, inespérée. Encore un virage et ils apercevraient son petit immeuble de trois étages.

Meyer n'avait d'autre envie que de retrouver son quartier familier, le studio exigu qui la rassurait tant et par-dessus tout, une douche brûlante. Mais de familier, rien ne le fut. À commencer par le graffiti géant de presque dix mètres de haut qui recouvrait tout le flanc droit de son immeuble. Un panda guerrier au rictus conquérant, balafré de rouge, et son prénom en immenses lettres calligraphiées, comme une signature. Diane.

Nathan freina, subjugué.

— Je crois que tu es attendue.

— Moi qui voulais me faire petite.

— Je ne parle pas de ça, précisa-t-il en pointant d'un coup de menton le hall d'entrée.

La surprise n'était pas celle des bouquets de fleurs, par dizaines, partout, transformant son adresse en un jardin fleuri, ni les dessins d'enfants scotchés maladroitement, ou les centaines de lettres déposées religieusement, encore moins les masques de pandas accrochés en tous sens, en marque de respect ou de remerciement, mais plutôt la horde de journalistes qui piétinait le tout sans égard. Bataille de perches à micro et bousculade de caméras entre les envoyés spéciaux dépêchés sur place pour décrocher le scoop de la décennie.

— Déjà, s'étonna Diane. Comment ont-ils su ?

— Demande à tes avocats providentiels. Si tu es libre, c'est un bon point pour leur client. Aux yeux de la Justice, tu es innocentée parce que ton action a protégé Cécilia Varan. Mais aux yeux d'une bonne partie de l'opinion, tu restes celle qui a permis à Solal de ne pas se faire abattre. Tu as défendu Greenwar et pourtant te voilà dehors. Ils t'utilisent dans leur plan de communication, c'est le jeu.

Intimidée, elle resta immobile dans la voiture.

— Libre, tu dis ? Pas vraiment. Je ne peux même pas rentrer chez moi.

— On peut se barrer ailleurs, si tu le souhaites, la rassura Nathan. Tu n'as qu'à choisir un endroit, et je t'y emmène. Des amis ?

— À Montpellier. Je n'ai pas eu le temps de m'en faire de nouveaux en arrivant ici.

— Tout de même, tu ne viens pas de débarquer à la capitale ! Depuis le temps que j'entends ton nom sur des affaires criminelles.

— Je sais. Ça fait cinq ans. Non, six, se reprit-elle. Mais je sociabilise difficilement.

L'évidence fit sourire Nathan.

— De la famille ?

— Je n'ai plus mes parents.

— Désolé.

— C'était il y a longtemps.

— Amusant que nous ne fassions connaissance que maintenant, constata le flic.

— Je crois qu'on a été pas mal occupés.

Nathan hésita à formuler l'idée qui lui passa par la tête.

— Sinon, j'ai une autre proposition. Je connais une jeune fille qui te considère comme un modèle et qui a mis en fond d'écran de son ordinateur une représentation de Diane, la déesse chasseresse.

Elle jeta un coup d'œil à la légion de journalistes et regretta seulement de ne pas être un instant invisible, histoire d'aller chiper les dessins et les lettres que tant d'inconnus lui avaient adressés.

— Tu sais, je ne suis pas très…

— Oui, je l'avais observé. Mais nous avons une chambre d'amis à l'étage et rien ne te force à en sortir. Je menotterai Mélanie à son bureau, promis. C'est juste le temps de prendre une douche, de te reposer et tu aviseras ensuite pour les jours à venir. Les chaînes d'info vont finir par se fatiguer et tu récupéreras ton quartier. Mais j'ai toujours une piaule à l'année dans mon vieil hôtel à indics, si tu préfères.

— Proposer sans imposer, remarqua Diane. Tu prends les mêmes précautions qu'avec un chat maltraité de la SPA.

Nathan ne l'avait pourtant jamais considérée ainsi, elle qui avait sans hésiter joué sa carrière et risqué la prison pour ce qui lui semblait être juste.

— Allez, viens. J'installerai une trappe au bas de la porte, tu pourras entrer et sortir à ta guise.

– 26 –

Premier district de police judiciaire.
10 heures.

L'avantage des seconds couteaux est de ne jamais faire la une. Bien que leur pouvoir soit souvent plus important que ne le laisse entendre leur poste, leurs visages sont inconnus, leurs silhouettes, discrètes, et, à la manière des plus prudents cambrioleurs, ils ne laissent aucune trace de leur passage. C'est donc tout naturellement à eux que reviennent les missions les plus sensibles. Celles de l'ombre.

Profitant de cet anonymat, le chef de cabinet adjoint de l'Élysée traversa le long couloir menant au bureau du commissaire divisionnaire. Un boyau, sombre comme un tunnel, où l'absence de fenêtre était palliée par une succession de néons à la lumière clinique. Une morgue n'aurait pas plus de chaleur, à l'image du chef de service, reconnu pour sa froideur.

Au 36 Bastion reviennent les retentissantes affaires criminelles avec leur potentiel de médiatisation. Pour le reste de la grande criminalité, Paris est divisé en trois districts qui se partagent les arrondissements de la capitale. Quelques jours plus tôt, c'est au premier district de police judiciaire qu'échouèrent les meurtres de l'hôtel Shangri-La qui, suivant leur mode opératoire, avaient été déconnectés de l'affaire Greenwar.

L'homme de l'ombre du président, désormais installé face au commissaire du premier district, observa dans une armoire entrouverte quelques costumes de rechange et affaires de toilette, parachevant le cliché du flic marié à son boulot et qui ne rentre chez lui que si on l'avertit d'un dégât des eaux ou d'un incendie. Mais malgré son aspect revêche et sinistre, ce commissaire avait toutefois un avantage. Il était servile et pliait volontiers sous le poids de la hiérarchie.

— Je vous aurais plutôt imaginé au chevet du 36 depuis qu'ils ont ajouté Virgil Solal à leur tableau de chasse, fit-il remarquer.

— Le chef de l'État s'intéresse à toutes les pièces du puzzle, et vous enquêtez sur l'une d'elles, répondit le chef de cabinet adjoint.

— L'assassin des fils et filles à papa du Shangri-La ? L'affaire a pourtant été clairement désolidarisée de celle de Greenwar. Nous le considérons plutôt comme un imitateur, en mode loup solitaire.

— Qu'importe. J'ai appris que vous aviez relevé une trace d'ADN sur le masque découvert sur place. J'ai aussi appris que cet ADN a trouvé son propriétaire.

— Un certain Bruno Lopin, oui.

— Vous interpellez bientôt ?

Le commissaire se leva et, sans demander, servit deux tasses de thé qu'il déposa sur son bureau. Il revint à son siège et rectifia la position des deux cuillères, afin qu'elles soient parfaitement alignées avec les tasses. Loin d'être aussi méticuleux, il prenait simplement le temps de réfléchir aux répercussions de cette étrange réunion.

— Vous ne comptez pas m'adjoindre une équipe de la DGSI, j'espère ? La dernière fois qu'un commissaire a collaboré avec eux, sa carrière a pris un coup d'arrêt violent. Et je le déplore, c'était un ami sincère.

— Il a fait ce qu'on lui a demandé de faire. Les sacrifices sont partie prenante de tout engagement.

— Et je me situe où dans cette histoire ? Plus proche de l'engagement ou du sacrifice ?

— Je voudrais seulement être informé du moment où vous aurez mis la main sur votre suspect, confia l'homme du président.

Laissant le temps à la requête d'infuser l'esprit de son destinataire, le conseiller officieux du locataire de l'Élysée but une gorgée de thé et reposa sa tasse sans le moindre tintement. Il était temps d'offrir un sucre s'il voulait que le tour demandé soit exécuté avec application.

— Comment vous sentez-vous, au premier district, monsieur le commissaire ?

— Bien, ma foi. Mais il y a toujours mieux.

— Définissez « mieux ».

— Je sais que la place de patron du 36 est vacante depuis peu.

— Vous ne laissez pas le temps aux cadavres de refroidir, dites-moi, plaisanta le chef de cabinet adjoint. Même ceux des amis sincères. J'aime cet état d'esprit. J'en parlerai à qui de droit, cela ne devrait pas être trop compliqué.

— Pas compliqué, mais pas gratuit, je suppose.

— J'y viens, justement.

*
* *

Un jour plus tard.
Appartement de Bruno Lopin.
Quelques minutes après 6 heures du matin.

La porte d'entrée, dégondée violemment, était couchée au sol. Dans le couloir, une commode renversée avait recraché ses tiroirs qui s'étaient vidés à leur tour de leur contenu de journaux, de factures et de tout cet amas de choses inutiles que l'on ne se résout jamais à jeter. Sur les deux lampes sur pied que comptait le salon, une seule était encore opérationnelle quand l'autre avait valdingué contre un mur au moment de l'interpellation, projetant du verre brisé d'ampoule partout sur le sol.

La cible du matin avait une case en moins, un brin de folie extrême qui lui avait ôté toute peur et toute sensibilité à la douleur. Victime de ce fanatisme et d'un vilain coup de coude, un des flics, une main sous le nez, explorait les armoires de la cuisine à la recherche d'un morceau de Sopalin pour arrêter le sang qui gouttait. Un autre, mordu jusqu'à la chair, avait déjà été emmené aux urgences pour y être soigné et recevoir, l'usage oblige, un traitement de trithérapie, au cas où.

Avec un genou de policier entre les deux omoplates et une clé de bras bien assurée, Lopin se tenait désormais calme.

— Bien, annonça le chef de groupe, on s'applique sur la perquisition, on retourne absolument tout, on récupère ordi et portables, on vérifie cave et box de parking et on termine par une enquête de voisinage et recherche des caméras de surveillance du quartier. Je veux savoir qui ce type accueillait chez lui et toute activité particulière autour du domicile. J'appelle le proc et le commissaire et je les préviens de l'interpellation.

— Le commissaire ? s'étonna son second. Depuis quand il se passionne pour nos affaires ?

— Je sais pas, mais il est sur mon dos depuis deux jours avec ce con.

— Bruno Lopin, souffla l'interpellé, vexé et toujours maintenu au sol.

— Oublie pas de fermer ta gueule, toi, le recadra le chef de groupe gentiment.

*
* *

Deux heures plus tard, le chef de groupe avait été convoqué dans le bureau du commissaire du premier district de police judiciaire et s'y faisait répéter une deuxième fois un ordre qu'il ne comprenait toujours pas.

— Je ne vous suis pas, patron. Mes gars enquêtent sur ce type depuis le début, on l'identifie, on le localise, on s'en prend plein la tronche en interpellation et là, pour l'audition, vous nous imposez Peroni ? Il n'est même pas de mon équipe et il ne connaît rien à l'affaire.

La plupart des flics choisissent ce boulot pour l'action, l'aventure, certains pour protéger les citoyens, d'autres parce que le flingue les excite. Mais il existe une dernière catégorie, celle des laquais. Ceux qui n'existent qu'en servant, ceux qui jouissent d'être aux ordres d'une hiérarchie, flanqués aux pieds de leurs maîtres, prêts à aller chercher la baballe autant de fois qu'elle leur sera lancée. Et Peroni faisait partie de cette caste.

— Rassurez-vous, je l'ai parfaitement briefé, assura le commissaire, et l'affaire n'est pas si complexe qu'elle nécessite de longues révisions.

Un étage en dessous, Peroni lisait avec attention une copie de la procédure, tout en répétant son rôle, terrorisé à l'idée de décevoir. Calvitie naissante maladroitement cachée par des mèches rabattues, sec et blanc comme s'il avait évité toute lumière depuis longtemps, il s'accrochait à un éternel calepin qui lui donnait un petit côté flic à l'ancienne des séries télévisées des années 1980. Adepte du « c'était mieux avant », il regrettait amèrement l'époque où le flair et une bonne mine de crayon valaient toutes les analyses ADN et ces fichus ordinateurs auxquels il ne comprenait décidément rien. De toute évidence, sa retraite grondait au loin, tonnerre d'un orage qu'il refusait de voir. Devenu homme à tout faire, même à faire n'importe quoi, il comptait bien s'acquitter de la mission si particulière que lui avait confiée le commissaire.

Les auditions de suspects dans les affaires criminelles étant désormais filmées, les violences, menaces et fausses promesses sont, de fait, devenues impossibles. Il n'est donc pas rare que les pressions se fassent en catimini, sur le trajet entre les cellules et le bureau. Et c'est bien ce que Peroni avait en tête, alors qu'il entrait dans l'ascenseur accompagné de son mis en cause, menotté et hagard.

Entre le deuxième et le troisième étages, le vieux flic appuya sur le bouton d'arrêt et la cabine s'arrêta d'un coup. Déconcerté, Bruno Lopin leva des yeux inquiets vers lui.

— Tu sais ce que tu risques dans cette affaire, Lapin ?

— Lopin, je m'appelle Lopin, corrigea le jeune homme.

— Je m'en fous. T'as tué des gamins, Lapin, et tu vas le payer cher. Perpète, c'est ce que tu vas prendre, et personne peut changer ça. Personne. Sauf moi, peut-être. Mais il faut que tu m'écoutes bien. Le menu de base, en taule, c'est cellule à quatre et sandwich à la bite tous les jours. Mignon comme t'es, je dirais même plusieurs fois par jour. T'aimes ça, la bite, Lapin ?

La voix de Lopin se chargea de pleurs imminents et la digue n'allait pas tarder à céder.

— Non. J'suis pas…

— Tais-toi, on n'a pas beaucoup de temps. Laisse-moi maintenant te proposer le menu privilège. Une cellule VIP, tu sais, celle des riches et des politiques, tout seul bien tranquille avec une télé, et des bouquins, si tu sais lire. Personne te volera ton plateau-repas, tu seras pas forcé de faire le ménage de tes codétenus, tu te feras pas régulièrement défoncer la gueule et ton cul restera vierge. C'est quand même plus séduisant, non ? Surtout que je te parle pas d'une seule et simple journée, mais de la grande majorité de celles qui te restent à vivre.

Puis Peroni, dans un piètre jeu d'acteur, posa son doigt sur le bouton d'arrêt, prêt à libérer l'ascenseur.

— Mais si t'es pas intéressé…

— Attendez ! se précipita Lopin. Si. Je suis intéressé. Mais je dois faire quoi ?

— Pas grand-chose, vraiment. Tu connais Virgil Solal ?

— De nom, oui, bien sûr. Mais je n'ai jamais eu la chance de le rencontrer.

— La chance ? T'as entendu ce qu'il a dit devant les flics, sur les réseaux sociaux ? Qu'il se désolidarisait de ton action. T'imagines ? Tu te casses les méninges à planifier un putain de coup et lui, il te remercie même pas. Pire, il dit que t'es un radicalisé. Un radicalisé ? Le type bute des gars dans des cages en verre et il te traite de radical ?

— J'ai fait ça parce que je crois en son message. Mais je pensais qu'il serait fier.

— Fier mon cul, ouais. Il t'a lâché comme un traître. Mais c'est surtout que maintenant, tout le monde pense que t'es juste un cinglé solitaire, sans lien avec Greenwar.

— Je suis pas cinglé.

— Je le sais, Lapin. Moi je le sais. Mais faut le dire aux autres ! Il faut leur dire que c'est Solal qui t'a commandé les meurtres.

— Mais j'ai décidé ça tout seul !

— C'était pas une question, Lapin. Je te dis que c'est lui. Tu l'as rencontré une fois, vous êtes restés en contact, il t'a dit de te tenir prêt pour Greenwar et qu'il allait te demander un grand service. Ce grand service, c'est la tuerie de l'hôtel Shangri-La. Vous ne vous êtes jamais revus après. Il a coupé tout contact. Pour le reste, comment t'as trouvé le poison, comment t'as été engagé à cette soirée et les raisons qui te poussent à t'investir dans ton pseudo-combat écologique, tu dis juste la vérité. Et si t'es perdu, tu me regardes bêtement et tu dis : « Je sais plus. » Moi, de mon côté, j'appellerai le juge d'instruction ce soir et je lui dirai que tu as bien coopéré. T'as tout enregistré ?

— Oui, je crois.

— Alors répète, parce que ce sera pas le moment de bafouiller quand on sera dans mon bureau avec ton petit avocat commis d'office tout frétillant à côté de toi.

— Virgil Solal m'a commandé les meurtres, je l'ai vu une fois, je n'ai plus jamais eu de contact et pour le reste, je dis la vérité, comment j'ai trouvé le poison, comment…

— Ouais, c'est bon, ça va, le coupa Peroni. T'as pas intérêt à te planter.

— Non, j'ai pas intérêt, répéta Lopin d'une voix d'enfant terrifié.

*
* *

Cabinet d'avocats Atomic 8.

Attal était encore sous le choc. Le coup qu'il venait de recevoir l'avait renvoyé dans les cordes et il était là, chancelant, à écouter l'arbitre compter jusqu'à dix, le téléphone encore dans les mains, comme un boxeur qui ne veut pas raccrocher les gants.

Gerda, à travers la vitre qui séparait leurs bureaux, avait attendu la fin de la conversation pour venir aux nouvelles, même si la tête de son associé les annonçait déjà mauvaises.

— Je viens d'avoir le juge d'instruction, annonça Fabien Attal.

— De Mestre ?

— J'aurais préféré, mais on lui a retiré l'affaire. C'est un juge antiterroriste qui reprend tout.

— Et comment ont-ils réussi ce tour de magie ?

— Le premier district de police judiciaire a arrêté l'assassin du Shangri-La. Un certain Bruno Lopin. Le type leur assure qu'il a bossé pour et avec Virgil Solal, qu'il fait partie de Greenwar depuis le début.

Gerda, en avocat chevronné, maître des coups fourrés et des surprises de dernière minute, entrevoyait déjà la stratégie mise en place par la Justice, et certainement pas par elle seule. Son jeune associé fit le même chemin à haute voix :

— Avec les meurtres du Bal des débutantes, Greenwar est devenu un groupe de défense écologiste menaçant les grandes entreprises polluantes mais qui désormais tue aussi, au hasard, de potentiels innocents. Il y a donc bien une notion d'intimidation et de terreur et donc, un trouble potentiel à l'ordre public. Greenwar devient un groupe terroriste et l'affaire sera jugée en cour d'assises spéciale.

— Et toi, tu viens de perdre ton jury populaire.

— Mon meilleur atout depuis le début. Ce sont des magistrats professionnels qui vont composer le jury, et malgré les mobiles de Solal, je ne les vois pas faire preuve de clémence. On est foutus.

— Non, Fabien, il n'y a que Solal qui est foutu. Et il s'en moque. Sa libération n'a jamais été son combat.

NOUVELLES DU MONDE

Voyage en Absurdie. Seconde étape.

Territoires de l'APY
(Anangu Pitjantjatjara Yankunytjatjara).
Centre-ouest de l'Australie.

Les hélicoptères étaient si nombreux dans le ciel que l'on aurait pu les imaginer en pleine migration. Le massacre validé par les autorités locales prenait fin aujourd'hui après cinq jours de tuerie sans discontinuer et chaque tireur avait été prévenu : ce vol au-dessus de l'Outback serait le dernier de l'opération.

Des canicules semblables, peu d'Australiens en avaient été témoins. Mais un incendie comme celui qui s'était ensuivi, personne dans l'histoire du pays n'en avait jamais connu. Depuis près de cent cinquante jours et cent cinquante nuits, un brasier invincible favorisé par les sécheresses d'un réchauffement climatique toujours plus intense dévorait les terres aborigènes.

Dans le ciel orange de flammes, de braises et de cendres, le soleil avait disparu comme s'il avait tourné le dos à l'humanité.

Snipers de l'armée, tireurs d'élite de la police et chasseurs chevronnés, tous avaient été réquisitionnés pour préserver la plus précieuse des ressources : l'eau. Et pour ce faire, il fallait abattre le plus grand nombre de ceux qui la menaçaient.

Tentant de couvrir le bruit assourdissant de l'hélicoptère, Noah hurla au pilote dans le micro de son casque :

— Là-bas, plein nord !

Il ajusta la crosse de son fusil, approcha son œil au plus près de sa lunette de visée, cadra pleine tête et appuya sur la détente. Le crâne explosa.

— Deux cent soixante-huit, claironna-t-il fièrement.

À près de cent mètres de là, le dromadaire s'affaissa sur ses deux genoux avant, puis tomba sur le côté, sans vie.

Cinq jours pour tuer dix mille d'entre eux. Cinq jours pour les empêcher d'approcher les habitations et les réserves d'eau qu'ils pourraient assécher ou, pire, contaminer de leurs cadavres lorsque, épuisés à force de fuir les flammes, ils viendraient mourir à proximité des puits.

Noah bloqua sa respiration. Les trois coups de feu furent assourdis par le rotor de l'hélicoptère.

— Deux cent soixante-neuf, deux cent soixante-dix et deux cent soixante et onze. Une famille complète ! Continue vers l'est, on les aura au plus proche du feu, quand ils seront désorientés.

L'appareil opéra un virage de quarante-cinq degrés et de la cabine, l'enfer se révéla à Noah dans sa totalité. Un océan de flammes recouvrait le bush sur des milliers de kilomètres carrés, dévorant le moindre végétal, grillant vif le plus petit animal, étouffant ceux qui tentaient de fuir. Même de là-haut, la chaleur était difficilement supportable.

L'alerte du pilote le sortit de l'état hypnotique dans lequel ce spectacle d'apocalypse l'avait plongé.

— On décroche !

— Attends, je peux m'en faire encore quelques-uns, persévéra le tireur.

— Noah, regarde à l'ouest !

Par quarante-sept degrés Celsius, un vent brûlant avait soulevé le sable et la terre du bush, et une immense tempête s'était formée. Le monstre massif et sombre, haut de plus de cent mètres, courait à perte d'horizon et se dirigeait vers eux.

À la droite de Noah, une fournaise immense et destructrice de toute vie. À sa gauche, un nuage de ténèbres et ses mâchoires de sable prêtes à les dévorer. Mais ce n'est que lorsque des grêlons aussi gros que le poing frappèrent le pare-brise de l'hélicoptère, menaçant de le faire exploser en morceaux, que Noah, le canon de son fusil baissé de stupeur, se demanda s'il n'assistait pas à la fin du monde. Comme une punition divine, feu, terre et glace s'abattaient sur eux dans une même fureur.

À la suite de cette titanesque colère de la planète, cent cinquante mille Australiens furent évacués, dont une grande partie d'Aborigènes, entassés depuis dans des bidonvilles, eux qui n'avaient eu jusqu'ici pour décor qu'un infini de prairies et de collines. Plus d'un milliard d'animaux périrent et les débris carbonés issus de la retombée des nuages de cendres recouvrirent toute la planète.

Une dernière fois, Noah regarda une partie de son pays mourir en fumée, alors que les particules de cendre et de sable se mélangeaient dans sa bouche.

La mythologie aborigène est tout entière axée sur la nature et Noah imagina Eingana et Dilga[1] se penchant sur ces terres brûlées et protégeant de leurs mains divines le tout premier brin d'herbe, annonciateur de renaissance, qui réussirait à pousser sur ce désastre sans précédent.

Banlieue de San Diego. Californie.
Sud-ouest des États-Unis.

Les villas et leurs pelouses en « *front yard* » s'alignaient à l'identique dans un jeu de miroirs, l'une étant le reflet de l'autre. Toits identiques, allées identiques et pelouses identiques, brûlées par un soleil de plomb et dont l'herbe avait perdu toute vitalité.

Les climatiseurs poussés à fond donnaient un concert de ronronnements sourds dans tout le quartier, déserté à cette heure, ne laissant à l'extérieur que des rennes au nez rouge et de souriants pères Noël accrochés aux façades surchauffées par un mois de décembre caniculaire.

À cet endroit de la planète comme en tant d'autres, il semblait que l'on avait secoué le calendrier et les saisons puis jeté le tout au hasard.

---

1. Eingana : déesse serpent, créatrice de l'eau, de la terre, des animaux et des hommes. Dilga : déesse de la fertilité et de la croissance.

Le manteau neigeux de la sierra Nevada rétrécissait à vue d'œil, la sécheresse extrême et l'agriculture intensive vidaient les nappes phréatiques et le gouverneur n'avait eu d'autre choix, des mois plus tôt, que d'ordonner de nombreuses restrictions d'eau. Les premières victimes en furent les fameuses pelouses qui ornent le devant de chaque villa et maison des Américains, carte de visite de leur réussite sociale.

Malgré tout, Wanda se refusait à cet état de choses. Wanda était une femme forte, avec des certitudes fortes et l'envie de les défendre, quitte à les défendre contre le bon sens et la logique, les pires de ses ennemis. Comme 40 % de ses concitoyens, Wanda ne croyait pas à la théorie de l'évolution. Dieu nous a créés comme nous sommes aujourd'hui, les fringues en moins, aimait-elle ajouter. Il n'était donc pas surprenant que Wanda, comme 30 % de la population de son pays, ait d'énormes doutes sur la réalité du changement climatique. Malgré l'état déplorable de sa pelouse qui la chagrinait tant. Et les neiges disparues de la sierra Nevada.

Dissimulée derrière ses rideaux, Wanda observait le bout de sa rue, le troisième café allongé de la journée entre ses mains. Quelques jours plus tôt, elle avait reçu l'appel bien étrange d'une entreprise qui se vantait de maîtriser les miracles. « Votre pelouse est le reflet de votre personnalité, madame », lui avait dit la voix au téléphone. Et puisque Wanda était très fière de sa personnalité, elle n'en voulait pas moins pour sa pelouse et avait pris rendez-vous pour un miracle aujourd'hui même, à 16 heures.

La camionnette Green Lawn se gara devant chez elle et déjà, le voisinage se mit à épier, curieux.

L'employé en salopette verte la salua poliment, accepta une citronnade et installa sur ses épaules les sangles d'une bonbonne imposante d'où partait un tube en plastique qui se terminait par un pistolet.

— Y a quoi, dans la bonbonne ? demanda Wanda.

— Un peu d'eau, quelques colorants et pigments. Vous allez voir, votre gazon sera plus beau que jamais. Je vous ai promis un miracle, non ?

Avec autant d'attention que s'il peignait une chambre d'enfant, l'homme scotcha les contours de la pelouse pour ne pas verdir le trottoir qui la bordait. Puis il se mit à la colorier, mètre après mètre. Les brins d'herbe se couvrirent instantanément d'un vert de dessin animé, un vert trop vert, presque vulgaire.

Wanda se souvint d'un reportage télé où elle avait appris que les Russes, victimes du même réchauffement, recouvraient la place Rouge de fausse neige en hiver, et qu'en France, on enneigeait les montagnes. Elle se félicita alors de la capacité d'adaptation de l'être humain.

— Ça tient longtemps, votre produit ? s'inquiéta celle dont le tee-shirt s'était déjà largement auréolé sous les aisselles et dans le dos.

— Douze semaines. Et vous pouvez vous rouler dessus, vous ne serez jamais tachée.

Wanda, face à son gazon ressuscité, resta un instant dehors, bravant la chaleur de décembre. Il fallait que ses voisins la voient, l'envient, la jalousent, elle qui avait réglé en quelques litres de peinture ce si controversé dérèglement climatique, dans une Amérique surtechnologique qui refusait pourtant les alertes de la science.

— Et ma formule supporte même la pluie ! ajouta le faux jardinier, remonté dans sa camionnette et déjà en retard pour son prochain miracle.

— Quelle pluie ? demanda Wanda.

— C'est vrai, reconnut-il, pensif. Faudra que j'enlève ça de mon argumentaire de vente.

Ni pluie, ni neige d'hiver. Juste un vernis vert en cache-misère.

Archipel de Tokelau.
Océan Pacifique. Nouvelle-Zélande.

— Mais alors si le monde s'écroule, Reia, pourquoi tant d'efforts ?

Le vieil homme, installé dans sa chaise longue bancale, les pieds dans le sable blanc, attendait que la marée monte assez pour lui chatouiller les orteils. Ou que sa petite-fille Tearanui, du haut de ses treize ans, ses cheveux noirs en bataille, arrête de l'assommer de questions.

— Écoute, ma petite. Le monde allait déjà bien mal avant ta naissance et pourtant, tu es là. Sois sûre qu'aucun effort n'est jamais perdu. Notre électricité vient des panneaux solaires et le reste fonctionne grâce au fioul de noix de coco. Nos besoins sont modérés et nous ne prenons jamais plus que ce qu'il nous faut. Nos trois atolls sont en accord avec la planète et voilà l'essentiel.

— Oui, mais si nous sommes les seuls, ça ne changera rien !

— Bien sûr que si. Lorsque l'humanité s'éteindra, nous n'aurons pas besoin de nous excuser.

— Et elle doit forcément s'éteindre ? se désola la jeune fille.

— Pas forcément. Mais sur ces îles, nous serons les premiers touchés. Dans trente ans, plus tôt peut-être, Tokelau aura disparu sous la montée des eaux. Le temps presse et c'est pour cela que je voudrais que tu ailles voir au-delà de nos archipels. Il y a d'autres gens, d'autres reliefs, d'autres couleurs et d'autres musiques. Tu iras, je le sais.

Tearanui regarda l'horizon. Assise sur une étole de tissu rouge à côté de son grand-père, elle caressait des doigts la longue cicatrice que portait son petit mollet rond et doré. Le corail avait déchiré sa peau, un jour, lorsqu'elle s'était aventurée au loin.

— Et si je veux rester sur cette île ? Ne jamais en partir ?

— Tu raterais tellement de choses qui n'existeront bientôt plus, mais aussi tellement de choses qui te restent à faire.

— Tu as l'air bien sûr de toi, grand-père.

— J'écoute seulement la destinée de nos prénoms. Je suis Reia, celui qui sait, et, peut-être parce que je lui ai soufflé à ta naissance, ma fille t'a nommée Tearanui, le grand lointain.

— Je vois bien au loin, de là où je suis.

— Tu vois loin, mais tu sais peu, et ton devoir est de savoir. Étudier, c'est une chance qui n'est pas donnée à tous les Aborigènes. Et tu devras saisir toutes les opportunités pour apprendre, où que tu te trouves.

— J'ai vraiment l'impression que tu veux te débarrasser de moi.

— C'est ta planète, et même si je suis souvent pessimiste, le plus grand secret à son sujet, c'est qu'il n'est jamais trop tard pour la sauver. Mais pour la sauver, il faut la connaître.

Tearanui se leva et planta ses petits pieds dans le sable, face à l'océan, face au reste du monde. Droite et décidée, elle cherchait du regard à percer l'horizon, comme les aventuriers de ses livres.

— D'accord, s'exclama-t-elle, conquérante. Et je commence par où ?

— Ça, je l'ignore. Je ne connais encore rien de ton voyage. Rien, à part ce que j'ai vu en rêve.

L'enfant devint alors très sérieuse. Personne, au village, ne refusait les conseils que la nuit portait au vieux pêcheur.

— Il n'y a pas bien longtemps, des hommes ont posé une question. Ils l'ont écrite sur une plaque qu'ils ont accrochée à une montagne, très haut, quelque part en France, sur un ancien glacier disparu. Et cette question, tu devras y répondre.

Impression de déjà-vu. La jeune fille frissonna. Il lui semblait connaître cette histoire comme si elle faisait partie d'elle, comme si elle était née avec.

— Le pic d'Arriel ? murmura Tearanui, incertaine.

— Comment peux-tu savoir cela ? questionna Reia, stupéfait.

— Je crois que je l'ai rêvé aussi.

– 27 –

Palais de justice de Paris.
Cour d'assises spéciale – Salle Voltaire.
Total/Société Générale/Ministère public contre
Virgil Solal (Greenwar).
Jours 1 à 3.

En 1986, l'un des accusés du groupuscule Action directe avait menacé de représailles les membres du jury. Le lendemain, apeurés, cinq d'entre eux présentèrent à la cour des certificats médicaux assurant de leur incapacité à siéger. Dès lors, un soupçon de terreur s'insinua dans ce procès de terrorisme. De cette menace et de ces défections naquirent les cours d'assises spéciales, où le jury populaire était remplacé par quatre magistrats professionnels, moins sensibles aux intimidations.

Et c'est face à cette formation que Fabien Attal et Lorenzo Gerda, du cabinet d'avocats Atomic 8, devraient défendre Virgil Solal.

Le procès de l'assassin de l'hôtel Shangri-La se déroulerait à la suite, pour des raisons qu'aucun des deux avocats n'avait eu grand-peine à comprendre. Effectivement, si Bruno Lopin venait à se prendre les pieds dans le tapis, si par malheur l'on venait à penser que ses déclarations aient pu être soumises à une certaine pression policière, si sa présumée appartenance au groupe Greenwar venait à être remise en doute, la notion de terrorisme serait fragilisée et la cour d'assises spéciale, devenue incompétente, ferait place à une cour d'assises normale et à un jury populaire, favorable à Virgil Solal, tout comme désormais 80 % de l'opinion.

Comment s'en étonner ? Après l'immobilisation mondiale provoquée par le Covid et les fausses promesses d'un « Monde d'Après » plus social et plus écologique, le peuple s'était senti bafoué, humilié, et cette colère avait trouvé en Virgil Solal celui qui l'exprimerait.

Or, c'était s'assurer une grande déception que d'attendre de Solal la moindre tirade, le plus petit mot. Il ne dirait rien. Il en avait prévenu la presse et ses avocats par une laconique déclaration : « Mon devenir m'importe peu. Il n'y aura plus de violence de la part de Greenwar. Ma voix est maintenant celle de mes avocats. Et puisque je suis coupable, le verdict me conviendra, quel qu'il soit. »

C'est lourds de la responsabilité de la défense d'un homme que tout accuse et qui s'accuse lui-même que Gerda et Attal assistèrent aux premiers jours de ce procès. Le parquet général n'avait d'ailleurs pas manqué de propos incriminants au sujet de Solal. L'homme était un assassin, un terroriste de la pire espèce, et la perpétuité, une évidence. Dans le sillage du parquet, les avocats des parties civiles, des ténors du barreau reconnus, médiatiques et craints, abondèrent dans son sens.

Face à cette entente hostile dressée contre lui, Virgil Solal n'avait exprimé aucune émotion. Dans le box des accusés, il était assis, droit contre le dossier de sa chaise, le regard au loin, donnant l'impression que l'on jugeait un autre que lui. Il avait accompli sa mission. Il avait imaginé sa défense. Le reste ne lui appartenait plus.

De son côté, Fabien Attal avait écouté d'une oreille distraite ces heures de réquisitoires accablants qu'il aurait pu écrire lui-même, presque au mot près, s'il avait été de l'autre côté. Il attendait, sereinement, sous le contrôle et la sagesse de Gerda, le quatrième jour, celui de sa plaidoirie.

— Ils sont brillants, souffla le fondateur du cabinet Atomic 8 en désignant l'armée d'avocats qu'ils allaient devoir affronter.

— Ce sont tout simplement les meilleurs, reconnut son associé, un sourire de défi aux lèvres. Mais le procès du siècle serait un piètre combat si nos adversaires n'étaient pas à la hauteur. Nous leur montrerons demain, à notre tour, ce que nous valons.

– 28 –

Palais de justice de Paris.
Cour d'assises spéciale – Salle Voltaire.
Total/Société Générale/Ministère Public contre Virgil Solal (Greenwar).
Jour 4.

Fabien Attal se déplaçait mentalement dans toute l'architecture de sa défense, un plan en trois dimensions que lui seul pouvait voir dans sa totalité. Une construction complexe dont il connaissait chaque pièce, chaque coursive, chaque porte dérobée, et chaque fragilité.

Isolé dans son esprit, il lui fallut un coup de coude de Lorenzo Gerda pour réintégrer la réalité. Le président venait enfin de lui donner la parole, après le long, très long réquisitoire du parquet général qui avait mené la cour aux premières heures de la nuit. Les ténors de la partie civile observèrent alors le jeune avocat comme des malveillants se délecteraient d'un accident à venir, se demandant comment Atomic 8 allait plaider l'impossible. Les journalistes dans leur box, interdits de tout enregistrement, prenaient des notes et mitraillaient de messages les réseaux sociaux pour que dehors, l'information circule et se partage.

Attal regarda les acteurs présents, les uns après les autres, du greffier aux magistrats, en finissant par Solal, jusque-là impassible. Pourtant, comme s'il était seul maître de la situation, Virgil, d'un hochement de tête, libéra la parole de son défenseur. L'avocat se leva, abandonna ses fiches sur le bureau qui lui faisait face, et prit une grande inspiration. Sa voix devait être assurée et son phrasé clair pour saisir l'attention de l'audience et ne plus la lâcher.

— Beaucoup de choses ont été dites, commença-t-il calmement. Et en tout point, ces choses sont justes. Virgil Solal est un criminel. Virgil Solal a enlevé. Par deux fois. Séquestré deux fois aussi. Et assassiné. Comment le nier quand lui-même le reconnaît ? Mais la seule et unique question qui compte aujourd'hui est de savoir s'il avait seulement le choix. Pour y répondre, je me dois d'accuser à mon tour et, pardonnez d'avance mon irrévérence et ma prétention, c'est la Justice elle-même que j'accuse. Pour son inaction.

Le président leva un sourcil surpris et les magistrats se regardèrent. Se mettre à dos, dès l'introduction, ceux qui ont entre leurs mains l'avenir de l'accusé ne leur semblait, pour le coup, pas totalement judicieux. Mais Attal n'en fit pas cas et poursuivit.

— Puisque ici, plus qu'ailleurs, les mots ont un sens et une importance, c'est sur la naissance de la Justice que je veux revenir. Comme la liberté d'opinion, la défense est un droit fondamental pour l'Homme. Si je reçois un coup, je tiens à en rendre un, cela semble raisonnable. Mais certains, moins mesurés, ont voulu en rendre davantage. La défense devenait alors irrégulière, différente pour chacun de nous. Aussi, pour éviter le chaos de la loi du plus fort, il fallait un barème, identique pour tous : le code pénal. Il nous fallait aussi une institution intègre et objective pour le faire appliquer, afin d'ôter à nos mains parfois colériques le droit de punir. Ce n'est que certain que cette Justice serait la même pour tous que l'Homme a accepté de confier à une institution le choix et l'application de la peine. Mais si la Justice venait à s'enrayer ? Si la Justice venait à s'encrasser comme un vieux moteur, à ne plus réparer, à ne plus sanctionner ? Ne devrions-nous pas reprendre possession de ce droit fondamental ? Ne devrions-nous pas nous défendre ?

Le président, piqué dans son honneur, se rapprocha du micro.

— Je compte vous autoriser cette digression encore quelques instants, maître, parce que vous couper ici pourrait laisser penser que je m'inquiète de vous voir réduire à néant notre institution. Mais comme de crainte à ce sujet, je n'en ai aucune, expliquez-nous, je vous en prie, en quoi nous faisons défaut à la société et comment vous comptez juger la Justice. Toutefois, de grâce, ne vous perdez pas en route.

Attal passa devant son bureau, survola d'un regard ses notes, se chargea en confiance dans les yeux de Gerda, puis, renforcé, reprit place dans l'arène.

— Il existe dans le droit français un pouvoir méconnu et particulier. Face à un crime ou un délit, même sans plainte d'une victime, la Justice peut décider d'elle-même de se saisir et d'attaquer. C'est son droit. C'est surtout son devoir. Mais alors qu'avez-vous attendu ? L'Organisation mondiale de la santé nous informe que la seule pollution atmosphérique provoque neuf millions de morts par an. Un décès sur six dans le monde. Et la Justice, face au tueur en série le plus dévastateur de toute l'histoire de notre planète, reste silencieuse. Elle regarde. Elle laisse faire. Le mot « complicité » me vient même aux lèvres.

Dans le box des journalistes, les doigts pianotaient à toute vitesse des annonces en direct le plus accrocheuses possible : « Atomic 8 accuse la Justice d'inaction ! » « Atomic 8 ne défend pas, Atomic 8 attaque. » À peine envolés, ces messages étaient lus et partagés des dizaines de millions de fois partout dans le monde.

Et Attal, porté par sa plaidoirie, poursuivait son outrage à la cour :

— En 2015, l'accord de Paris nous a fixé des délais et une baisse des émissions carbone chiffrée et programmée pour essayer d'éviter ces millions de morts. Mais partout dans le monde, nous consommons toujours plus d'énergies fossiles, sans respecter aucune des promesses faites aux générations futures. Et la justice française ne fait rien. Aux Pays-Bas, la Cour suprême a obligé l'État à réduire ses émissions de gaz à effet de serre de 25 % en invoquant « le risque de menace sur la vie ». Pourtant, une cour comme celle des Pays-Bas, nous en avons l'équivalent. Ce qui nous manque tragiquement, c'est seulement son courage. Plus désolant encore, ce sont des associations écologistes, regroupées sous le nom de « L'Affaire du siècle », qui pallient à votre léthargie et poursuivent l'État pour son inaction en matière de lutte contre le réchauffement climatique. Car vous, vous ne faites rien. Et ce serait à vous pourtant que l'on accorderait le pouvoir de rendre justice sur cette affaire ?

Du côté des ténors de la partie civile, la superbe et l'assurance disparaissaient peu à peu. Recroquevillés dans leurs messes basses, tout de noir vêtus dans leur robe d'avocat, ils donnaient l'impression de quelques allumettes grillées jusqu'au bout. Au fur et à mesure qu'ils s'agitaient, Attal gagnait en hardiesse.

— Mais il n'est pas impossible que je me fasse une trop haute idée de votre pouvoir, poursuivit-il à l'adresse du tribunal. Peut-être n'en avez-vous aucun à ce sujet, comme vous n'en avez aucun sur notre économie absurde. Les plus riches entreprises sont les plus polluantes. Et même si elles ont l'obligation de rendre compte de leur bilan carbone, personne ne les oblige à le baisser. Nous survivons dans un monde de financiers où les 1 % les plus riches détiennent deux fois plus que tout le reste de l'humanité, mais où 100 % de la population subit leur pollution. Nous survivons dans une Europe où mille milliards d'euros par an disparaissent en évasion fiscale, et même si vous vouliez poursuivre ces fraudeurs, les maigres moyens que vous octroie l'État sont inadaptés.

— Vous vous égarez, maître, s'offusqua le président. La Justice est indépendante, dois-je vous le rappeler ?

— En êtes-vous si sûr ? Depuis plus de dix ans, aucun outil mis en place par l'État pour poursuivre ces fraudeurs n'a réussi à récupérer plus de 2 % des sommes de l'évasion fiscale. Considérez-vous une action inefficace à 98 % comme satisfaisante ? Ne vous dites-vous pas qu'on ne peut pas échouer avec autant de brio sans y mettre un peu du sien ? Vous connaissez pourtant leurs noms, leurs entreprises et même les pays où ils cachent leurs filiales.

À la limite de l'incident d'audience, Attal accéléra son débit et se tourna vers les journalistes pour les prendre à témoin de cette situation aberrante.

— Autant vous dire que l'inquiétude ne règne pas au Cac 40, dont personne n'ignore que 1 450 filiales parfaitement identifiées s'évadent dans des édens à la fiscalité accommodante. Et c'est bien parce que ces grandes entreprises craignent de perdre leur bel argent, leurs actions, leurs dividendes et leurs monopoles que la transition écologique ne se fait pas. Tout le monde le sait, mais ni l'État ni les tribunaux ne les punissent. Économie et écologie sont étroitement liées, leur avenir est le nôtre, mais pour la première, vous êtes sans effet, et pour la seconde, vous êtes en sommeil. C'est un déni de justice, puisque jamais aucun des patrons de ces grandes firmes ne sera inquiété pour les dommages écologiques collatéraux de ses activités. Et je répète ici mon étonnement : ce serait à vous, qui laissez faire depuis si longtemps, que l'on accorderait le pouvoir de juger cette affaire ?

L'irritation du président pouvait se voir de n'importe quel angle et de n'importe quel siège de la salle, pourtant spacieuse.

— L'insolence et l'incorrection n'ont jamais fait partie des méthodes gagnantes au sein de cette cour, maître, s'emporta-t-il.

Puis il se tourna vers Solal, monolithique et silencieux, avant de reprendre :

— Tout cela a-t-il été vu avec votre client ? Valide-t-il cette approche ?

Attal et Virgil échangèrent un bref regard. Eux seuls, ainsi que Lorenzo Gerda, savaient que le tribunal n'en était qu'au début de ses surprises.

— Mieux que la valider, monsieur le président. Ces mots, pour la plus grande partie, sont les siens.

— Et pensez-vous bientôt en venir aux faits ? Il est minuit passé et vous n'avez même pas effleuré le cœur de l'affaire.

— Malheureusement, non. Et j'ai, avant de l'aborder, tout un chapitre encore.

— Et quoi d'autre alors ? se désola son interlocuteur.

— Je comptais attaquer l'État, et plus particulièrement son chef.

Le président respira longuement par le nez pour ne pas s'emporter. L'impassibilité que lui imposait sa fonction était souvent bien difficile à conserver. Aujourd'hui tout particulièrement.

— Voulez-vous bien approcher, maître ? dit-il avec un calme forcé.

Quand Attal s'exécuta, le président se pencha vers lui et poursuivit l'entretien à voix basse.

— Vous n'êtes pas là pour attaquer la Justice et encore moins le chef de l'État, mais pour défendre Virgil Solal, vous vous en souvenez ?

— J'y viens, je vous l'assure.

— J'ai tout de même du mal à voir votre cheminement. Mon devoir d'impartialité devrait me l'interdire, mais je vous conseille d'opter pour une défense plus conventionnelle.

Attal sembla réfléchir au conseil, se tourna, fit mine d'hésiter, dévisageant Gerda et Solal l'un après l'autre, puis regarda sa montre.

— Peut-être avez-vous raison, monsieur le président. Je vous demanderai alors de poursuivre ma plaidoirie demain, au vu de l'heure avancée.

Ne pouvant refuser et ravi de mettre un terme à cette inconfortable situation, le président en fit l'annonce et ajourna le procès.

*
* *

Virgil Solal, qui avait déjà prouvé qu'il était capable d'enlever un flic en pleine ville, en pleine journée et sur une place quadrillée par les forces de l'ordre, avait bénéficié d'un traitement spécial. Une extraction digne de l'ennemi d'État qu'il était devenu. De la cour, il avait été escorté dans les sous-sols, via la souricière du Palais, pour être chargé dans un véhicule blindé cellulaire qui avait emprunté une sortie moins publique, par le quai de l'Horloge qui longeait la Seine.

Les journalistes n'ignoraient rien de cette porte dérobée du Palais, mais ils savaient que son accès serait interdit et qu'au mieux, et avec le meilleur des zooms, ils n'obtiendraient qu'une photo de la vitre noire du fourgon de l'administration pénitentiaire, encadré de motards et de deux équipes de la BRI. Ils avaient donc préféré patienter de l'autre côté du bâtiment, sur les premières marches du tribunal, guettant la sortie des avocats.

Gerda et Attal apparurent à l'extérieur, en même temps que l'équipe des avocats ténors, habitués généralement à être au centre de l'attention. Face aux deux camps, il y eut un instant de flottement au sein de l'armée de caméras et de micros. Puis leur décision fut rapidement prise et les ténors furent relégués au second plan.

Lorenzo Gerda s'éloigna discrètement et laissa au jeune Fabien Attal l'honneur de leur intérêt, de leurs questions et des flashes de leurs appareils photo, illuminant les dorures du Palais de justice en pleine nuit. Adossé à l'une des immenses colonnes de pierre blanche du fronton, il préférait voir comment Internet réagissait à cette quatrième journée d'audience. L'un des avocats adversaires, affronté souvent à l'époque où Gerda faisait encore du pénal, s'approcha de lui, main tendue.

— Interrompre soi-même sa plaidoirie, c'est assez inédit, reconnut-il. Mais je te connais assez pour savoir que rien n'est laissé au hasard. Plus le procès dure, plus on en parle, je me trompe ?

— La publicité n'a pas de prix, cher confrère.

— Quoi qu'il en soit, vous avez perdu d'avance, mais au moins, vous le faites avec panache.

— Le panache ne se trouve pas toujours du côté de la victoire, je te l'accorde, mais il est au moins du côté de l'honneur. Et Attal devrait vous surprendre encore.

— Je m'en réjouis à l'avance. Mais dis-moi, tu le nourris à quoi ton poulain ?

— Aux causes justes. Tu devrais essayer.

Quelques mètres plus loin, derrière les grilles et derrière un cordon de sécurité au maillage serré, le boulevard du Palais était noir de monde. Une foule de plus de quarante mille visages couvrait toute l'île de la Cité, des bords de Seine jusqu'à Notre-Dame en convalescence, débordant bien après la place Saint-Michel. Les premiers pandas avaient été interpellés au prétexte des masques qu'ils portaient, signe de leur adhésion au groupe Greenwar, mais constatant qu'elles ne viendraient jamais à bout des suivants, les patrouilles avaient abandonné l'idée de remplir inutilement les cellules des commissariats avoisinants.

Devant la fontaine Saint-Michel et son démon terrassé, des milliers de bougies avaient été allumées et posées au sol. Mélanie Modis leva bien haut son portable pour embrasser les manifestants pacifiques, s'appliquant à placer au centre de sa photo un groupe d'étudiants avec leurs banderoles colorées et siglées « Greenwar ». Parmi eux, une jeune fille portait un tee-shirt rouge à l'effigie de cette désormais célèbre et adulée psychocriminologue qui, disait-on, avait sauvé Virgil Solal.

Satisfaite de son cliché, Mélanie y ajouta quelques mots et l'envoya à Diane.

« Je sais que tu n'aimes pas la foule, mais tu ne pouvais pas rater ça. Je suis si fière de vous. Embrasse papa. »

– 29 –

Palais de justice de Paris.
Cour d'assises spéciale – Salle Voltaire.
Total/Société Générale/Ministère public contre Virgil Solal (Greenwar).
Jour 5. Première partie.

À ses traits tirés, on pouvait deviner la mauvaise nuit qu'avait passée le président de la cour d'assises spéciale. Il espérait sincèrement que celle de Fabien Attal avait été meilleure et lui avait apporté ses habituels bons conseils, ainsi qu'un soupçon de tempérance. Fort de cet espoir, il invita le jeune avocat à s'approcher avant de lancer cette nouvelle journée de procès.

— Avez-vous réfléchi à notre dernier échange, maître ?

— Oui, monsieur le président. Mais au risque de vous déplaire, pour comprendre les raisons qui ont poussé Virgil Solal à agir, il faut connaître les défaillances d'un système politique qui ne lui a pas laissé le choix. C'est donc bien l'État que j'attaque aujourd'hui.

Pas une seconde Attal n'avait prévu de changer quoi que ce soit à une ligne de défense travaillée au millimètre. Il avait juste gagné du temps. Cela offrait au combat de Greenwar une publicité supplémentaire, sans doute, mais pas uniquement. Le plan était plus complexe et aujourd'hui, le spectacle se déroulerait autant au sein de la cour qu'à l'extérieur du Palais.

Face à un tel entêtement, le président s'assombrit aussitôt. Mais il se consola à l'idée qu'au moins pour aujourd'hui, la Justice ne serait pas sous le feu nourri du jeune avocat. D'un geste las, il invita la défense à prendre la parole.

De même que la veille, Attal s'accorda le temps de regarder chacun des magistrats. Quelques secondes de silence, puis il se lança, sans précipitation.

— Il est inquiétant de constater la gêne de cette cour lorsque l'on prétend attaquer l'État. Pourtant, il me semble qu'un patron n'aurait pas tant de scrupules face à son employé. Car c'est bien de cela dont il s'agit. Les ministres et nos présidents, ceux d'hier, d'aujourd'hui et de demain, sont, sans offense aucune, de simples employés. En l'élisant, nous engageons le chef de l'État, mais aussi son équipe. Nous payons leurs salaires confortables, leurs voitures, leurs chauffeurs, leurs agents de sécurité, leurs téléphones, leurs ordinateurs, leurs déplacements, leurs avions, leurs locaux professionnels, leurs secrétaires, leurs attachés, leurs repas, leurs défraiements, et j'en passe autant qu'il en reste. Nous leur avons donné le pouvoir et les moyens de nous représenter et de nous protéger, ils en ont accepté la responsabilité, et cette responsabilité est la base même de leur devoir. Pendant longtemps nous avons cru que tous nos problèmes pouvaient être résolus par un gouvernement. Nous ne regardions pas, nous faisions confiance, comme des enfants s'endorment à l'arrière de la voiture de leurs parents, bercés par la certitude d'être en sécurité, même à tombeau ouvert. Mais aujourd'hui, nous sommes réveillés, éveillés, nous les regardons et nous nous posons cette question : face au plus grand danger de l'histoire de l'humanité, sont-ils à la hauteur ?

Dans le box des journalistes, un léger murmure s'éleva. Tous penchés sur l'écran de leur portable, ils semblaient tiraillés entre la plaidoirie d'Atomic 8 et leur téléphone, au point d'agacer le président qui n'avait pas spécialement besoin d'une nouvelle source de tourment. L'objet de cette distraction trouvait son origine à quelques centaines de kilomètres du Palais de justice, là où Grünerkrieg, la branche allemande de Greenwar, faisait parler d'elle. Le matin même, à Berlin, dans des millions de foyers, les robinets avaient craché une eau rouge sang, provoquant un affolement général. « Le jour zéro est le jour où plus aucune goutte ne sortira des robinets. Voilà ce qu'endure déjà plus d'un quart de l'humanité. Bienvenue dans le Monde d'Après ! » alertait Grünerkrieg sur ses réseaux sociaux.

Les centres de traitement des eaux allemands étaient depuis fermés et contrôlés par les services de l'Agence de l'environnement, qui révéleraient plus tard l'usage inoffensif d'un simple colorant alimentaire. Mais le mal était fait, le doute, installé, et les consciences s'en trouvaient un peu plus éveillées.

Si Virgil Solal était suivi par des centaines de millions de personnes sur le Web, ses soldats prêts à agir pour la cause constituaient une armée non moins impressionnante, mondiale, répartie dans toutes les classes sociales, les administrations, les services publics, des tours d'immeubles jusqu'aux fermes, des villes aux campagnes, des simples sympathisants jusqu'aux illuminés.

Dans la salle Voltaire, les journalistes soulignèrent en quelques messages l'étrange coïncidence entre cette action coup de poing et le procès de Virgil Solal, avant de reporter leur attention tout entière sur la cour.

Et puisque de coïncidence, il n'y en avait aucune, Fabien Attal avait compris à leur agitation que le premier acte de soutien européen venait de se jouer. Solal l'avait prévenu, la journée serait mouvementée, et le sourire discret qu'il affichait dans le carré vitré des accusés indiquait que même enfermé, il n'avait rien perdu de son pouvoir.

De retour à sa plaidoirie, l'avocat répéta son dernier questionnement en s'appliquant à détacher tous les mots, pour appuyer leur importance :

— Nos gouvernements sont-ils à la hauteur ? Bien sûr, j'imagine leur vertige face à la tâche colossale à accomplir. Puisque 80 % des richesses sont issues des énergies fossiles, l'économie et l'écologie sont étroitement liées. C'est donc le logiciel de cette économie qu'il faut revoir, car qu'adviendra-t-il lorsque nous aurons tout détruit autour de nous ? Qu'adviendra-t-il lorsque la moitié du globe viendra chercher refuge à nos portes, que les ressources seront taries et que les nouveaux milliardaires seront des vendeurs d'eau, des vendeurs d'air et des constructeurs de murs pour sauvegarder nos frontières ? Face à ce possible avenir, comment l'État peut-il continuer à protéger cette économie qui pollue, exclut et divise ?

— Nous ne savons plus qui est jugé ici, protesta mollement l'un des avocats de la partie civile, histoire que l'on se souvienne simplement de sa présence. La Justice, l'État ou Virgil Solal ?

— Il me semble, cher confrère, qu'avant de pouvoir juger un meurtrier, on s'applique à connaître le contexte. Les actes de Greenwar prennent leur source dans la défense de l'écologie et l'écologie trouve son plus grand frein dans l'économie. Car notre économie ne fonctionne pas. Ou plutôt elle fonctionne à merveille, pour un groupe infime. En France, sept milliardaires possèdent plus que le tiers des Français les plus pauvres. Ainsi, économiquement, sept personnes en valent vingt-trois millions. Outre l'échec du fameux ruissellement économique, c'est à l'échec de la morale, de la fraternité et de l'égalité auquel nous assistons. Un échec pour nous, mais une réussite pour ces patrons qui jugent le débat sur le réchauffement climatique trop manichéen et assurent que la durabilité des dividendes est la seule chose qui intéresse leurs actionnaires[1]. Et notre appareil politique, désarmé, n'est plus que le syndic des ambitions des plus puissants. L'écologie n'est pas un sujet, c'est *le* sujet qui doit infuser toutes les futures lois. Pourtant, ces « lois vertes » sont repoussées, amendées, vidées de leur sens et de tout ce qui pourrait froisser les grandes puissances du Cac 40 et leur éternelle menace de s'installer dans un autre pays. Ça, c'est du terrorisme !

1. Citation de Patrick Pouyanné, président-directeur général de Total. Plus d'informations en fin de roman, dans « Références ».

Du terrorisme financier ! Notre politique de transition écologique manque cruellement d'ambitions, et même si ambitions il y avait, voilà longtemps que nos États ont perdu les leviers pour les défendre. « Quelque chose ne fonctionne plus dans ce capitalisme qui fonctionne de plus en plus pour quelques-uns », « C'est un capitalisme devenu fou », « La crise que nous vivons peut conduire à la guerre et à la désagrégation des économies », a déclaré le président de notre République lors de son discours de Genève. Voilà tout ce qu'il a pu faire. Le dire, et s'en désoler, peut-être même sincèrement. Quel aveu d'impuissance !

Une fois de plus, les portables se mirent à vibrer à l'unisson, créant un vrombissement désagréable qui eut pour effet immédiat de faire craquer le président de la cour d'assises. Il se tourna vers les journalistes et les gronda comme des cancres de fond de classe :

— Certains de mes confrères auraient moins d'hésitation à interdire les téléphones. Je vous prie d'être attentifs à ce qui se déroule au sein de cette cour plutôt qu'ailleurs.

Peine perdue. Græntstríð, la branche islandaise de Greenwar, venait de réussir son tour de force. Une nuée de drones programmés s'était fixée à une cinquantaine de mètres au-dessus des trente-deux aéroports principaux d'Islande, paralysant tout le trafic aérien et bloquant le pays entier. Singularité d'une nation verte qui produit pourtant 100 % d'électricité renouvelable, l'absence totale de réseau ferré force les habitants à se déplacer en avion, devenant ainsi les plus gros émetteurs de CO_2 d'Europe. En parasitant le ciel d'une toile de centaines de petits insectes mécaniques volants, Græntstríð soulignait ce paradoxe insensé. Sans violence, mais non sans efficacité, la désobéissance prenait de l'ampleur et devenait révolte. Et tout venait d'un homme sagement assis face à ses accusateurs.

Il était temps pour Fabien Attal, le calme revenu, d'assener le dernier chapitre de sa charge contre l'appareil politique français et ses voisins européens.

— Puis il y a eu le grand test, poursuivit l'avocat. Celui à l'échelle du monde. Le jour où, enfin, nous allions savoir qui, de l'Homme ou de l'argent, serait épargné. La planète tout entière a été profondément déstabilisée par un virus microscopique. La Terre s'est confinée, la finance a plongé et notre modèle économique a prouvé ses limites. Il était temps d'en changer. De réfléchir à demain. Un demain plus social, une remise en cause essentielle qui devait replacer l'humain et son habitat au centre de tout. Et qu'ont fait ces grandes entreprises ? Quels ont été leurs réflexes premiers ? En pleine pandémie, alors que nous enterrions encore nos proches, les dirigeants de l'AFEP[1] ont osé demander le report des régulations de gaz à effet de serre. Ils ont aussi demandé le droit de créer plus de déchets, de moins recycler et – pourquoi s'arrêter là ? – ils ont sollicité une diminution de la taxe carbone, reléguant aux oubliettes le concept de pollueur payeur. La filière automobile a même proposé de revoir les normes liées à la qualité de l'air, se plaignant qu'elles étaient trop contraignantes. Et si nous

1. AFEP : Association française des entreprises privées. L'AFEP a un statut de lobby. Elle réunit tous les patrons du Cac 40 et des grandes entreprises françaises.

pensions que le niveau maximal de mépris était atteint, ils ont sollicité, sans gêne, un report de certaines lois fiscales, afin tout simplement de leur permettre de s'évader en toute tranquillité. La décence mise de côté et en résumé, ils ont demandé la permission de polluer plus, sans en supporter le coût, tout en payant moins d'impôts que les autres et en ayant le droit de cacher leurs fortunes. Et, servile, notre pays n'a pas hésité à prêter vingt et un milliards d'euros au secteur des énergies fossiles. Mais l'après-coronavirus ne fut hélas pas seulement un scandale « made in France ». À peine remis, le Canada relançait un grand plan d'industrie pétrolière. La Chine envisageait la construction de centaines de centrales à charbon et les États-Unis injectaient deux mille milliards de dollars dans l'exploitation du pétrole. Ainsi, avec les efforts de chacun pour que rien ne change, le « Monde d'Après » était condamné avant même d'avoir vu le jour.

Fabien Attal se tourna alors vers les journalistes, et s'adressa directement à eux.

— Nous nous retrouvions privés de l'action politique, privés de la protection de la Justice, et vous vous étonnez aujourd'hui qu'un mouvement comme Greenwar ait vu le jour ? Si nous ne pouvons plus débattre avec les mots et les idées, n'avons-nous pas le droit de nous battre avec nos poings ?

Puis d'un geste solennel, il désigna Virgil Solal, seul dans le box des accusés.

— Qui condamne-t-on aujourd'hui devant cette cour ? Les causes ? Ou les conséquences ? Et pardessus tout, lorsque vous aurez jugé le leader, que ferez-vous des millions d'autres, partout, qui prendront sa place ? Vous croyez neutraliser Greenwar, mais vous n'en sanctionnez qu'un seul maillon, sans imaginer un instant l'immense chaîne dont il fait partie et qui se reconstituera dans l'instant.

*
* *

Jamais, de mémoire de Palais de justice, un procès ne s'était joué autant à l'intérieur de la cour que partout en Europe. Prise de parole après prise de parole, le reste de la journée se déroula dans une identique confusion, au fur et à mesure que les actes de révolte et de désobéissance se multipliaient.

En France, en Pologne, au Portugal, en Hongrie et en Grèce, une série d'alertes à la bombe bloquèrent des centaines d'usines de pétrochimie et de cimenteries.

En Autriche, en Finlande, en Irlande, en Suède et en Espagne, des milliers de litres de sang et de viscères, récupérés dans les abattoirs des fermes industrielles, furent déversés par camion-citerne sur les marches des ministères de l'Écologie, dénonçant la surconsommation de viande et la maltraitance animale qui l'accompagne.

En Bulgarie, en Italie, au Danemark, au Luxembourg et aux Pays-Bas, les facs furent bloquées par des sit-in, décorées de banderoles, jonchées de tracts, perturbées par des chants de contestation. Parallèlement et plus sauvagement, le saccage simultané d'une cinquantaine de succursales de banques offrit aux chaînes d'informations leur lot d'images de destructions et d'incendies.

Enfin, en Angleterre, quelques disciples de Greenwar avaient réussi l'exploit d'une fragilisation immédiate de la Bourse grâce à la technique du « deepfake », permettant de faire dire n'importe quoi à n'importe qui en alliant intelligence artificielle et images d'archives. Ainsi, ils utilisèrent le visage des cinq P-DG des plus grandes entreprises polluantes et leur firent faire l'annonce la plus révoltante et inattendue possible. Avec grand sérieux et bien à leurs dépens, les patrons de la Saudi Aramco, de Chevron, de Gazprom, d'Exxon Mobile et de la National Iranian Oil assurèrent dans un court message vidéo que, pour accompagner la transition écologique, ils comptaient abandonner 50 % de leurs extractions carbonées et faire une pause dans le paiement des dividendes pour deux années complètes. Il ne fallut pas plus que ces deux promesses incongrues pour assurer un dévissage global et une chute des actions, de la Bourse de Paris jusqu'à celle de la City en passant par Wall Street.

Et sur les murs de tous ces pays, comme une signature des millions de fois répétée, le panda balafré de rouge, graffiti officiel du combat mené par Virgil Solal, semblait appeler à la rébellion.

Cette suractivité fit exploser Internet, et Greenwar fut un instant au centre du monde qu'il tentait de sauver.

Pourtant, le plus subversif restait encore à venir.

– 30 –

Palais de justice de Paris.
Cour d'assises spéciale – Salle Voltaire.
Total/Société Générale/Ministère Public contre Virgil Solal (Greenwar).
Jour 5. Seconde partie.

Tout ce qui avait été dit précédemment par Atomic 8 ne semblait avoir existé que pour mener la cour à son point de rupture. Et ce point de rupture arrivait maintenant.

— Nous sommes en danger de mort immédiat, avait annoncé Fabien Attal en introduction. Et devant une attaque globale face à laquelle ni la Justice ni l'État ne prennent leurs responsabilités, quel choix nous laissez-vous ?

Du côté des adversaires du cabinet Atomic 8, les ténors paraissaient moins enclins à laisser l'avocat monopoliser la parole. Si Attal s'était contenté jusque-là de tirer à boulets rouges sur les institutions, il était évident qu'il passerait à la vitesse supérieure et entrerait dans la défense de Virgil Solal. Il fallait donc déranger, parasiter, déstabiliser.

— Trop d'assertions erronées ont été faites, tonna l'un d'eux, et nous ne souhaitons plus les laisser sans réaction. Le danger dont vous nous menacez n'a rien d'immédiat et les entreprises que nous représentons s'engagent dans la transition écologique. Peut-être pas assez à votre goût, mais elles le font.

— Pas assez au goût de personne, je vous le garantis.

— Nos clients n'ont toutefois commis à ce jour aucun acte qu'un texte de loi réprimerait.

— Je vous ai déjà démontré que les lois étaient creuses, inefficaces et qu'elles n'osaient que proposer sans obliger, précisa Attal. Je n'attends rien d'elles, et encore moins qu'elles résolvent notre affaire. Mais je peux comprendre vos doutes sur le danger immédiat et ma voix ne promet pas la vérité, je le reconnais. Peut-être alors seriez-vous plus sensibles à d'autres ? Celle du secrétaire général de l'ONU qui nous assure que le réchauffement climatique menace la paix dans le monde, qu'il condamne notre présent et détruit notre avenir. Celle du scientifique en chef de l'Organisation météorologique mondiale, qui assure que ce même réchauffement ainsi que la crise de l'eau sont les principales menaces existentielles qui pèsent sur le monde. Celle du MIT[1] qui, en 1972 déjà, suppliait de freiner la croissance au risque de voir la société des hommes s'effondrer. Celle aussi de Jeremy Rifkin, éminent économiste qui assure qu'il est de plus en plus clair que nous sommes maintenant dans une voie d'extinction.

1. MIT : Massachusetts Institute of Technology.

Ajoutons la voix du GIEC[1], qui calcule que 75 % de la population mondiale sera victime de vagues de chaleur meurtrières, que celles-ci seront bientôt multipliées par six et qu'elles dureront bien plus longtemps. Et celles enfin de tous les climatologues et des scientifiques qui nous alertent sans relâche, Aurélien Barreau en tête, d'autres dans son sillage. Et comment ne pas trembler face à leurs conclusions ? « Nous sommes à la sixième extinction massive de l'Histoire. » « Nous allons assister à la disparition de la vie. » « C'est un crime de masse à l'échelle du monde qui est en train d'être perpétré en toute impunité. » « Ne pas considérer l'écologie comme la priorité majeure de ce temps relève du crime contre l'avenir. Ne pas opérer une révolution dans notre manière d'être relève du crime contre la vie. » Même l'Église réfléchit à faire de l'anti-écologie le huitième péché capital. Même l'Église, le système le moins réactif au monde, a déjà prévu d'envoyer vos clients en enfer ! Vous faut-il plus de voix, cher confrère, pour vous sentir désormais en danger ?

Assommé par ces arguments, le ténor capitula d'un geste et Attal n'en sortit que plus remonté.

— Dans trente ans, entre la pollution, le manque d'eau potable, les famines et la montée des eaux, cinq milliards d'êtres humains seront en péril, et nous sommes huit milliards. C'est bien l'Homme la victime, et pas la planète. La planète n'a que faire de ses habitants. La Terre a quatre milliards six cents millions d'années et nous, à peine trois millions. Nous existons

1. GIEC : Groupe d'experts intergouvernemental sur l'évolution du climat.

depuis 0,0002 % de son existence. Nous sommes un mauvais rhume, une intoxication passagère, et nous disparaîtrons pour la laisser tourner encore des milliards d'années. Elle ne craint rien, elle patientera jusqu'à notre mort.

À son tour, le président coupa la parole à Attal. Sans animosité, il souleva une fragilité de sa défense.

— Il est difficile de s'opposer à vous sur ces sujets, maître. La situation de la planète nécessite effectivement des actes forts et nous le savons tous. Mais vous ne pouvez prétendre sincèrement que votre client, Virgil Solal, en perpétrant ses crimes, ait changé quoi que ce soit à la situation. Assassiner le patron de Total ou kidnapper la directrice financière de la Société Générale ne freine en rien l'issue dramatique que vous annoncez.

— C'est juste, reconnut Attal, déjà prêt à mordre encore. Cela manque d'équilibre. Le sang n'a pas coulé sur l'industrie automobile, sur l'industrie aéronautique, sur l'élevage industriel, sur le transport maritime, sur l'industrie du numérique ou sur l'industrie de la mode. Peut-être Solal n'a-t-il tout simplement pas eu le temps. Ou peut-être n'est-il pas le monstre que vous souhaiteriez qu'il soit. Il s'est contenté de deux cibles.

— Ceux que vous nommez cibles, s'emporta l'un des avocats de la partie adverse, ont des noms, des familles et une vie, que Virgil Solal a ôtée à l'un d'entre eux, pensant changer le monde. Et malgré le petit spectacle des coups d'éclat européens auxquels nous avons assisté aujourd'hui, le monde reste le même.

— Dans ce cas cessons tout ! s'emporta Attal en se tournant vers le ténor. Les lois et les tribunaux, l'ordre et les prisons ont-ils jamais empêché le crime ?

Pourtant, personne ne remet en cause leur existence. Alors ne devons-nous pas punir les écocides même si cela semble ne rien changer ? Si on prend chaque termite séparément, aucun d'eux n'est responsable de l'effondrement de toute une maison. Et si je vous suis, puisque nous sommes face à un ennemi tentaculaire, nous n'aurions qu'à abandonner ?

— Il doit certainement y avoir un juste milieu entre l'assassinat et l'abandon, maître, souligna le président.

— C'est de désobéissance civile dont vous parlez ? Mais la non-violence a-t-elle jamais permis de provoquer de profonds changements dans la société ? Elle peut conduire à une réforme, à une évolution sociale, mais pas à une révolution. Toute lutte contre un État oppresseur, ou dans notre cas, complice, ne passe que par le conflit, car l'oppresseur ne se laissera faire qu'en étant contraint à son tour. Et si la violence de Virgil Solal n'était qu'une contre-violence ? Une réponse justifiée ?

— Un assassinat n'a jamais été une réponse à quoi que ce soit, s'insurgea de nouveau l'un des ténors. La peine de mort n'est plus une option depuis longtemps dans notre pays.

C'est lorsque Fabien Attal lui sourit que l'avocat adverse réalisa qu'il venait de lui servir la suite sur un plateau d'argent.

— Pourtant, rétorqua Attal, nous pouvons la voir tous les jours infligée à l'humanité, cette peine de mort : érosion de la biodiversité, érosion des ressources naturelles, destruction des écosystèmes, réchauffement climatique, pollution de l'eau, pollution de la terre, pollution de l'air. Nous avons vécu en accord avec la nature, puis nous l'avons domestiquée, pour ensuite l'exploiter et voilà qu'aujourd'hui nous l'avons épuisée. Un million d'espèces animales et végétales sont en voie d'extinction. D'ici vingt ans et à ce rythme, il n'y aura plus aucun poisson comestible dans l'océan. Même la valeur nutritive des aliments va s'amenuiser drastiquement à cause de la concentration de gaz carbonique. Nous avons modifié 65 % des écosystèmes marins et 75 % des écosystèmes terrestres. Nous réduisons les habitats naturels une déforestation après l'autre, augmentant les risques de libérer des virus zoonotiques inconnus. Et avec la fonte du permafrost[1], ce sont des microbes anciens de millions d'années qui vont se réveiller. Des virus qui ont terrassé des dinosaures de plusieurs tonnes, bien éloignés du Covid-19 qui, malgré la pandémie, s'est révélé relativement inoffensif. Des virus dont la dangerosité sera favorisée par la pollution atmosphérique qui, selon le GIEC, mènera la planète à une possible augmentation de chaleur de quatre à cinq degrés. Mais même à quatre degrés, l'affaiblissement des ressources de la planète et la dégradation des écosystèmes ne pourraient pas permettre à plus d'un milliard de personnes de survivre, et nous sommes presque huit milliards. Alors qu'allons-nous faire des humains en trop ? Les regarder crever à la télévision ? Car c'est bien la peine de mort qui est prévue pour eux ! Ainsi, les actes de Virgil Solal pour les défendre ne sont-ils pas proportionnels et nécessaires ?

À ces deux mots, le président rassembla les pièces du puzzle que présentait Fabien Attal. Tout était maintenant clair dans sa défense. Clair et terrifiant.

---

1. Permafrost (ou pergélisol) : partie du sol gelée en permanence et donc imperméable.

— Maître, voulez-vous bien approcher ?

L'avocat d'Atomic 8 s'attendait à être interrompu à cet instant même, et en deux pas, il lui fit face. Le président le questionna, avec une boule dans le ventre, la main posée sur son micro.

— Vous n'allez pas oser tout de même ?

Attal le défia en haussant les épaules.

— Vous me l'interdisez ?

— Je n'en ai pas le pouvoir. Mais vous allez vous planter.

— Je prends le risque. Je peux poursuivre ?

Mâchoire serrée, le président ne répondit pas, et Attal se plaça de nouveau au centre de la cour.

— Je me suis attaché à démontrer que l'activité de ces grandes entreprises et de leurs dirigeants constituait une attaque injustifiée de l'humanité. Par sa constance et sa répétition, j'ai démontré que cette attaque était actuelle. Par le nombre de morts qu'elle provoque, j'ai enfin démontré qu'elle était réelle. Ainsi, la réponse de Greenwar, par les actes de Virgil Solal, devient nécessaire, simultanée et proportionnée.

Outrée, c'est la partie civile entière qui se dressa comme un seul homme.

— C'est une mauvaise blague, monsieur le président ? Une agression actuelle, injustifiée et réelle pour une défense nécessaire, simultanée et proportionnée. Mon confrère nous liste les éléments de la légitime défense !

— Je vous remercie de reconnaître l'évidence, s'amusa Attal. Car c'est bien de cela dont je parle.

Les ténors, déstabilisés, se regroupèrent à voix basse. Comment ce petit avocat avait-il pu trouver une faille si énorme dans le droit français ? La partie allait leur échapper quand l'un d'eux trouva une parade à la dernière seconde :

— Permettez-moi de revenir sur un point de cette aberrante proposition de légitime défense, assura-t-il, confiant. Pour qu'elle soit valide, il reste encore à prouver que Total et la Société Générale aient été directement et entièrement coupables de la mort d'au moins une personne. C'est, si j'en crois vos propos, l'action de toutes les entreprises polluantes réunies qui provoquerait les décès actuels et ceux à venir, et pas seulement celle de deux entreprises isolées.

Attal posa son regard sur Lorenzo Gerda, son mentor. L'un et l'autre savaient qu'il n'y avait plus qu'une carte à jouer.

— J'aurais été déçu que vous ne souleviez pas ce point, reconnut Attal. Je vous avoue qu'il m'a tenu éveillé des nuits entières. Oui, je le reconnais, il faut un lien de causalité direct entre l'agresseur et la victime. Et c'est dans le code pénal que j'ai trouvé la réponse, plus précisément dans le cas du meurtre en réunion. Imaginez que quatre hommes entourent une victime, mais que seuls deux d'entre eux la tuent, laissant les deux autres encourager, ou provoquer. Il se trouve que dans le droit français, chacun des quatre sera accusé de meurtre et puni de la même manière. Si l'on considère maintenant l'humanité comme une seule et même victime, et la planète comme scène de crime unique, alors ces grandes entreprises, de par leur coaction, sont toutes coupables d'homicides répétés et en réunion. Elles se soutiennent, s'entraînent et s'enrichissent du même poison dont elles se croient immunisées par leurs fortunes. Il y a par conséquent un lien de causalité de par leur complicité générale.

Du côté de la partie civile comme du côté du jury, le silence régnait. À la manière des lapins aveuglés par les phares d'un tout-terrain, ils restèrent figés, attendant la dernière phrase de cette plaidoirie.

— C'est donc en invoquant la légitime défense, conclut Attal, que je vous demande aujourd'hui d'acquitter purement et simplement monsieur Virgil Solal.

Dans leur box, les journalistes pianotaient sur leurs portables et le président les regarda un bref moment, imaginant les unes et les titres accrocheurs qu'une telle situation allait provoquer. Une dernière fois, il demanda au jeune avocat de s'approcher.

— Vous vous rendez compte de ce que vous faites, maître ? dit-il en chuchotant, comme si une catastrophe pouvait être réveillée.

— Je n'invente rien et je n'applique que les textes qui régissent votre institution et protègent notre République.

— Mais c'est une boîte de Pandore que vous ouvrez là ! Imaginez seulement les conséquences ! On libérerait un assassin et on créerait une jurisprudence qui autoriserait n'importe qui à décimer les patrons d'entreprises polluantes sans courir de risques ? Vous visualisez le carnage ?

— On m'emploie pour trouver une faille. Virgil Solal l'a découverte, je l'ai solidifiée. C'est maintenant à vous de décider. Mais si vous voulez envoyer mon client en prison, alors vous n'avez pas d'autre choix que de fermer votre code pénal et de ne pas en suivre les règles.

— C'est absurde. Totalement absurde, marmonna le président.

— Mais reconnaissez-le : ça tient, non ?

Le président regarda, à sa gauche et à sa droite, les magistrats professionnels faisant office de jury. Certains gardaient les yeux fixés sur le bout de leurs chaussures quand d'autres feuilletaient frénétiquement les dossiers à la recherche d'une solution.

— Retournez à votre place, refusa de répondre le président.

*
* *

Les délibérations se poursuivirent jusqu'au milieu de la nuit. La décision devait se prendre à la majorité et pourtant, deux magistrats restèrent incertains, car il y avait dans les arguments de Fabien Attal une vérité insupportable : si l'on s'en tenait au code pénal, Solal n'avait rien à faire en prison.

À 5 heures du matin, livides et épuisés, ils s'accordèrent enfin sur un verdict.

Et ce dernier fit le tour du monde.

– 31 –

La neige qui tombait, fine et éparse, n'était pas faite pour résister. Le moindre rayon de soleil aurait raison d'elle et Virgil Solal regardait les flocons tournoyer dans le ciel puis fondre en se posant sur ses mains.

Il avait souhaité faire seul le trajet jusqu'ici. Il y avait tant de choses auxquelles il voulait penser. Tant de choses qu'il voulait dire et partager, tant d'émotions qui se bousculaient…

Quelques heures en train lui permirent une transition plus douce.

Désormais face aux Pyrénées, au pied du pic d'Arriel, il respirait à pleins poumons un air dont il avait longtemps rêvé. Les cliquetis métalliques du téléphérique annoncèrent l'arrivée de la cabine. Un souffle de vent fit frémir les sapins et Virgil les écouta comme de vieux amis. Les chaussures enfoncées dans la poudreuse éphémère, il profitait de chaque seconde, conscient de la fragilité de ce qui l'entourait.

La cabine freina avant de s'immobiliser et une jeune femme aux cheveux noirs en tresses en descendit, avec un large sourire comme premier accueil. Solal la détailla un instant avant d'être sûr de lui, presque instinctivement. C'était bien la fille de l'île de Tokelau.

— Tearanui ?

— Bonjour Virgil. Je sais vraiment pas par où commencer…

Il entendait sa voix pour la première fois. Ce français parfait, trahi par un léger accent qui racontait ses origines et le chemin parcouru depuis ses archipels.

Les yeux de Tearanui se gonflèrent de larmes. Elle se sentit bête à ne pas savoir quoi faire de son corps, quand doucement Solal ouvrit les bras et qu'elle y plongea sans hésitation.

— Merci pour tes lettres, dit-il en la serrant. J'ai relu chacune d'elles cent fois.

— Tu vas enfin découvrir tout ce que je t'ai raconté. Nous avons beaucoup travaillé depuis…

Un nuage sombre passa devant ses yeux alors qu'elle butait sur le temps qui s'était écoulé.

— Depuis vingt-cinq ans ?

— Oui. Depuis vingt-cinq ans.

Un nouveau flocon tomba sur la main de Solal, puis devint une goutte d'eau qui perla en suivant les rides de sa peau.

Pendant sa détention, le fondateur de Greenwar avait reçu un grand nombre de courriers, dont il avait gardé les plus importants, maintenant au fond de son grand sac à dos, retenus par un lacet orphelin. Il y avait eu, bien sûr, ceux de ses disciples, dont il avait parfois dû tempérer l'ardeur et la violence. Mais c'est surtout avec Tearanui, cette jeune fille de Nouvelle-Zélande, qu'il avait échangé.

Adolescente, elle lui avait écrit une longue lettre en anglais dans laquelle, malgré son jeune âge, elle lui avait reproché ses choix, mais avait reconnu sa cause. Cette même cause que défendait son grand père, Reia.

Solal l'avait lue grandir tout au long de ses études, de la Nouvelle-Zélande jusqu'en Europe, puis, à travers ses carnets de route, il avait continué à parcourir le monde avec elle. Il l'avait soutenue, un diplôme après l'autre, un projet après l'autre, un cours de français après l'autre. Rien n'aurait pu expliquer le lien si fort qui était né entre eux. Elle avait respiré les montagnes pour lui, touché l'eau des mers et des océans, parcouru les forêts, pour tout lui raconter. Il avait vécu avec le cœur et les yeux de cette enfant devenue adulte.

Puis il y avait eu deux autres lettres. Celle de sa femme, Laura, qui s'excusait de ne pas être capable de venir le voir entre quatre murs au risque de devenir folle. Puis celle de la maison de santé dans laquelle elle s'était éteinte. L'administration pénitentiaire avait accordé à Solal trois heures de liberté pour se recueillir au cimetière, entouré d'une escorte de flics et de deux tireurs d'élite de la BRI. Depuis la mort de leur enfant, Virgil et Laura ne s'étaient jamais retrouvés.

Tearanui se saisit avec fermeté du lourd sac de voyage, le souleva comme s'il était vide et l'enfourna dans la cabine du téléphérique. D'un geste, elle invita Solal à prendre place à l'intérieur, afin d'atteindre les 2 824 mètres de hauteur de l'ancien glacier du pic d'Arriel.

Au fur et à mesure du trajet, et alors qu'ils étaient à plus de cent mètres au-dessus du sol, le paysage du parc national des Pyrénées se dessina, majestueux de calme et de paix. La cabine les portait sans à-coups, longeant la frontière entre la France et l'Espagne, hésitant entre deux nationalités.

— Tout ce que tu vois est à nous, annonça-t-elle fièrement. Quarante-six mille hectares achetés à l'État français. L'écocomplexe de Greenfuture.

— C'est mieux que Greenwar, reconnut Virgil avec un soupçon de remords dans la voix.

— Ne t'en veux pas. Il y avait mille scénarios, et même si j'ai souvent critiqué le tien, nous ne saurons jamais s'il en existait un meilleur. Ce que je sais par contre, c'est que rien de ce que nous avons fait n'aurait existé sans ton combat.

Solal frotta ses mains dont les articulations, maltraitées par le froid, commençaient à le faire souffrir. Tearanui fouilla dans son treillis et en sortit une paire de gants qu'elle lança dans sa direction et qu'il attrapa au vol.

À travers les parois vitrées, impatiente de tout montrer et de tout partager, elle pointa l'ouest.

— Regarde. Toutes les vallées du parc ont une fonction. Là-bas, la vallée d'Aspe, le dernier bastion des ours. Nous l'avons transformée en réserve animale et nous accueillons de nouvelles espèces en danger d'extinction tous les ans. À droite, la vallée d'Ossau et sa dizaine de lacs que nous utilisons pour créer de l'énergie. De l'hydroélectricité, grâce aux barrages construits sur les lacs les plus grands, et des stations flottantes de panneaux solaires nouvelle génération, pour les lacs plus petits. Nous créons tellement d'énergie verte que nous en revendons depuis près de six ans. L'action Greenfuture est même cotée en Bourse. Tu le disais dans tes lettres, nous ne ferons rien sans nous allier au capitalisme. C'est comme un chien mauvais, il protège la maison, mais il faut surveiller ses vilaines habitudes.

— Ce que tu as créé est magnifique, dit-il sincèrement.

— Je n'ai rien fait seule, tu le sais bien. Il aura fallu tant de travail et aussi l'aide financière d'une poignée de philanthropes conscients de l'avenir de l'humanité. Ton armée de pandas n'est pas faite que de soldats, mais aussi de quelques fortunes éclairées. Nous sommes désormais une ville de vingt-cinq mille habitants et chacun d'entre nous à une fonction. Le travail ce n'est pas ce qui manque. Regarde, là.

Elle tourna de quatre-vingt-dix degrés pour cette fois-ci indiquer l'est.

— C'est le val d'Azun. Le plus grand centre botanique d'Europe. Avec la dérivation des sources chaudes de Loudenvielle, nous faisons pousser n'importe quoi, du cerisier du Japon aux bananiers. Et si tu portes ton regard encore plus loin, c'est la vallée de Cauterets, où nous avons nos serres agricoles, et encore plus loin, la vallée de Luz, où sont nos fermes d'élevage.

La cabine fut secouée par son passage au dernier poteau du téléphérique et Virgil découvrit, accrochée sur le flanc du pic d'Arriel, comme en apesanteur, portée par de fins nuages, une imposante bâtisse vitrée sur quatre niveaux, qui suivait la courbe de la montagne.

— Et voilà notre base. Le poumon de tout ce complexe : la fondation pour la recherche sur les énergies renouvelables. Nous l'avons appelée la Fondation Amazonie, en mémoire de la forêt primaire disparue. C'est ici même que nos équipes ont créé les premiers panneaux solaires sans métaux rares et qu'elles ont abouti à des percées scientifiques capitales sur l'hydrogène comme vecteur d'énergie propre.

— Amazonie, répéta Virgil, impressionné. Je suis content que vous ayez changé son nom.

— Tu as assez insisté pour ça. Mais je ne vais pas te mentir, s'amusa son guide, tu risques d'entendre quelques-uns d'entre nous l'appeler encore la Fondation Solal.

— Amazonie lui convient bien mieux. Rien de tout ce que vous avez construit ne doit porter le nom d'un assassin.

— Ici, personne ne te considère comme tel, crois-moi.

Doucement la cabine freina, avant de s'arrêter complètement.

— Surtout pas la directrice, ajouta Tearanui en désignant celle qui les attendait sur la plate-forme métallique.

Une bourrasque de vent fit soulever un nuage de neige qui se mélangea à ses longs cheveux parsemés d'argent. Solal ne bougea pourtant pas, la détaillant de là où il se trouvait. Certaines prières mettent vingt-cinq années à se réaliser. Elle lui sourit, tout en essayant de ne pas pleurer. Il sortit enfin de la cabine et pas à pas, l'un et l'autre se rapprochèrent.

— Bonjour, Diane.

— Bonjour, Virgil.

*
* *

Vingt-cinq longues années. Depuis ce verdict, Diane n'avait jamais abandonné Solal, ni sa cause devenue sienne. Elle avait aussi, à sa demande, accepté comme un devoir et un honneur de garder un œil sur cette jeune Aborigène devenue aujourd'hui son bras droit.

Pour son invité, Diane avait fait préparer du café et quelques fruits tranchés venus des serres de la vallée de Cauterets. Assis à une table accolée à l'immense baie vitrée qui offrait une vue plongeante sur le parc des Pyrénées, ils semblaient seuls au monde, alors qu'autour d'eux, la ruche de la Fondation Amazonie poursuivait sa journée.

— Madame la directrice ? la taquina Virgil.

— Tout le monde a besoin d'une hiérarchie. Et mes nouveaux cheveux blancs imposent le respect.

Le silence qui s'installa ne gêna aucun des deux. Ils auraient pu simplement se regarder pendant des heures sans échanger un mot, juste en étant heureux d'être réunis, heureux du travail accompli, de ce qui avait émergé du chaos provoqué par Greenwar.

— Et ta peur des grands espaces ?

— Disons que j'ai arrêté de n'avoir peur que pour moi-même. Maintenant je sais. Ce que je veux, ce que j'aime et ce que j'ai à faire. La seule peur qu'il me restait était celle de ne plus jamais te revoir. Vingt-cinq ans. Certains seraient devenus fous, ou n'auraient pas survécu.

— J'ai eu des anges gardiens à l'intérieur de la prison. À ce sujet, tu remercieras Nathan. D'ailleurs, je pensais le voir avec toi.

— Il est parti il y a plusieurs semaines avec sa fille Mélanie et notre fils, Téo. Notre écocomplexe cherche à s'unir avec d'autres. Ils vont traverser tout le nord de l'Europe et tenter de passer des accords. Allemagne, Pologne, Danemark, Norvège, Islande, Suède et

Finlande, beaucoup de pays accueillent des projets similaires. Mais ces choses-là prennent du temps et de la diplomatie. Tu les verras dans un mois, peut-être un peu plus tôt si Téo ne l'embarque pas pour une virée dans les fjords.

Un calepin entre les mains et un stylo fiché dans ses cheveux comme une épingle, Tearanui apparut à leur table.

— Désolée de vous déranger, Diane. Il y a un problème avec la citerne d'eau de la ferme ovine. Une histoire d'algues qui bloquent la filtration. Honnêtement, j'ai pas bien compris. J'ai déjà envoyé l'équipe de contrôle sanitaire, mais ce serait bien que vous y fassiez un tour.

Diane posa la main sur celle de Virgil pour s'excuser, et y ajouta un sourire pour lui dire combien il lui tardait de rattraper ce temps volé.

— Tearanui va te montrer ta chambre. Enfin, si tu veux rester avec nous. Je pourrais comprendre que…

Il ne la laissa pas finir sa phrase et serra doucement la main de son amie. Il ne partirait nulle part.

Virgil traversa l'imposante arche de verre du hall de la Fondation Amazonie, ses pas dans ceux de Tearanui, jusqu'à la chambre qu'on lui avait préparée.

— Ce n'est pas bien grand mais rassure-toi, nous ne sommes pas une collectivité hippie. Tu choisiras ensuite ton mode de vie. Ici, dans l'agitation, ou en appartement dans l'un de nos vingt-deux villages disséminés dans les vallées. Tu es Virgil Solal, tu es chez toi. Je veux dire, littéralement ! Tu peux même vivre hors de Greenfuture si tu le désires. Nous ne pouvons pas rester qu'entre nous, il y a encore tant de gens à convaincre à l'extérieur.

— Il faudra que tu m'expliques votre fonctionnement et ce que je peux apporter à la communauté, mais nous avons tout le temps pour cela. Ce que je voudrais, maintenant, c'est que tu me montres le rêve de ton grand-père Reia.

*
* *

À deux sur un scooter des neiges, ils dévalèrent la montagne jusqu'au refuge du lac d'Arrémoulit, sur le mur duquel avait été fixée une plaque commémorative. Chaudement vêtus, ils avancèrent en s'enfonçant dans la neige, plus résistante à cette altitude.

Virgil ôta son gant et s'en servit pour frotter l'inscription, couverte de givre. Il lut à haute voix un texte qu'il connaissait par cœur.

« *Le glacier d'Arriel, glacier le plus à l'ouest des Pyrénées, a disparu, comme 50 % des glaciers pyrénéens ces dernières années. Ils disparaîtront probablement tous d'ici 2040. Cette plaque atteste que nous savons ce qu'il se passe et que nous savons ce qu'il faut faire. Vous seul-e-s saurez si nous l'avons fait. Octobre 2019.* »

Le regard de Tearanui s'embruma un instant.

— 2040 est passé, dit-elle. Et la prédiction était presque juste. Les glaciers des Pyrénées ont tous disparu, à l'exception de deux valeureux résistants. L'Amazonie n'existe plus qu'en photo et une grande partie de la banquise arctique comme du Groenland s'est évaporée. Malheureusement, je ne peux toujours pas répondre à la question : avons-nous réussi à changer le cours des choses ? Les bonnes volontés sont nombreuses mais les vieilles habitudes persistent. Le monde s'écroule plus lentement, mais il s'écroule toujours. Nous y sommes-nous pris à temps ? Je l'ignore, mais au moins, nous aurons fait notre possible et nous n'aurons pas à nous excuser.

— Je croyais que les rêves de ton grand-père ne lui mentaient jamais.

— Non. Jamais. Il a bien vu une jeune fille devant ce message. Une jeune fille qui me ressemble et qui sera capable de dire si oui ou non, nous avons été capables de faire ce qu'il fallait.

Virgil baissa les yeux et remarqua pour la première fois le ventre rebondi de Tearanui.

— Il ne s'est pas trompé, sourit-elle. Il m'a juste confondu avec quelqu'un d'autre qui me ressemblera.

Un instant, Virgil pensa à sa propre fille et réalisa que Greenfuture n'était pas né de son combat à lui, mais bien d'elle. Elle n'avait vécu que quelques secondes, mais elle avait contribué à changer le monde.

— Je l'appellerai Moeava. Celle qui demeure dans les espaces infinis. Elle n'aura pas de frontières. J'ai rendez-vous avec elle. Ici. Dans quelques années. Et tu seras là, je l'ai rêvé.

Virgil lui raconterait les erreurs des hommes, pour qu'elle les corrige. Il lui raconterait le monde et sa fragilité. Comme un vieux livre, il lui raconterait ce qui a disparu, et ce que l'on peut encore sauver.

— Je veillerai sur elle, je te le promets.

Tearanui se tourna alors vers lui avec un sourire désarmant de certitude…

— Elle est notre avenir, Virgil. C'est elle qui te protégera.

Plaque commémorative.
Refuge d'Arrémoulit. Glacier d'Arriel.
Pyrénées-Atlantiques.

RÉFÉRENCES

CHAPITRE 1

« La marée noire ? Vous parlez de laquelle ? Il y en a eu plus de quatre mille dans ce delta. »

The Guardian : « Les marées noires oubliées du delta du Niger », 3 juin 2010.

•

« Les poissons crèvent, ce qui sort de la terre est déjà presque mort et l'eau des puits est empoisonnée par les métaux lourds. L'air est tellement pollué qu'il provoque des pluies acides qui trouent les toits en tôle et transforment la roche en poussière. »

Les Amis de la Terre International : « Voyage au cœur des marées noires en pays ogoni », 17 mai 2019, et « Évaluation environnementale du pays ogoni » du **Programme des Nations unies pour l'environnement**, 2011.

•

« En cinq ans, annonça la missionnaire, plus de trente millions de litres de pétrole brut sont venus encrasser l'embouchure de l'océan Atlantique. »

AFP/*Le Monde* : « Nigeria : Amnesty International accuse Shell et ENI d'avoir caché les causes de pollution des eaux », 13 mars 2018.

•

« Choisissez. Mort prématurée, saturnisme, cancers, troubles cardio-vasculaires, respiratoires, neurologiques. Ici, un gamin sur deux est malade. »

Les Amis de la Terre International : « Voyage au cœur des marées noires en pays ogoni », 17 mai 2019.

•

« L'espérance de vie au Nigeria est de cinquante-cinq ans, mais elle retombe à quarante ans dans le delta. L'activité pétrolière à elle seule leur prend donc quinze ans de vie. »

La Croix : « Delta du Niger, cinquante ans de marée noire », 14 juillet 2010.

NOUVELLES DU MONDE – FRANCE

« Orages dans le Forez et le Roannais : des grêlons gros comme des balles de tennis. À Montbrison, les grêlons ont été encore plus gros. »

Le Progrès, édition Loire-Nord, 6 juillet 2019.

•

« Romans-sur-Isère, ville meurtrie par la grêle. »

France Info, 17 juin 2019.

•

« 73 700 éclairs détectés ce samedi sur la France. »

Observatoire français des orages. Keraunos, 7 juillet 2019.

•

« Dakota, record mondial du plus gros grêlon. »

Géoclimat, 23 juillet 2010.

•

« Une tempête de grêle au Montana tue 11 000 oiseaux. »

The Washington Post, 21 août 2019.

•

« Guadalajara sous deux mètres de glace après un orage de grêle. »

AFP/*L'Express*, 1er juillet 2019.

CHAPITRE 5

« J'ai sous les yeux, je ne sais pas si on le publiera, notre scénario à nous. Il ne fait pas six degrés. Il ne fait pas deux degrés non plus parce qu'on ne peut pas être trop pragmatiques. Il doit plutôt faire trois degrés, trois degrés et demi. »

Conférence du P-DG de Total, Patrick Pouyanné. **Cash Investigation**, « Climat : le grand bluff des multinationales », France 2, 2016.

•

« Il y a sept ans, au moment de cette conférence, une augmentation de seulement un degré et demi était encore envisageable, mais il aurait fallu pour cela accepter d'aller contre votre nature. Il aurait fallu accepter de laisser dans nos sols un tiers des réserves de pétrole, la moitié des réserves de gaz et plus de 80 % de nos réserves de charbon. Comment vous faire comprendre cela ? »

Novethic, avril 2019, et ***Nature***, article de Christopher McGlade et Paul Ekins, 8 janvier 2015.

•

« 90 % de votre chiffre d'affaires provient des combustibles fossiles. »

La Tribune : « Total doit sortir des énergies fossiles, c'est une question de survie », 4 mai 2020, et **rapport de l'Agence internationale de l'Énergie** 2020.

•

« Vos émissions carbone sont toujours à la hausse malgré les accords sur le climat. »

Les Échos « Les émissions de CO_2 de Total repartent à la hausse », 12 novembre 2019.

•

« Allez-vous prétendre à votre tour que le réchauffement est dû aux consommateurs de votre pétrole et non pas à vous, qui ne faites que le produire ? »

Le Monde, entretien avec Patrick Pouyanné, 4 juin 2020.

Texte complet :

« Nous ne sommes pas responsables de ces émissions indirectes. D'abord parce que ce n'est pas nous qui décidons à quoi tournent les moteurs de nos clients. Total ne fabrique pas d'avions, ni de voitures, ni de ciment. C'est la demande qui crée l'offre, et pas l'inverse. »

•

« Vous gangrenez la planète dans plus de cent trente pays différents. »

Site officiel Total.

•

« Pour extraire vos 500 millions de litres de pétrole brut par jour, vous prospectez agressivement et sans retenue. »

Les Échos : « La production de Total est désormais supérieure à 3 millions de barils par jour. » (Un baril = 159 litres), 6 février 2020.

•

« En Afrique, berceau du monde, vous faites déplacer par l'armée des populations entières qui viennent grossir les bidonvilles, vous construisez des oléoducs géants en pleines zones sismiques en espérant naïvement que la Terre ne grondera pas, vous défigurez de gigantesques parcs nationaux et menacez des centaines de milliers d'espèces animales. »

Billets d'Afrique : « Total, rendez-vous au tribunal », par Thomas Noirot, 30 janvier 2020.

•

« Neuf millions de morts annuels par pollution. Pollution de l'eau, de l'air, des sols. »

Étude de ***The Lancet*** du 20 octobre 2017, et ***Le Monde*** de la même date : « La pollution, responsable de 9 millions de morts dans le monde par an. »

CHAPITRE 6

« D'ici une trentaine d'années, ce sont entre 200 et 500 millions d'hommes, de femmes et d'enfants qui arriveront à nos portes pour que nous les sauvions. »

Croix-rouge et Croissant-Rouge, in « The Cost of Doing Nothing », 19 mai 2019, et ***Le Point*** « Alerte climatique : en 2050, 200 millions d'assistés humanitaires », et **programme 2018 des Nations unies pour l'Environnement**.

•

« Pour cinq autres milliards, il vous faudra abandonner toute participation à l'extraction de pétrole bitumineux au Canada dont les émissions de CO_2 sont trente fois supérieures à celles du pétrole normal. »

Site officiel Total : 25 % de participation au projet Fort Hill (Canada) et 50 % de participation au projet Surmont (Canada).

•

« Encore cinq milliards lorsque vous aurez mis fin à vos importations de gaz de schiste à travers la planète. »

Guillaume Charon, *Gaz de schiste, la nouvelle donne énergétique*, éditions Technip (page 261).

CHAPITRE 9

« La pollution de l'air dans le monde tue 600 000 enfants par an. »

Le Monde : « La pollution de l'air tue 600 000 enfants par an », 29 octobre 2018, et rapport de l'**OMS** du 29 octobre 2018.

•

« Et en France, cinquante mille autres personnes seront victimes de cette pollution. »

Le Journal du Dimanche : « La pollution cause 50 000 morts chaque année en France », 15 août 2017.

NOUVELLES DU MONDE – PALAIS DE L'ÉLYSÉE

« De quel droit nous autorisons-nous à assener un discours engagé contre la destruction de cette forêt primaire, due en partie à la surexploitation des terres pour la culture du soja, alors qu'on en importe deux millions de tonnes par an ? »

Reporterre : « Amazonie : la dépendance française au soja n'est pas une fatalité », 29 août 2019, et **rapport Greenpeace** juin 2019.

•

« La si essentielle fin du plastique à usage unique. Votre ancienne secrétaire d'État à l'Écologie la propose dans vingt ans. »

Vote de l'Assemblée nationale le 10 décembre 2019. Texte défendu par Brune Poirson.

•

« Surtout si ces promesses émanent d'une secrétaire d'État qui a reçu le très gênant prix Pinocchio de l'écologie quand elle bossait chez Veolia. »

Prix Pinocchio : Ce prix dénonce les entreprises/personnalités qui ont un discours écologique et des actes à l'opposé de cet engagement. Il a été décerné à Veolia quand Brune Poirson, devenue secrétaire d'État à l'Écologie, était chargée de gérer la distribution d'eau dans les bidonvilles d'Inde. En réalité, la distribution s'est très peu améliorée mais les prix de l'eau Veolia ont flambé, provoquant une révolte des habitants et de la classe politique indienne. Ce même prix a été décerné à Total en 2013 et à la Société Générale en 2011. **Prix décerné par Les Amis de la Terre.**

•

« En réalité, la distribution s'est très peu améliorée mais les prix de l'eau Veolia ont flambé, provoquant une révolte des habitants et de la classe politique indienne. »

Reporterre : « Hulot encadré par un cadre de Veolia et un politicien néo-libéral », 23 juin 2017, et ***Observatoire des***

multinationales : « Sous Macron, Veolia et le lobby de l'eau plus influents que jamais », 10 juillet 2017.

•

« Malgré l'OMS qui considère le glyphosate comme cancérigène. »

Décision du **Centre international de recherche sur le cancer** en 2015.

•

« Vous aviez promis une interdiction du glyphosate en 2020, mais elle n'arrivera certainement pas avant 2025. »

Notre planète : « Glyphosate : c'est reparti pour cinq ans d'autorisation », 9 décembre 2019, et ***L'Express*** : « L'Assemblée vote pour repousser l'interdiction des pesticides à 2025 », 16 mars 2019.

•

« Vous savez qu'on décèle du glyphosate chez absolument tous les Français et jusque dans les couches de leurs bébés ? »

Avis de l'**Agence de sécurité sanitaire**, janvier 2019, et ***L'Obs*** : « Couches pour bébé : des substances chimiques dangereuses et du glyphosate détectés », 23 janvier 2019.

•

« Et qu'on ait découvert que Monsanto avait créé des faux groupes d'agriculteurs en France pour communiquer en faveur de ce produit n'est certainement pas pour rassurer. »

Greenpeace : « Monsanto : faux groupes de fermiers, vrais lobbyistes », 16 mai 2019, **Envoyé spécial** : « Les fichiers secrets de Monsanto », et ***Brut*** : « Les pratiques de Monsanto pour défendre le glyphosate ».

•

« Nous avons explosé notre budget carbone cinq années de suite et vous avez même baissé les taxes. C'est quand même gênant de ne pas réussir à atteindre les buts que nous

nous sommes nous-mêmes fixés en signant un accord international à quelques kilomètres de votre bureau, non ? »

Libération : « Le gouvernement renonce à diviser par quatre les émissions de gaz à effet de serre de la France », 7 février 2019, et ***Euractiv*** : « Un bon élève aux mauvais résultats, le paradoxe français sur le climat », 27 juin 2019.

•

« Il laissa ainsi seul celui à qui revenait la tâche de penser une nouvelle économie pour sauver la planète et qui avait pourtant toutes les peines du monde à faire changer les sachets de thé dans sa propre cuisine. »

France Info : « Le billet vert. L'écolo-exemplarité de l'État », 12 février 2020.

NOUVELLES DU MONDE – NOUVELLE-ZÉLANDE

« Toutes les terres vierges sont en passe d'être achetées. Mais ailleurs aussi. Dans le Colorado, des centaines de mètres de tunnels souterrains accueillent des appartements à quatre millions de dollars l'unité. Au Kansas, des architectes ont érigé un immeuble de quinze étages dans un ancien silo à missiles. Les logements ont été vendus à trois millions l'unité et sont partis en moins d'un mois. À Las Vegas, pour dix-huit millions de dollars, vous pouvez vous offrir un bunker enterré à huit mètres de profondeur avec piscine et forêt d'arbres. »

Les Inrocks : « Pourquoi les élites de la tech se ruent vers la Nouvelle-Zélande », 5 février 2018, ***Le Figaro Immobilier*** : « Une maison à 18 millions de dollars bâtie pour résister aux bombes », 3 mars 2019, ***The New York Times*** : « Le survivalisme, un business florissant chez les ultra-riches », 19 août 2019, et ***Le Temps*** : « Face à la catastrophe, avec les survivalistes de Californie », 4 octobre 2018.

CHAPITRE 14

« Sur les marchés financiers, pour un euro accordé aux énergies renouvelables, les banques françaises en investissent huit dans les énergies fossiles. »

Sciences et Avenir : « Les banques françaises réinvestissent massivement dans l'énergie fossile », 26 novembre 2018, et **rapport d'Oxfam** 2018.

•

« De cette manière, les quatre premières banques françaises, dont vous faites partie, émettent quatre fois plus de CO_2 que la France entière. J'ai dû relire cette information à deux reprises pour pouvoir y croire. »

Le Monde : « L'empreinte carbone "colossale" des banques françaises », 28 novembre 2019, et **rapport d'Oxfam** du *Climate Finance Day*.

•

« Vous cochez toutes les cases les plus sales : charbon, pétrole bitumineux, gaz de schiste et forage en haute mer. »

Novethic : « Depuis la COP21, les grandes banques françaises ont encore investi 124 milliards d'euros dans les énergies fossiles », 2 avril 2019.

•

« Juste après l'accord de Paris, quand le monde a tenté de réguler ses émissions de gaz à effet de serre, les plus grandes banques ont immédiatement augmenté leurs investissements dans les énergies fossiles et baissé ceux des énergies renouvelables. »

Comment nous allons sauver le monde – Manifeste pour une justice climatique, 2019, **Massot Éditions**.

•

« Nous finançons le monde tel qu'il est. »

Le Monde : « L'empreinte carbone "colossale" des banques françaises », 28 novembre 2019. Citation de Laurence Pessez, directrice de la responsabilité sociale et environnementale de la BNP Paribas : « Dire que les banques françaises financent les énergies fossiles, ça ne me paraît pas être un scoop, dans la mesure où nous finançons le monde tel qu'il est… »

•

« Un désengagement du charbon, la plus sale de nos énergies, en 2040. Ou plutôt dans une génération. Et vous semblez vous en satisfaire. »

Site officiel de la Société Générale, *in* « Lutte contre le changement climatique ».

•

« En trois ans, vous avez engagé trente-cinq milliards d'euros dans les énergies fossiles. »

Novethic : « Depuis la COP21, les grandes banques françaises ont encore investi 124 milliards d'euros dans les énergies fossiles », 2 avril 2019.

CHAPITRE 16

« Tu sais que la pollution réduit l'espérance de vie mondiale de 233 millions d'années par an ? »

Futura Santé : « La pollution de l'air est le fléau qui réduit le plus l'espérance de vie dans le monde », 8 mars 2020.

•

« Pour moi qui habite dans une grande ville, la pollution aux particules fines m'enlèvera quatre ans de vie. »

Futura Santé : « La pollution de l'air est le fléau qui réduit le plus l'espérance de vie dans le monde », 8 mars 2020.

•

« Mais si la pollution aux particules fines augmente d'à peine quelques microgrammes, ce seront onze années qu'on me volera. »

Top Santé : « La pollution réduit l'espérance de vie », 4 juillet 2017.

NOUVELLES DU MONDE – ARCTIQUE

« Des ours polaires investissent des villes pour se nourrir. »

Le Monde, 12 février 2019.

•

« Tynetegyn freina à la vue des gars de la PCU (patrouille de contrôle des ursidés), *fusils en bandoulière. »*

AFP / *Le Parisien* : *« Un village russe cerné par les ours polaires affamés »*, 6 décembre 2019.

NOUVELLES DU MONDE – VOYAGE EN ABSURDIE, PREMIÈRE ÉTAPE

France

« Nous sommes de nouveau en alerte. Donc interdit de courir, de sauter, de jouer au ballon ou à quoi que ce soit d'autre. »

Conseil supérieur d'Hygiène publique de France, séance du 18 avril 2000 (et suivantes…).

Inde, New Delhi

« Les OxyPure se voyaient de loin, avec leur nom en néon blanc et leur logo à la petite feuille verte. Les deux journalistes sportifs insérèrent leurs canules nasales les reliant aux bonbonnes d'air enrichi à l'oxygène et s'installèrent confortablement dans les fauteuils ergonomiques. »

C News : « Inde : un bar à oxygène pour mieux respirer à New Delhi fait fureur », 21 novembre 2019.

Inde, Vadodara

« Ainsi, les pluies, jamais aussi fortes que cette année, avaient provoqué la colère de la rivière Vishwamitri que son lit ne suffisait plus à contenir. Elle s'était répandue dans toute la ville et avait libéré l'un des prédateurs les plus anciens de la planète qu'elle accueillait par milliers. »

Le Monde : « Dans la ville indienne de Vadodara, des crocodiles écument les rues après des inondations », 2 août 2019.

CHAPITRE 22

« Ce ne sont plus des ONG qui vont gérer ces camps, mais bien des entreprises privées qui vont les construire, dans le but d'utiliser ces populations déplacées comme main-d'œuvre. La main-d'œuvre la moins chère et la moins protégée de toutes, aux mains de multinationales accusées de torture, d'esclavagisme, de maltraitance et d'exploitation d'enfants pour un dollar par jour, dans des usines au bout du monde, hors de tout contrôle et de surveillance. »

The Conversation : « Dans le business de l'humanitaire : doit-on tirer profit des réfugiés ? », 19 août 2019.

•

« Ces réfugiés, forcés de quitter leur pays à cause de catastrophes climatiques provoquées par l'action collatérale des entreprises polluantes, se retrouveront ainsi dans les camps qu'elles auront fabriqués, sans autre choix que de travailler pour elles. »

Le Monde : « Réfugiés : un marché sous influence. Comment l'industrie privée cible les réfugiés », 8 septembre 2018.

•

« Tout cela existe déjà et se nomme l'industrie de l'aide, avec un chiffre d'affaires de plus de vingt-cinq milliards de dollars par an. »

Le Monde diplomatique : « Les réfugiés, une bonne affaire », mai 2017.

NOUVELLES DU MONDE – VOYAGE EN ABSURDIE, SECONDE ÉTAPE

Australie

« Cinq jours pour tuer dix mille dromadaires. »

Courrier International : « En Australie, 10 000 dromadaires seront abattus par des snipers », 8 janvier 2020.

États-Unis

« Avec autant d'attention que s'il peignait une chambre d'enfant, l'homme scotcha les contours de la pelouse pour ne pas verdir le trottoir qui la bordait. Puis il se mit à la colorier, mètre après mètre. »

Le Monde : « Quand l'Amérique repeint son gazon en vert », 4 septembre 2012.

Océan Pacifique, archipel de Tokelau

« Notre électricité vient des panneaux solaires et le reste fonctionne grâce au fioul de noix de coco. Nos besoins sont modérés et nous ne prenons jamais plus que ce qu'il nous faut. Nos trois atolls sont en accord avec la planète et voilà tout l'essentiel. »

Le Point international : « Comment le climat va redessiner la carte du monde », avec le **Centre international de recherches de Sciences-Po**, 7 janvier 2020, et ***Green et***

Vert : « Tokelau, l'indépendance énergétique grâce au soleil et aux noix de coco », 23 mai 2012.

CHAPITRE 28

« Au Pays-Bas, la Cour suprême a obligé l'État à réduire ses émissions de gaz à effet de serre de 25 % en invoquant "le risque de menace sur la vie". »

Le Figaro : « Pays-Bas : La justice ordonne à l'État de réduire ses émissions de gaz à effet de serre », 20 décembre 2019.

•

« Nous survivons dans un monde de financiers où les 1 % les plus riches détiennent deux fois plus que tout le reste de l'humanité. »

L'Obs : « Inégalités : 1 % de la population mondiale possède plus que les 99 % restants », 18 janvier 2016, et ***Novethic*** : « Inégalités : 1 % des plus riches détiennent deux fois la richesse de 92 % de la population mondiale », 20 janvier 2020.

•

« Nous survivons dans une Europe où mille milliards d'euros par an disparaissent en évasion fiscale. »

L'Humanité : « Évasion fiscale, 1 000 milliards d'euros dans l'os », 11 avril 2019.

•

« Depuis plus de dix ans, aucun outil mis en place par l'État pour poursuivre ces fraudeurs n'a réussi à récupérer plus de 2 % des sommes de l'évasion fiscale. »

Les Échos : « Repentis fiscaux : plus de 10 milliards d'euros récupérés en cinq ans », 28 août 2019 (à titre informatif, dans la même période, ce sont 450 milliards d'euros qui se sont évaporés dans des paradis fiscaux), et ***Wolters Kluwer, l'Actualité du droit*** : « CJIP, bilan et perspective »,

16 mars 2020 (à titre informatif, 0,5 milliard ont été récupérés pour 320 milliards évaporés).

•

« 1 450 filiales parfaitement identifiées du Cac 40 s'évadent dans des édens à la fiscalité accommodante. »

Oxfam : « Cac 40 : la grande évasion (fiscale) », 7 juin 2018, et ***Observatoire des multinationales*** : « Le Cac 40 en 2017 : plus de 16000 filiales, dont 15 % dans des paradis fiscaux », 30 mai 2018.

CHAPITRE 29

« En France, sept milliardaires possèdent plus que le tiers des Français les plus pauvres. »

France Inter, source **Oxfam** : « En France, sept milliardaires possèdent autant que les 30 % les plus pauvres », 20 janvier 2020.

•

« Ces patrons qui jugent le débat sur le réchauffement climatique trop manichéen et assurent que la durabilité des dividendes est la seule chose qui intéresse leurs actionnaires. »

Marianne : « L'esprit de solidarité façon Total : 1,8 milliard pour les actionnaires, 50 millions pour les infirmières », 1er avril 2020, et **AFP** avec ***Sciences et Avenir*** : « Le P-DG de Total juge le débat sur le réchauffement climatique "trop manichéen" », 15 janvier 2020.

•

« Singularité d'une nation verte qui produit pourtant 100 % d'électricité renouvelable, l'absence totale de réseau ferré force les Islandais à se déplacer en avion, devenant ainsi les plus gros émetteurs de CO_2 d'Europe. »

Libération : « Transports et écologie : le paradoxe islandais », 3 avril 2019.

•

Et après le Covid-19, *« qu'ont fait ces grandes entreprises ? Quels ont été leurs réflexes premiers ? »*.

(À propos de la demande de l'AFEP de reporter les régulations de gaz à effet de serre, d'être autorisée à créer plus de déchets mais moins de recyclage, d'augmenter la consommation carbone, de baisser les normales liées à la qualité de l'air et de reporter les lois fiscales contre l'évasion.)

Courrier émanant directement de l'**AFEP**, avril 2020, repris par ***Basta !*** : « Les multinationales françaises à l'offensive contre la transition écologique », 15 avril 2020. Courrier révélé par le média **Contexte** : « Les grandes entreprises françaises profitent de la crise pour repousser les mesures du green deal. »

CHAPITRE 30

« Celle du secrétaire général de l'ONU qui nous assure que le réchauffement climatique menace la paix dans le monde, qu'il condamne notre présent et détruit notre avenir. »

ONU Info : « António Guterres : le changement climatique menace la paix dans le monde », 20 septembre 2019, et **ONU Info** – Sommet Action Climat : « Nous avons obligation de tout faire pour mettre fin à la crise climatique », 23 septembre 2019.

•

« Celle du scientifique en chef de l'Organisation météorologique mondiale qui assure que ce même réchauffement ainsi que la crise de l'eau sont les principales menaces existentielles qui pèsent sur le monde. »

Conseil de sécurité des Nations unies : « Plaidoyer pour un rôle renforcé du Conseil de sécurité de l'ONU dans la prévention des conflits liés aux catastrophes climatiques, 25 janvier 2019.

•

« Celle du MIT qui, en 1972 déjà, suppliait de freiner la croissance au risque de voir la société des hommes s'effondrer. »

Rapport Meadows du MIT 1972 (et sa réactualisation de 2004) : *The limits to Growth.*

•

« Celle aussi de Jeremy Rifkin, éminent économiste qui assure qu'il est de plus en plus clair que nous sommes maintenant dans une voie d'extinction. »

France TV Info : « Le plan de Jeremy Rifkin pour sauver la planète », 15 octobre 2019.

•

« Ajoutons la voix du GIEC qui calcule que 75 % de la population mondiale sera victime de vagues de chaleur meurtrières. »

5e rapport du GIEC et **Agence française de développement**, repris dans ***La Croix*** : « Avec 4° C de plus, la Terre connaîtra des vagues de chaleur d'une extrême intensité », 10 décembre 2019.

•

« Le GIEC assure que ces vagues de chaleur meurtrières seront bientôt multipliées par six et qu'elles dureront bien plus longtemps. »

Propos du **GIEC** dans le *Bulletin épidémiologique* hebdomadaire du 5 juin 2018 de **Santé publique France**.

•

« Même l'Église réfléchit à faire de l'anti-écologie le huitième péché capital. »

Les Échos : « Le péché écologique bientôt reconnu par le Vatican », 18 octobre 2019.

•

« Dans trente ans, entre la pollution, le manque d'eau potable, les famines et la montée des eaux, cinq milliards d'êtres humains seront en péril, et nous sommes huit milliards. »

Le Devoir : « Le déclin de la nature mettra en péril cinq milliards d'êtres humains d'ici trente ans », 11 octobre 2019.

•

« Un million d'espèces animales et végétales sont en voie d'extinction. »

Rapport de la **Plate-forme intergouvernementale sur la biodiversité et les services écosystémiques** (IPBES), repris par **ONU Info**, 6 mai 2019.

•

« D'ici vingt ans et à ce rythme, il n'y aura plus aucun poisson comestible dans l'océan. »

Sciences et Avenir : « Des océans à sec en 2048 ? », 2 novembre 2006.

•

« Même la valeur nutritive des aliments va s'amenuiser drastiquement à cause de la concentration de gaz carbonique. »

Nature Climate Change, repris par ***Le Monde*** : « Les émissions de CO_2 menacent notre alimentation », 27 août 2018.

•

« Nous avons modifié 65 % des écosystèmes marins et 75 % des écosystèmes terrestres. »

Le Monde : « Les écosystèmes marins à la merci des activités humaines », 6 mai 2019, et **Extinction Rébellion** : « Faits et chiffres : écosystème et biodiversité ».

•

« Et avec la fonte du permafrost, ce sont des microbes anciens de millions d'années qui vont se réveiller. »

France Culture : « CO_2 et virus oubliés : le permafrost est une boîte de Pandore », 15 décembre 2018.

•

« Mais même à quatre degrés, l'affaiblissement des ressources de la planète et la dégradation des écosystèmes ne pourraient pas permettre à plus d'un milliard de personnes de survivre, et nous sommes presque huit milliards. »

Le Point : « Réchauffement climatique : la Terre proche d'un point de rupture », 7 août 2018.

JE REMERCIE…

Les tempêtes et les cyclones qui m'ont permis de ne pas chercher trop longtemps les prénoms de la plupart de mes personnages. Diane, Nathan, Laura, Felix, Bruno, Ines, Tom, Cécilia, Gloria, Lorenzo, Fabien, Bianca, Noah et Téo. Pour comprendre le choix du prénom de Virgil, il faudra s'en remettre à la colère de Junon et à la scène d'introduction de *L'Énéide.*

Le docteur Cayot, de l'hôpital de Decazeville, que j'ai forcé à se replonger dans ses manuels d'études et que j'ai transformé en pédiatre pour les besoins du roman.

Patrick Bauwen, confrère de plume et médecin urgentiste, qui m'a guéri du syndrome de la page blanche.

Thierry Bonnemaison, capitaine de frégate, ancien commandant de sous-marin, pour m'avoir invité dans ses souvenirs, vingt mille lieues sous les mers.

Michel Polacco, spécialiste consultant aéronautique Espace Défense, qui m'a (presque) appris à piloter un hélicoptère par correspondance.

Cyril Coatleven, du 36 Bastion, pour ses éclairages policiers, et désolé d'avoir autant maltraité ton service ! Tu sais que je vous aime…

Laurent Guillaume, mon « mercenaire », pour m'avoir emmené au Nigeria en toute sécurité.

François Maldonado, toujours présent, toujours disponible, et contrairement à moi, toujours flic de terrain.

Nicolas Corato pour avoir supervisé le procès de Greenwar, même si je m'accorde quelques libertés. Un jour je comprendrai ce que tu fais vraiment dans la vie.

Bruno et Emmanuel pour bientôt trente années d'amitié. Merci d'avoir supporté mes doutes, mes crises de romancier paumé. Merci de défaire tous les nœuds dans lesquels je m'emmêle.

Benjamin et Sébastien, avec qui j'ai appris les notions d'une agriculture écoresponsable.

Mes primo-lecteurs… Aurélie « chouchou », Julie, Bruno, Caroline.

Séverine pour nos longues conversations sur le sujet de l'écologie, des mois avant l'écriture de ce roman. Merci pour ta confiance et ton soutien.

Julie Ewa, pour sa lecture… clinique.

Dodo, ma toute première lectrice historique. Coste, Ronan, Bastien, Adam, Noémie, Virgil et Diane sont tous passés par le bureau de la Brigade des mineurs avant d'exister vraiment.

Mon père, Wikipapa, pour ses connaissances infinies et la pédagogie inattendue avec laquelle il a abordé nos entretiens.

Merci à ma mère. Je n'ai pas assez de place pour expliquer pourquoi.

Mes pensées à Victor, mon petit frère, qui voudrait que tout soit beau dans ce monde dégueulasse. Tu n'as pas fini d'être déçu, ni d'être émerveillé.

Ma frangine Corinne et la petite famille, là-bas, avec leurs chevaux sur les plages du nord de l'Afrique. Galopez ! Galopez !

Bastien, surprenant Bastien. Je t'aime si fort. (Kelly, des cookies !)

Michel Lafon, le patron, le boss, le taulier, l'ami. Un sixième roman ensemble, qui l'aurait parié ?

Huguette Maure, l'âme des Éditions Lafon, celle aussi de mes romans.

Raphaël, qui, agréable et efficace, a veillé sur les tout derniers arrangements autour de ce roman.

Béatrice Argentier qui s'evértu à corigé toute mes faute.

Margaux Russo, ma ceinture de sécurité, mon ABS, mon Airbag, mon homme de main. Don't mess with Margaux !

Clément Braun-Villeneuve, inégalable et inestimable attaché de presse. Merci de l'incroyable visibilité que tu as offerte à *Surface* et en route pour *Impact*.

Honorine Dupuy d'Angeac, qui fait voyager mes romans en première classe à travers le monde.

Anissa Naama, grande organisatrice et horlogère des Salons littéraires et de mes voyages en France.

Anaïs Ferrah, mon lien précieux avec les libraires.

Claire Germouty, ma sorcière, par qui tout a commencé.

Les Éditions Pocket. Merci pour les collectors et votre confiance. Merci à Charlotte avec qui tout est simple et drôle. Merci à toi, Camille, et bonne route vers moins bien, dommage.

Mathieu Thauvin, l'artiste de mes couvertures. Même en télétravail avec les enfants sur les genoux, tu es resté efficace.

Cyril Cannizzo, mon agent agitateur, pour ton écoute et ta compréhension pendant un moment compliqué de ma vie.

Les librairies qui défendent nos livres, les aiment et les partagent. Avec une pensée spéciale en cette période si difficile où la culture est malheureusement apparue comme un bien non essentiel.

Les blogueuses et blogueurs, chercheurs de pépites, découvreurs de talents, journalistes littéraires indépendants et bénévoles du polar.

Julie Casteran, ma psy personnelle, sauveuse d'expatriés perdus en Argentine, agente infiltrée du *Bureau des Légendes*, profileuse expérimentée.

Les gangsters du noir, auteur·e·s de polars et de thrillers, les potes d'hémoglobine et de scènes de crime.

Patricia, pour m'avoir permis de passer une nuit dans la maison où Maurice Leblanc a créé Arsène Lupin.

Marianne, Xavier, et Chloé, mes filleul·e·s qui ont eu droit à un parrain en carton. Désolé. Je ne ferai pas mieux l'année prochaine.

Valérie Bouvard, ma commandante de police préférée.

Marie Charlotte, *always, but too few*.

Les auteurs, scientifiques, climatologues, économistes et philosophes dont les paroles et les livres m'ont éclairé :

Louise Browaeys pour nos enrichissantes conversations et ses contacts précieux.

Alexandre F. pour ses conseils, son temps, ses connaissances.

Aurélien Barreau pour *Le Plus Grand Défi de l'histoire de l'humanité*, aux Éditions Michel Lafon.

Jared Diamond pour *Effondrement*, aux Éditions Folio Essais.

Yuval Noah Harari pour *Sapiens*, aux Éditions Albin Michel.

Fred Vargas pour *L'Humanité en péril*, aux Éditions Flammarion.

Le rapport Meadows du MIT *Les Limites à la croissance dans un monde fini*.

Le rapport Clean it up d'Amnesty International et du CEHRD : *Shell's false claims about oil spills in the Niger Delta*.

Les rapports annuels du programme des Nations unies pour l'environnement.

Harald Welzer pour *Les Guerres du climat*, aux Éditions Folio.

Les rapports du groupe d'experts intergouvernemental sur l'évolution du climat (GIEC).

Les rapports de l'OMS sur le climat et la pollution.

André Gorz pour *Écologie et Politique*, aux Éditions Galilée.

Lola Le Duff et Stéphane Aussel, dont j'ai adoré les nouvelles et piqué une phrase dans chacune pour la placer en clin d'œil dans ce roman.

Table des matières

Ouvrage composé par
PCA – 44400 REZÉ

Imprimé en France par CPI
en septembre 2021
N° d'impression : 3044610

Pocket – 92 avenue de France, 75013 PARIS

S31642/01